唐宮二十朝演義

從楊貴妃承寵至建寧王自盡

以唐宮為背景，

深入宮闈，演述帝王后妃間愛恨情仇

旁採各家雜著，忠於史實，展現封建王朝的盛世與衰落——

許嘯天 著

目錄

惠妃計殺太子　力士夜進梅妃

阿馬婆所見神像，與玄宗皇帝所見相同，玄宗便令阿馬婆傳旨，令山神回駕，那山神果然不見了。皇帝進廟，又見此山神掛劍匍匐殿庭東南方一株大柏樹上，帝又召阿馬婆問之，阿馬婆所說形狀，也與皇帝所見相同。皇帝便向山神行敬禮，命封阿馬婆為聖姑，封山神為金天王。玄宗自寫山神碑文，立碑在華山麓。碑高有五十餘尺，闊一丈，厚四五尺，為天下最大的石碑。碑陰刻著當時護從天子王公以下的官名，製作壯麗，雕琢精巧，一時無比。

那時，又有一位神醫名周廣的，他不用診脈問病，只須觀人顏色談笑，便知他受疾深淺，把病人的情狀說得詳詳細細。

據說，那時有一神醫紀明隱，居在山中，周廣入山求教，盡得其祕。玄宗聞周廣之名，召至宮中，凡宮女有疾病的，均召集在庭中，使周廣驗看。有一宮人得一奇病，每至傍晚，便歌笑啼哭，狀如癲狂，又疑似鬼魅迷人。最奇怪的，她病發時，每至兩足不能踏地。周廣一望，便說此女必因飽食時用力太促，顛僕臥地，故成此病。這宮女自己說，前因太華公主生日，宮中大陳歌舞三日，宮女是領班歌唱的，只恐發聲不清，有忤觀聽，便私地裡多食燉蹄。因味美，食之不覺過飽，匆匆奉召，當筵歌數曲。曲罷，只覺胸中悶熱，欲赴庭心納涼，又因兒戲心重，從臺階上躍下，顛僕於地，一時暈絕。久之甦醒，從此便得狂病，且兩足不能踏地。周廣便投以一劑而愈，玄宗甚是詫異。又有一太監，奉便從交趾回宮，拜舞於帝前。周廣從旁觀之，便奏道：「此人腹中有蛟龍，明日當產一子，但從此不能再活在世上的了！」

玄宗聽了，不覺詫怪，便問這黃門官道：「卿體覺有不適否？」

黃門官奏道：「臣奉使騎馬過大庾嶺時，天氣正是炎熱，頓覺身體疲倦，口渴異常，因下馬在路旁取飲野水，便覺腹中積塊堅硬如石。」

周廣奏道：「此龍胎也！」

便開方令取雄黃硝石煮而飲之，立吐出一物，長僅數寸，其大如指。細視之，悉具頭角。投入水中，立長數尺，昂首盆外。

周屍急取苦酒澆之，又縮小如舊，體僵而死。這黃門官自吐龍以後，腹塊盡銷。玄宗深為嘆服，授以官爵，周廣力辭，回吳中而去。玄宗下詔，令郡縣訪問有奇才異能之士，徵獻闕下。

京兆尹奏舉李氏三子，善作歌舞：李龜年、李鶴年，善歌；李彭年善舞。皇帝召入官去，龜年信口作歌，能令帝隨之哀樂不定：忽覺迴腸蕩氣，忽覺眉飛色舞，不能自恃。彭年作彩風舞，翻飛翩躚，令人眼花。玄宗大喜，每到之處，便令李氏兄弟隨侍。又選宮女數百人，教成歌舞。龜年製成《渭州曲》，教宮女齊聲歌唱，嬌媚可聽。皇帝大樂，時以金帛賞賜龜年。

龜年在京都大起甲第，棟宇如雲，富比王公。通遠裡中一宅，占地十里。以沉香木起一大堂，能容客千人，別家宅第，無有勝於李氏的。可借後來龜年流落在江南地方，窮苦不堪，見有人家喜慶筵宴，便為當筵砍數闌，座中聞之，莫不掩泣罷宴。

杜甫贈詩道：

「岐王宅裡尋常見，崔九堂前幾度聞。
正是江南好風景，落花時節又逢君！」

龜年故宅，後為裴晉公所得。中有一綠野堂，建築最是幽雅。龜年盛時，常在堂中宴客，朝中公侯，爭相結交。

玄宗自得李氏兄弟後，常在五鳳樓下，宴叢集臣，歌舞達旦。又下詔命三百里內州縣官，教成歌舞，前來陰下助樂。玄宗親自臨觀，比較優劣而賞罰之。各處地方官，見皇帝愛歌舞，便教成聲樂，齊獻闕下。時有河南郡守，命樂工數百人，在車上作樂，樂工身衣錦繡。又令士卒身蒙虎豹犀象之皮，伏在車廂，樂聲一作，群獸起舞，跳擲摶噬，一如真形。群臣觀之，莫不駭目。

又有元魯山，獻樂工數十人，聯袂作於蔿之歌，聲調怪越，玄宗聽之，不覺大笑。每次賜宴，皇帝親御勤政樓，金吾軍士披黃盒鎖甲，列仗樓下，太常陳樂，衛尉張幕，令諸將酋長就食庭前。教坊大陳山車樓船，尋橦走索，丸劍角抵，戲馬鬥雞。又令宮女數百人，飾以珠翠，衣以錦繡，自繡幕中出，擊雷鼓為《破陣樂》、《太平樂》、《上元樂》。又引大象犀牛入場拜舞，動中音節，皇帝顧而大樂。

當時，又有廄官教成舞馬四百匹，分列左右，進退跳舞，列成部目，稱日某家寵，某家驕。這時，塞外亦貢善舞之馬，玄宗命併入教練，無不曲盡其妙。衣以文繡，絡以金銀，飾其鬃鬛，雜以珠玉，奏曲名為《傾杯樂》，聚馬數十匹，奮鬛豎尾，縱橫合節。又施三層板床，乘高而上，旋轉如飛。或令壯士舉一榻，馬舞於榻上，樂工數人立於左右前後，皆衣一色淡黃綃衫，文玉帶，皆選年少而姿貌秀美者充之。每歲過中秋節，使舞於勤政樓下，君臣相顧笑樂。

正開懷的時候，忽內侍慌張報稱：「武惠妃遇鬼發狂，病勢十分危急，請萬歲爺回宮。」

玄宗這時十分寵愛惠妃，聽了內侍的話，忙丟下酒杯，匆匆下樓。到宮中一看，只見武惠妃衣裙散亂，口眼歪斜，趴在地下不住地叩頭乞饒。看她嘴角上淌下白沫來，那叫喚的聲音漸漸低沉。玄宗心中十分憐惜，過去把惠妃抱在懷中，連連喚問。只見惠妃伸手向空中，指著說道：「太子瑛、鄂王和光王三人，都來索妄命也，萬歲爺快快救我！」

當初，玄宗寵愛趙麗妃，已把這武惠妃丟在腦後。不久，趙麗妃生了皇子名瑛，玄宗要得麗妃的歡心，便立瑛為皇太子。

這太子瑛卻生得聰明正直，自幼入國學，詔右散騎常侍褚無量教授經學，又選太常少卿薛條之女為太子妃。玄宗因寵愛麗妃，也便寵愛太子，常把太子瑛召進宮來，父子二人在一處遊玩。

十六年冬季，玄宗帶領太子喚和諸王在御苑中種麥，玄宗對太子瑛道：「此麥為明春祭祀宗廟之用，故親種之，亦欲爾等知稼穡之艱難也！」

當時，趙麗妃權傾六宮，玄宗又拜妃父元禮，兄常奴，官至尚書侍郎。玄宗除愛太子瑛以外，又愛鄂王、光王，玄宗為臨淄王時，二王的母親，亦深得玄宗的寵幸。不料這時武惠妃忽然也產了一個皇子，便是壽王瑁。這壽王自幼生成絕美的容貌，又是十分伶俐的性格，在七歲時候，與諸兄拜舞，進退有節，玄宗寵愛。這壽王又勝過太子瑛和鶚、光二王，因寵愛壽王，玄宗也常常臨幸惠妃宮，因此那惠妃依舊得起寵來，反把這趙麗妃冷淡下來。

那太子瑛和鄂、光二王，從此不得與父皇見面。弟兄三人在背地裡，不免有怨恨惠妃的話，落在附馬楊洄耳中。這楊洄是咸宜公主的丈夫，咸宜公主又是惠妃的親生女兒。當時，楊洄聽了太子瑛三人在背地裡譭謗的話，便令咸宜公主在惠妃跟前造遙生事，說太子瑛在背地裡如何譭謗皇上，又說鄂、光二王有謀反的意思，惠妃便日夜在玄宗皇帝跟前哭訴。

玄宗聽信了惠妃的話，不覺大怒，急召宰相張九齡進宮，議廢太子，張九齡急叩頭勸諫道：「太子和諸王，日受聖訓，天下共慶！陛下享國日久。子孫蕃衍，奈何一日棄三子？昔晉獻公惑孌姬之讒，申生憂死，國亦大亂！漢武帝信江充巫蠱，禍及太子，京師喋血！晉惠帝有賢子，賈後譖之，乃至喪亡！隋文帝聽後言，廢太子勇，遂失天下！今太子無過，二王亦賢。父子之道，天性也！雖有失，尚當掩之！推陛下裁赦！」

玄宗聽張丞相說了這一番大道理，便也把廢太子的心擱起。但此時李林甫當國，嫉恨忠良，時時在皇帝跟前挑撥是非，說了張丞相許多壞話，那張九齡竟罷官退去。

從此，李林甫大權獨攬，惠妃也時時拿財帛去打通李丞相。

李林甫見麗妃已經失勢，便又倒在惠妃一面，在玄宗跟前，時時讚揚壽王如何美麗，如何聰明。又勾結附馬楊洄，在玄宗跟前告密，說太子瑛和鄂王瑤、光王琚，暗約麗妃之兄謀反。玄宗初不甚信，惠妃便使人去召太子瑛和鄂、光二王，推說宮中有賊，請太子和二王須甲冑佩刀入官。那太子和二王信以為真，便披甲戴盔，腰佩長劍，匆匆走進宮來。走到熙春宮門口，被守宮衛士攔住，問起情由，說是奉武惠妃宣召，特來宮中捉賊。

那守門衛士不敢怠慢，把太子和二位王爺留住在宮門外，急急進宮來報與惠妃知道。那惠妃聽說太子已到，她也不去見太子，急趕到御書房裡，報與玄宗知道，說太子瑛和鄂、光二王謀反，帶劍逼宮，現被宮門衛士擋住在宮門外，請陛下作速避亂！玄宗聽說大恐，一面起身避入紫光閣，一面令高力士帶領宮中禁軍出宮去觀看。不一刻，只見一群兵簇擁著太子和二王直奔閣下，玄宗見三子俱是甲冑掛劍，怒不可遏，也不容太子分辯，喝令打入內監。一面急召李林甫進宮來商量，廢立太子的事體。

李林甫奏道：「此陛下家事，非臣所宜與聞！」

玄宗便立刻下詔，廢太子瑛與瑤、琚二王，均為庶人，打入內牢。惠妃又買通管獄太監，斷絕飲食，活活把太子瑛和鄂王、光王三人餓死，形狀十分悽慘。這訊息傳出去，滿朝文武都替太子含冤；獨這位玄宗皇帝，只因正在寵愛惠妃，也毫不覺悟。

只是武惠妃自從謀死了太子瑛和鄂、光二王之後，時時心驚膽顫，每在夜深人靜以後，良心發現，好似那太子和鄂、光二王的鬼魂慘淒淒地站在跟前向自己索命一般。她無論黑夜白日，總把這件事擱在心頭，那鬼魂愈纏繞得厲害。甚至青天白日，不論惠妃行走坐臥，總見鬼影憧憧，把個美人般的惠妃，早嚇得魂夢難安，飲食不進，漸漸地形銷骨立起來。只因她要在萬歲跟前恃強沽寵，見了萬歲爺，打起精神，一般地敷粉勻脂，輕顰淺笑。玄宗只顧自己尋樂，不曾留意到惠妃的身體。

說也奇怪，惠妃正在疑神弄鬼的時候，只須萬歲爺一到，那鬼魂便逃走得無影無蹤，惠妃也覺得精神清醒過來。因此，惠妃越發撒痴撒嬌，竭力把這位萬歲爺迷住在宮中，也是藉著萬歲爺的威光，抵敵鬼魂的意思。但可伶這惠妃飲食不進，日夜無眠，把個病體硬支撐著，總是支撐不住的。

那日，玄宗出宮，在勤政樓大宴群臣的時候，惠妃在床上假寐，一睜眼，只見那已死的太子瑛帶領著一群小鬼，直撲上床來，舉起手中狼牙棒，向惠妃酥胸上猛打，打得惠妃痛徹心肝，慘聲大叫，接著嘔出十幾口鮮血來，兩眼一翻，死過去了。

那內宮太監，見不是事，急急去報與總管太監，總管太監報與高力士知道。高力士不敢怠慢，一面報與萬歲知道，一面急去傳御醫進宮請脈。待皇帝到來，惠妃已轉過一口氣來，一眼見宗坐在跟前，她神魂也定了些，兩手緊緊地拉住玄宗的袍袖，口口聲聲說：「萬歲救我！」

御醫進來請過脈象，奏說：「萬歲爺請萬安，貴妃是一時痰迷心竅，玉體是不妨事的。」

誰知這惠妃捱到夜深時分，更加混鬧起來，嚇得宮人個個害怕。惠妃被鬼魂捉弄得床上睡不住了，便有兩個宮女上去扶著下床來。忽見她雙膝跪倒，說一會，哭一會。有時趴在地下叫饒，說太子拿狼牙棒打死我了！那身體在地上打滾躲閃，好似避打的樣子。雙手合在胸口，只是嚷痛。玄宗看了，心中萬分不忍，上去抱持她。惠妃力大無窮，從皇帝懷中掙脫下來，仍倒在地上。只見她眼珠突出，口中鮮血直流，頭髮披散，人人害怕，不敢近前。

將近五更天氣，那武惠妃嘶叫得聲啞力竭，直著嗓子哭喚，居然鬼嚎一般，一時死去，一時又醒來，整整鬧了一夜，好不容易，捱到天明。玄宗也再沒有這個精神支撐了，便幸高婕妤宮中休息去。這武惠妃見皇帝去了，她也不言語了，只裝著鬼臉，自己拿手撕開衣服，露出雪也似白的胸膛來，便好似有人在剝她衣服的樣子。可憐武惠妃雖說不出來，其痛苦之狀，實在難堪！直延挨到第二日傍晚，才真的咽過氣死去了。

玄宗得了訊息，想起往日的恩愛，便親自臨幸惠妃宮中，撫屍痛哭了一場，命高力士好好收殮。

那高婕妤把皇帝勸回宮去，自己妝成花朵兒模樣，又令宮女當筵歌舞，在一旁裝盡嬌媚，勸皇帝飲酒。無奈玄宗總因想念著惠妃，酒落愁腸，便覺得淒涼無味。夜間在床上總是長吁短嘆，不能成寐。高婕妤無法可想，便暗暗地約同後宮中諸妃嬪，在御苑中安排下盛大的筵宴，不但是庖龍炙鳳，且調齊了六百名歌舞的宮女，候著天子一到，便齊齊地歌舞起來。配著悠揚宛轉的音樂，嬌滴滴的歌喉，軟綿綿的舞態，真令人骨醉魂銷！時值秋深，居然滿園紅紫，垂絲剪綵，裝點作春花模樣。

玄宗皇帝舉目看時，見兩旁隨侍的妃嬪，如武賢儀、鄭才人、陳才人、王美人、閻才人、盧美人、鐘美人、柳婕妤、郭順儀、劉才人、皇甫德儀、錢德妃、劉華妃和高婕妤，大半是玄宗平日寵愛的。玄宗生平最歡喜公主，這時高婕妤也悄悄地把那班公主和駙馬喚進宮來陪宴，如：永穆公主和駙馬王繇、常芬公主和駙馬張去奢、常山公主和駙馬竇澤、晉國公主和駙馬崔惠童、新昌公主和駙馬蕭衡、臨晉公主和駙馬郭潛曜、衛國公主和駙馬楊說、貞陽公主和駙馬蘇震、信成公主和駙馬獨孤明、楚國公主和駙馬吳澄江、昌樂公主和駙馬竇鍔、永寧公主和駙馬裴齊邱、宋國公主和駙馬楊徽、齊國公主和駙馬裴潁、成宜公主和駙馬楊洄、廣寧公主和駙馬蘇克貞、萬春公主和駙馬楊錡、壽昌公主和駙馬郭液、樂城公主和駙馬薛履謙、新平公主和駙馬姜慶初，一對對佳兒佳婿，圍繞著皇帝。玄宗見人多熱鬧，才慢慢地把悲哀忘去。

這許多妃嬪，卻長得各有動人之處。高婕妤口齒伶俐和百靈鳥似的，能說能笑；劉華妃卻是靜默幽雅，明眸一睞，含羞微笑，令人見之意遠；錢德妃卻苗條得可愛；皇甫德儀又豐柔得可玩；劉才人的淡裝，郭順儀的禮服，互相輝映，顧盼宜人；柳婕妤的點額妝，眉心微蹙，令人可憐；鐘美人的醉顏妝，雙頰胭脂，卻又紅得可伶；盧美人的細腰，閻才人纖手，令人一見心醉；此外，王美人、陳才人、鄭才人、武賢儀，或以姿色勝，或以神態勝，各有動人之處。這一班妃嬪，都深承帝王恩澤的。當時，玄宗見了，回想前情，便各賞綵緞十端，黃金百兩。一場歌舞，直熱鬧到天色傍晚。玄宗見錢德妃柳腰兒轉側得可愛，便倚醉攀住德妃肩頭，手拉手兒，臨幸錢妃宮中去。

從那天御苑宴會以後，玄宗皇帝勾起往日舊情，便依次輪流著到各妃嬪處臨幸去，一時雨露普及，惹得一班望幸的妃嬪們，夜夜在宮中金錢暗卜。後來給玄宗知道了，索性命諸妃嬪以金錢賭賽，勝者得侍帝寢。一時，宮中金錢之戲，甚是盛行。玄宗在一旁眼看著諸妃嬪爭奪自己的身體，心中甚是得意。

這時，高力士出使在閩粵一帶地方，在次年春季回宮，採辦得許多奇花異草，又有鸚鵡、白鶴、彩鹿、金雞，散放在御花園中。一時哄動了合宮的妃嬪，引逗玩弄著。玄宗也命在勤政樓為高力士洗塵，賜宴，高力士在當筵說些閩中風景，粵地人物。君臣二人，直飲到黃昏月上，力士又悄悄奏道：「臣此次奉便南行，已為陛下物色得一枝解語花在此！願陛下屏退左右，下閣觀賞。」

玄宗聽奏，真的只帶一個小太監下閣去，只見月移花影，滿地如繡，映照在月石臺階上，一片皎潔。廊下鋪設著寶座。玄宗皇帝才坐定，只覺遠遠一陣香風，從花下吹來，夾著環珮叮噹的聲音。向階下望去，只見一對雉尾，擁著一個美人兒，冉冉地從花下行來，走上白石臺階。月光照在她粉臉上，看時，玄宗心頭不覺一驚，真是搓脂摘粉，羞花閉月，又嫵媚，又白淨。看她披著霧縠雲裙，手握一枝梅花，疏影橫斜，幾疑是月裡嫦娥，下臨塵世！直看到那美人盈盈下拜，嬌聲稱：「奴婢江採蘋見駕，願吾皇萬歲，萬歲，萬萬歲！」

鶯聲嚦嚦，再得玄宗皇帝忙親自下座伸手去扶起。向粉臉看時，只見眉彎入鬢，星眼羞斜，把個皇帝樂得連連呼著美人，當夜便在翠華西閣臨幸了。

因江採蘋性愛梅花，第二天，聖旨下來，便封她為梅妃。

這梅妃幽嫻貞靜，玄宗坐對美人，閨房靜好，宛似新婚夫婦一般。梅妃天性愛潔，她妝臺繡榻，打掃得絕無點塵。說也奇怪，玄宗在別個婦子房中，那妃子歌著舞著說笑著，百般討皇帝的好兒，這皇帝玩過一兩天，便覺玩膩了，便丟開手找別個姐子玩去了。獨有這梅妃，她陪伴著皇帝在屋中，也不歌，也不舞，也不說笑，只是靜靜的。玄宗和她說話，她總是抿著珠唇，微微一笑。

在這一笑中，便顯露出無限嬌媚神氣來，把個風流天子，整日迷住在妝閣中。一連十日不坐朝，把滿朝文武盼得望眼欲穿。高力士進宮去探望，總見這玄宗懷中擁著梅妃，拿著彩筆，畫著眉兒，有時捧著那雙玉也似的纖手，替梅婦修著指甲。高力士看這情形，也不敢進去驚擾。直到大祭之期，李林甫進宮去面請聖上祭祀皇陵。玄宗是一刻也不能離開梅妃的，如今要出宮有十多日的分別，如何捨得下，便想把梅妃帶去。

只因祖宗定例，非皇后不能親與祭祀。玄宗一心想把梅妃立為皇后又怕臣下不服，便親自和梅妃去商量著。誰知自承恩幸以後，已有了三個月身孕，不耐車馬之勞。玄宗滿心歡甚，便放梅妃在宮中靜養，自己擺駕出宮，帶了文武百官祭祀陵寢去。

滿心待梅妃產下皇子來，便立她為皇后。欲知後事如何，且聽下回分解。

廊閣紆聳驪山宮　龍鳳騰舞華淸池

玄宗出得京城，只見山環水繞、一帶蒼翠，卻也不覺心曠神怡；一時把溫柔滋味，丟在腦後。祭過皇陵，皇帝住在山下行宮裡；這時初夏天氣，玄宗靠南窗坐下，清風拂樹，花雨繽紛。遠遠地見林外一片水光，有一群村童，在水中出沒游泳為戲，襯著碧波，那兒童精赤著身體，愈顯得嬌潔可愛。玄宗觸景生情，便想起六宮妃嬪，個個是白玉也似的肌膚，驚鴻也似的姿態，倘能個個把衣裳脫去，露出嬌嫩的身體來，在碧波中游泳著，一來也不辜負了她天生成一身好肌膚，二來傳在後世，也是一段風流佳話。

當下急回宮去，原想和梅妃商量如何建造浴池，如何使各妃嬪在池中遊戲。誰知玄宗和梅妃，只分別得十多天，把個梅妃卻害成相思病了。玄宗進宮去看時，只見她雙鬢飄蓬，眉峰蹙損，那粉龐也消瘦了許多。玄宗看了，十分心疼，便終日陪伴著梅妃，在房中料理湯藥，寸步不離。這梅妃原是嬌怯怯的身軀，又因懷孕在身，一連五六天身體發燒，便把腹中的皇子小產下來了；這一小產不打緊，從此梅妃的病勢，愈見虛弱。

玄宗皇帝一面痛惜這個流產的皇子，一面傳御醫給梅妃服藥調理；梅婦在病中，自不能與皇帝尋歡作樂，反把這位風流天子久曠起來。

玄宗每日在宮中，除照料湯藥以外，閒著無事，便想起造浴池的事體來，便召高力士商議此事。高力士聽玄宗說要造浴池，便奏道：「洗浴以溫泉為最妙，先帝在日，常駕幸驪山溫泉就浴；那處泉水溫暖，浴之又可以卻病延年。驪山下原有行宮一座，而今不如就那座行宮改造，將溫泉遮蓋在內，不論冬夏，俱可入浴。」

玄宗聽了高力士的話連說：「妙妙！朕如今下旨內藏府官，多發內帑；即著卿為朕督造驪山浴宮，不必節省金錢，總以精美為是。」

高力士領了聖旨，便向內藏府去領了金錢，立刻召募八萬人夫。趕往驪山，動工建造。虧他運用巧思，又去覓得了許多巧匠，日夜趕造；共經過二年的時間，把一座精巧壯麗的行官造成了。

在這二年之中，高力士又打發內侍官，向各路去蒐集珍寶玩物，搬進行宮去裝點起來。工成之日，便奏請天子臨幸。玄宗在宮中，正悶得慌；聽說浴宮完工，便輕衣減從地駕幸驪山去。皇帝騎在馬上，那文武百官，前後簇擁著；看看到驪山腳下，遠遠望去，見山抱樹繞，林中起一條白石甬道，路盡頭樹深處，藏著一座精美的行宮。那宮殿全倚著山腳造的，樓閣起伏，半顯半隱；那屋頂全是白石造成。玄宗望見外面的模樣，便稱嘆說：「好一個幽靜的所在！」

進得宮來，那屋宇十分宏壯，畫角飛簾，果然不用說它；便是那人在殿中走著，地勢漸漸地高聳，地面上不露行級，行走又不十分吃力，不知不覺已走到山腰。只見眼前起一座飛橋，足足有五六十丈長，七八丈寬；兩旁雕欄文窗，推窗一望，只見遠處平疇綠野，錯落簾前，近處奇峰翠障，奔赴腳下。

那橋下又萬紫千紅開遍。一股清泉，宛轉奔騰，從林中流出，向橋上經過，流向宮牆裡去；只見水面上熱氣熏騰，這便是著名的驪山溫泉。玄宗下得橋來，已是行宮的後苑；回看那座長橋，真如天半玉樓，又如飛龍就飲。

玄宗讚歎道：「真神工也！」

說著，已進入後苑，在織錦迴廊上走著。那迴廊全是雕樑文磚，綠窗錦槅，這也不去說它；最可愛的，是那路徑迴環曲折，人在兩處行走，看看槅窗相近，忽然又被花對遮槅，相離漸遠，往還追隨，便有咫尺天涯之感。

玄宗大笑道：「先隋煬皇帝有迷樓，朕卻有迷廊！」

繞了半天，才出了迷廊，眼前便是一片池湯，上面飛棟雕樑，遮著一層明瓦，十分寬敞。分作東西兩池：東池稱為龍泉，西池稱為鳳池。那龍泉是雕成一隻大龍，在池面上團團盤住，樑柱儘是龍身，龍頭在西面池角上俯著，張大了嘴，一股泉水從龍口裡噴湧出來；鳳池卻雕成接連的五色雲章，作為樑柱，一隻彩鳳，浮在東面池角上，張著翅兒，裝成戲水的模樣，那溫泉便從彩鳳的兩翼下流出，恰恰水沒著鳳翅，看不出流水的痕跡來。一隱一現，十分巧妙。這時水面上浮著翠色的荷葉，紅色的蓮花；那荷葉是以翠玉琢成，大如桌面，蓮花是以紅玉琢成，大如蒲團，浮在水上，生動有致。

龍泉中又有一頭白玉琢成的駿馬，備為皇帝入浴時乘坐之用；那鳳池中的彩風，卻備皇妃入浴時乘坐用的。最可愛的，那池底池岸，俱用一色綠磚砌成，映得水也成了碧綠色。沿池邊種著龍鬚瑤草，四周圍著白石雕欄。欄外走廊，十分寬闊，陳設著錦椅繡榻，預備出浴入浴時隨意起坐。

這龍鳳兩池，水面寬闊，只有十丈方圓；此外又隔分長湯浴池四十餘間，環回砌以文石，為各妃嬪入浴之處。入水的一面，築成銀鏤漆船，或白香木船；水中疊瑟瑟及沉香為山，仿著瀛洲方丈模樣，為各妃嬪入水休息之地。最巧妙的，各池水設一總機括，只須將機括一搬，那池水立刻退盡，池底綠磚，一齊顯露出來。

高力士陪侍天子，在池旁口講指劃，說出許多妙處來，把個玄宗聽得心花怒放，把這座行宮，賜名華清官，那浴池便賜名華清池。回宮去挑選了一個天氣晴和之日，下詔命六宮妃嬪，和公主、王妃、內外命婦，盡入華清池試浴。那許多命婦和王妃公主，聽說天子賜浴，便個個打扮得粉白紫綠，珠圍翠繞，準備朝天子去。

到了這一天，玄宗先在華清正宮中賜宴，眾夫人和公主妃嬪等，滿屋子脂粉少婦，螓首蛾眉，釵光鬢影；只聽得環珮玎璫，衣裙悉瑟，傳杯遞盞，靜悄悄地領著御宴。飲到半酣，只見高力士進殿來，高聲傳話道：「萬歲駕到！」

慌得眾夫人齊齊站起，分班候著。妃嬪和公主站在前面，夫人們站在後面。

只聽得殿廊下雲板響亮，接著小太監唵唵喝道的聲兒，萬歲的小羊車，直到庭心停住，靴聲橐橐地走上殿來，慌得眾夫人齊齊跪倒。萬歲爺走上殿去，在中央寶座上坐下，那梅妃卻陪坐在一旁。有小太監唱著各夫人各公主妃嬪的名兒，唱完了名，只聽得嬌滴滴的一陣喚：「願吾皇萬歲，萬歲，萬萬歲！」

玄宗看時，見一屋子黑鬒鬒的雲髻齊俯，那花香粉味，充滿了殿宇。皇帝心中甚是快樂，忙傳旨賜眾夫人華清池湯沐。眾夫人領旨，謝過恩，由宮女上來，引匯入後苑華清池中，脫去衣裙，一個一個露出白潤的身體來，走下分間的長湯浴池中洗著身體。那溫泉天然溫暖，潤著肌膚，十分舒暢；每一間浴池，卻有宮女二名伺候著。那宮女們早已將上下衣服脫去，只腰間圍著短羅裙，入水扶侍著。眾夫人遊入池心，戲弄一回，去坐在銀漆船頭上；宮女獻上御賜的祛寒葡萄酒一杯，眾夫人飲下。

宮女拿浴巾替她在渾身上下洗抹著，洗得身體潔淨，又下水戲弄一回，扶上岸去，在錦廊下白石凳上坐著。又有宮女替她抹乾了身體，重整過雲髻，穿齊整了衣裙，出殿去謝過皇恩。皇帝賜各夫人銀花一朵，綴在鬢兒上，才各各告辭出宮去。

這裡眾妃嬪公主在殿上陪伴著萬歲飲酒，傳李氏兄弟，帶領歌姬舞女上殿來歌舞著。那李龜年和李彭年兄弟二人，各領一班宮女，教授歌舞，製成《渭州曲》，教成驚鴻舞，唱來宛轉抑揚，舞來翩翩飄忽。玄宗看了，甚是嘆賞，傳旨各賞龜年、彭年黃金千兩。梅妃見萬歲爺愛驚鴻舞，便親自下座來舞著，經李彭年略一指點，居然也進退中節，宛轉多姿；玄宗看了，更是甚歡不盡，親自下座把梅妃的腰肢扶住。

梅姐舞罷，也嬌喘細細地軟伏在萬歲肩頭；玄宗送過一杯酒在梅妃唇旁，梅妃就萬歲手中飲下，歸座去。接著眾妃嬪要爭萬歲的寵愛，各個離席來，歌的歌，舞的舞；歌的珠喉宛轉，舞的柳腰起伏，真令人目迷心醉。玄宗看到快樂的時候，便傳旨各賞綵緞二端，玉搔頭一支，眾妃嬪分占了四十餘間浴池，各各有宮女服侍著，卸去衣裙，頓時百餘條皓腕齊舒；數十個玉肩斜露；那長湯浴池，雖說分著間兒，一齊在目。

玄宗和梅妃自有宮女扶著，入龍泉鳳池沐浴。有四個宮女，扶著梅妃入水去，斜坐在鳳背上，玄宗看時，雪膚花貌，襯著她那副嬌羞宛轉的神韻，真欲令人看煞。正看得出神的時候，只見梅妃蛾眉緊鎖，珠唇失色，嚶嚀一聲，早已暈倒在那彩鳳背上；慌得眾宮女把梅妃扶上岸來，替她摩著酥胸，一聲一聲地在她耳旁喚著，慌得玄宗皇帝也在水中跳起來，把梅妃水淋淋的身體摟在懷裡，拍著肩兒喚著。

那梅妃哇地一聲，從喉底里轉過氣來；宮女把她拭乾了身體，扶出外房去，玄宗也無心洗浴，穿上衣服，跟出外屋來。便有御醫進來請脈，奏說娘娘一時氣閉，是不妨事的。玄宗看梅妃，果然神氣清醒，依舊說笑自如，便也放了心，吩咐把梅妃扶進寢室去睡著養神；自己究竟舍不下那眾妃嬪，便又返身走入浴池去。

看時，那眾妃嬪正隔著窗兒潑水戲要，那粉臉上都被水沾得胭脂淋漓；玄宗看了，不覺大笑。那婦娘們見萬歲駕到，一齊在水中躬身接駕；玄宗含笑，向眾妃嬪招著手兒，眾妃嬪一齊水淋淋地奔上岸來，把個皇帝團團圍住，跳著唱著。玄宗一件嶄新的龍袍，被水沾得溼透了肩袖，玄宗非但不惱，看她們赤著玉也似的身體，站在面前，忙得他丟了這個，又抱那個，更把一件袍兒盡染上脂粉水兒去。玩笑多時，各妃嬪才拭乾身體，穿上衣裙。玄宗也另換了一件袍兒，一群妃嬪簇擁著一位風流天子，從織錦迴廊中走去。

玄宗一瞥眼，只見一個女子，露著上半身，隔著廊兒，在花窗下斜倚著。看那女子背著身兒，雲髻半偏，香肩斜嚲，襯著苗條的腰肢兒，已是動人心魂；待她一回過臉兒來，那半邊腮兒，恰恰被一朵美蓉花兒掩住，露出那半面粉靨來，嬌體豐潤，也分辨不出花光人面，真可稱是國色天香。

玄宗雖有三宮六院的妃嬪，終日賞玩著；嬌小的，豐腴的，濃妝淡抹的，雖見了許多，卻不曾見有如此絕色的美人兒。不知不覺把皇帝的魂兒絆住，那腳蹤兒也不由得向美人身旁行去；眾妃嬪見萬歲爺窪定全神，在隔廊的美人身上，便也知趣，一齊悄悄地退去，只留著高力士隨侍在皇帝身後。玄宗正向美人身畔走來，看看已近在咫尺，誰知卻被雕欄隔住，可望而不可接。看那美人卻也放刁，見萬歲爺行來，她便佯羞低頭，一轉身和驚鴻一般，向廊東頭行去。

玄宗正想上前去招手喚住，一轉念今日有各路親王妃子放進宮來遊玩。那美人也須是親王的妃子，卻不可冒昧召喚。狠一狠心，又想丟下手走開；看那美人在前面緩緩地行走著，看她腰肢裊娜，凌波微步，真好似輕雲出岫一般，看了叫人愛煞。玄宗便也隔著廊兒，跟定了那美人的腳蹤兒走著。

高力士也默默地跟隨在身後，亦步亦趨地沿著迴廊，轉彎抹角地走著。上面說過這織錦迴廊，原建造得十分巧妙，倘不得門徑，便夠你繞一輩子也繞不出來。如今玄宗皇帝是有意跟蹤那美人，那美人兒也有意引逗這位風流皇帝，只向那典折幽密處行去。看看兩面只隔著一重迴廊，但繞來繞去，總不能接近；看看已趕上了，不知怎麼一繞，那美人兒被花障兒遮住，忽已不見了，一轉眼已在身後出現。玄宗急急轉身走去，依舊是被一重雕欄隔住；看那美人，只是掩袖一笑，轉向別處去了。

急得玄宗皇帝只是抱怨那建造這織錦迴廊的工匠，如此捉弄人。

待玄宗走到那美人站立的地方，已是去得無影無蹤；高力士向四處走廊上去找尋，那美人早已繞出迴廊，向別殿遊玩去了。玄宗見跟不上這美人，只得垂頭喪氣地也出了迴廊，出了後苑，走在飛橋上，向下望去，一瞥眼兒又見方才那美人，出沒在橋下花樹之間。

這時身旁多了兩個侍婢，一個手中捧著一個膽瓶，瓶中插著二三朵折枝芙蓉；一個手中拿著拂塵帚兒，時時在美人兒身體四周拂去空中的飛蟲，和那蜂兒蝶兒。這美人兒只低著頭沿著溪水邊慢慢地行去，玄宗在橋上遙指著，對力士說道：「你看這模樣兒真可寫入圖畫呢。誰家這可喜娘，總有時將她宣召在朕當面，待朕看一個飽呢！」

高力士到這時候，實在忍不住了，便奏對道：「這有何難？陛下自己的媳婦兒，少不了由陛下看一個飽也！」

玄宗見說，不覺一驚，忙問他：「是誰家的王妃！」

高力士忙奏道：「那婦人便是壽王的妃子楊氏。」

玄宗一聽，真是自己的媳婦兒，不覺滿面羞慚，忙自己掩飾著說道：「怪道呢，這孩子自從武惠妃生下地來，怕不能養大，自幼抱在寧王府中管養；元妃看教他，好似親生兒子一般，那媳婦兒也在寧王府中娶的，不常到朕宮中來，一家子翁媳，反覺生疏了，想來真覺好笑！」

說著，便哈哈大笑。

高力士聽了玄宗的話，便奏請道：「可要去召這楊氏來進見？」

玄宗忙搖著手道：「不必，不必！」

說著，便走下橋去，在那甫道上低頭默默地走著，半晌，不覺嘆一口氣，自言自語地說道：「瑁兒這孩子，真好豔福也！」

玄宗說了這句話，才覺自己說得太忘形了，忙又自己掩飾著說道：「想俺大哥在世的時候，俺弟兄們何等的親熱，終日吃也在一處，玩也在一處，臥也在一處。還記得朕初即位的時候，離了眾弟兄，孤淒淒的一個人住在宮中，心中好不煩悶，便把俺大哥召進宮來，依舊和他在一處兒玩著喝著。還記得有一天，是朕和大哥對坐著，嘗那內廚房新制的荷葉羹；大哥正滿嘴含著羹湯，不知怎的，錯了喉，一個噴嚏，噴得朕滿臉滿鬍鬚儘是羹湯。俺大哥急得滿臉通紅，忙拿自己的袍袖替朕拂拭著；朕怕大哥心中羞慚，便喚內侍們上來，收拾乾淨。這時黃播綽在一旁，笑奏道：『這不是寧王錯喉，這是寧王噴帝！』俺和寧王兩人聽了，撐不住呵呵大笑起來。至今想來，還是很有味兒的呢！」

玄宗說著，已走進了華清正宮；想起梅妃方才暈倒在浴池中的，便重入寢宮，探視梅妃的病情去。這一晚，玄宗和梅妃，是第一夜臨幸這華清行宮；梅妃得玄宗如此寵愛，便支撐著病體，百般承迎。但是看玄宗神氣，卻大變了，不論一言一笑，總是怔怔的，好似魂不守舍，心中別有心事一般，一任梅妃如何裝嬌獻媚，玄宗總是淡淡的神情。

好不容易，挨過了一夜，第二天清晨起來，玄宗便離了寢宮，出御便殿，悄悄地招高力士召進宮來。這高力士原眠息在殿帷中的，一聽說聖上召喚，便急急進宮來；一看萬歲孤淒淒的一個人坐在屋中，看他臉色，便知道昨夜失眠。見高力士進來，也好似不看見的一般，只是怔怔的；高力士心中禁不住驚慌，他認作昨夜萬歲和梅妃鬧翻了，又疑是自己得了什麼罪，萬歲正震怒呢。忙悄悄地爬下地去，跪在一旁。半晌半晌，只聽得玄宗打著手掌，自言自語道地：「這美人兒正可愛！叫朕心下好難拋下也！」

高力士聽了，才恍然知道皇帝依舊在那裡想念那壽王這妃子楊氏。看萬歲那痴痴的神氣，甚是可憐，便奏道：「萬歲若愛那楊氏，奴才卻能替萬歲爺去召進宮來見一面兒。」

玄宗嘆著氣說道：「俺們翁媳見一面兒，有什麼意思，眼見得朕這相思害到底也！」

說著，又連連地嘆氣。高力士聽了玄宗的話，心中一轉念，便得了主意；便搶上一步，在玄宗耳旁，低低地說了一番話。玄宗聽了，也連聲贊說：「好主意！好主意！朕便依卿的主意行去。」

玄宗自從和高力士在背地裡商量得了主意以後，便覺玄宗每日笑逐顏開；他也不找眾妃嬪遊玩，也不在梅妃屋中勾留，每日只打扮得遍體風流，在書房中靜養，茲有高力士伴在一旁。

再說那壽王的妃子楊氏，真是長成國色瓊姿，世居在永樂地方，自幼兒父母雙亡，在叔父家中養大。十八歲選人壽邱，為壽王妃子。如此美人，夫妻自然十分恩愛；但自從那日在華清宮賜浴回來，不知怎的，心中總留著一個皇帝的風流影兒，從此茶飯也少進，睡眠也不安，便是夫妻之間，也便覺得淡淡的，一任壽王百般寵愛，那妃子卻越覺得可厭，總是遠遠地避著。

這樣一天一天地下去，夫妻之間，忍無可忍：在半夜時分，他兩口子便大鬧起來，闔府內外的人，都慌得不敢睡覺，捱到天明，他們去把寧王夫婦二人請來。那壽王自幼在寧王府中養大的，見了寧王的元妃，兩口子便訴說不休；楊氏卻一口咬定，說願入庵當姑子去。一任你那寧王夫婦如何勸說，那壽王如何求告，這楊氏如鐵石鑄成的心腸一般，總是啼啼哭哭的。在府中又留了三天，楊氏卻尋死尋活地吵鬧不休。元妃看看，實在留不住了，便勸著壽王說：「這婦人心腸已變，放她當姑子去吧。」

這壽王沒奈何，把自己心愛的美人兒，生生地眼看她辭別出府去。

壽王看看楊氏登車，自己卻撐不住那淚珠兒撲撲索索地落下來。寧王夫婦，伴著壽王在府中，早夕勸戒；又傳府中的姬人來歌舞，勸著壽王的酒。可伶壽王這時滴酒難嚥，又選幾個絕色的妓女，到壽王寢室中去伴寢；一連三夜，竟是各不相犯的。楊妃在府中時，原有貼身兩個侍女，一名永清，一名念奴，卻也長得伶俐美貌；如今楊妃已帶著出府去，丟下這壽王，愈覺得冷清清的沒了手腳。

隔了幾天，皇帝聖旨下來，替壽王選定了韋昭訓的女兒韋氏，配與壽王為妃子。玄宗特賜黃金萬兩，綵緞千端，為新妃子的見面禮兒。壽王見是父皇特旨替他娶的妃子，卻也不敢怠慢；看那新妃子，一般也長得美麗賢淑，得了新歡，便了忘了舊愛。欲知後事如何，且聽下回分解。

翁占媳楊貴妃承寵　兄通妹虢夫人守寡

壽王妃子楊氏，帶了她貼身兩個侍女，永清、念奴，出了王府，真的進萬壽庵做姑子修行去。那店中老姑子，替她取個法名，喚做太真，既不責她絜素唸經，也不勞她打掃佛堂。主婢三人，在店中自由自在地度著歲月。捱到第二年春天，高力士受了皇帝的密旨，悄悄地來在庵中，把楊氏宣召進華清宮去。

原來這楊氏出壽王府，入萬壽魔，全是高力士的計策。買通了永清、念奴二人，時時勸楊氏，丟下壽王，進宮去得萬歲爺的寵愛，少不了享榮華富貴，正位六宮，至少也封一個貴妃娘娘。楊氏究竟是一個女流之輩，享榮華的心重，愛壽王的心薄；她在華清宮中，見皇帝對著她霹出痴痴癲癲的樣子來，不覺又感動了她的柔腸。心想自己長得這一副絕世的容顏，也不可辜負了自己，如今難得這多情天子，如此流連，便是拼著失了節，也是值得的。她如此一想，便聽信了永清、念奴的話，決意和壽王決絕了，推說是做姑子修行去，假此遮掩人的耳目。

如今高力士把她悄悄地迎進宮來，在華清宮西閣中召見。

永清、念奴兩婢，簇擁著楊氏走近皇帝身前去，盈盈跪倒。只聽得嬌滴滴的聲音道：「婢子楊玉環見駕，願吾皇萬歲，萬歲，萬萬歲！」

玄宗一見這楊玉環，喜得心花怒放，忙吩咐平身，又令高力士看座，賜楊玉環坐下。此時美人咫尺，玄宗且不說話，目不轉睛地向楊氏渾身上下打量著。只見她雲髻低覆，玉肩斜彈；那臉蛋兒長得豐豔圓潤，在嫵媚之中，另具一種柔和的神韻。紅紅的粉腮兒，花嬌玉暈，真令人目迷神往。

玄宗皇帝兩道眼光，憨孜孜地注定在楊氏兩面粉腮兒上；把個楊玉環看得嬌羞靦腆，低下粉脖去，只是弄著衣帶。玄宗看夠多時，便傳旨賜楊氏在風池中沐浴；這裡傳御廚房擺一桌盛筵，在華清宮西廊。玄宗也退入後宮去，換了一身輕衫，早在西廊上坐著。

半晌，楊氏浴罷出來，看她穿了一件銀紅衫子，雅淡梳妝，愈覺她容光煥發，瑩潔可愛。玄宗上去，從袖子裡握住楊氏的手，託在掌上，細細把玩；見她柔纖白淨，好似白玉琢成的一般，不禁讚歎道：「好美的手也！」

永清在一旁，斟過一杯酒來，遞在楊氏手中；楊氏捧著，獻與玄宗。玄宗就楊氏手中飲了，心中一樂，不覺呵呵地笑著。忙喚高力士把盞，楊氏也飲了一杯，兩人攜著手並肩兒坐上席去，傳杯遞盞。玄宗盡逗著楊氏說笑，又不住地讚歎楊氏的美貌。楊氏欠身謝道：「臣妻寒門陋質，充選掖庭；忽聞寵命之加，不勝隕越之俱。」

玄宗也褒獎幾句道：「美人世冑家，德容兼備，取供內職，深愜朕懷！」

說著，便把楊氏擁在杯中，兩人淺斟低酌，輕伶熱愛；說不盡的同心話，喝不盡的合巹酒。玄宗飲到半酣，便提起筆兒來寫道：「端冕中天，垂衣南面；山河一統皇唐，層宵雨露回春，深宮草木齊芳。

昇平早奏，韶華好不行樂何妨？願此身終老溫柔，白雲不羨仙鄉。」

寫成，便傳李氏弟兄，率領兩班歌舞姬人上殿來，把皇帝這詞兒譜入曲中歌著。李龜年才思十分敏捷，當下也製成兩闋歌詞，依著笙簫，分兩隊砍唱起來。第一隊姬人，齊趁著嬌喉唱道：

「寰區萬里，遍徵求窈窕，誰堪領袖嬪嫱？佳麗今朝天付與，端的絕世無雙！思想，擅寵瑤宮，褒封玉冊，三千粉貸總甘讓，唯願取恩情美滿，地久天長！」

這一隊歌聲才息，那一隊接著唱道：

「蒙獎，沉吟半晌，怕庸姿下體，不堪陪從椒房；受寵承恩，一霎裡身判人美天上。須仿馮嫕當熊，班姬辭輦，永持彤智侍君旁。唯願取恩情美滿，地久天長！」

這兩隊歌姬，一酬一答，唱得悠揚奪耳。玄宗不覺大樂，傳諭李龜年黃金百兩，綵緞十端。這一席酒，直喝到月照瑤階，高力士上來奏道：「月上了，啟萬歲爺撤宴。」

玄宗聽奏，便離席道：「朕與美人，同步階臺玩月一回。」

說著，扶住楊氏的玉肩，向月臺上走來。那李龜年又製成歌兒，在月臺上作樂。

歌姬道：

「下金堂籠燈就月，細端相庭花不及嬌模樣：輕偎低旁，這鬢影衣光，掩映出豐姿千狀。此夕歡娛，風清月朗，笑他夢雨暗高唐。」

前隊唱畢，接著後隊唱道：

「追遊宴賞，幸從今得侍君王；瑤階小立，春生天語，香縈仙仗。玉露冷沾裳，還凝望，重重金殿宿鴛鴦。」

真是笙歌嘹亮，在這月明夜靜時候，那三宮六院，處處聞得這歌聲。玄宗聽了砍詞，倍添興趣，便吩咐打道西宮。一簇宮女內侍們隨侍著，玄宗和楊氏，迤邐向西宮走來。

看看走到西宮廊下，玄宗便吩咐左右迴避，只留這永清、念奴兩侍女，扶著玄宗和楊氏走進寢宮去。屋子裡面紅燭高燒，繡幃低掛；永清、念奴服侍皇帝和楊氏二人，除去冠戴，卸去外衣，退出房門外去候著。這裡玄宗看楊氏只穿一領杏綠小衣，燭光搖曳，對映在粉龐兒上，別有豐採。玄宗且不喚睡，就燈光下面細細地把玩楊氏姿色，低低地喚著美人。一回兒從杯中取出一支金釵，一個鈿盒來，遞與楊氏，說道：「朕與美人偕老之盟，今夕伊始，特攜得金釵鈿盒在此，與卿定情。」

楊氏接過金釵鈿盒，深深拜倒在榻前，口稱：「謝萬歲海樣深恩！」

玄宗趁勢親自把金釵替楊氏插在雲髻上，一手把楊氏扶起，摟住腰兒，相視一笑，同進羅幃去。這一夜恩愛，龍飛鳳舞，直到次日近午時分，才見宮女出到廊下來，捲起簾子，開啟窗幕。玄宗起身梳洗，又轉身坐在妝臺畔，笑孜孜地看楊氏梳妝著，直到傍晚時分，內宮傳出聖旨來，冊封楊氏為貴妃，拜高力士為驃騎將軍，追贈楊貴妃父楊玄琰為太尉齊國公，又拜貴妃叔父楊玄珪為光祿卿，兄弟楊銛為鴻臚卿，楊錡為侍御史，楊釗為司空。這楊釗，便是楊國忠，善權變，工心計，早與高力士約為兄弟；後來玄宗傳見楊錡，見他面貌長得清秀，便招做駙馬，把武惠妃的女兒太華公主下嫁給楊錡為妻。從此楊氏一門顯貴，勢焰日盛。

如今再說那楊國忠，原是楊貴妃的從堂兄，素性淫惡，少年時候，在家鄉永樂地方飲酒賭博，銀錢到手輒盡，一到無錢時候，便向各處親友中強借硬索；那親友們個個厭惡他，漸漸地沒有人理睬他了。國忠在家鄉乏味，便投軍去，強橫多力，臨陣十分勇敢；只是平日在軍中，專一欺弄良懦，結交無賴，魚肉人民。有人告到節度使張宥跟前，照軍功國忠有功當升，只因他橫行不法，便把國忠傳至帳前，痛痛地責打了五百棍，打得他皮開肉綻，受傷臥倒在營房中。待創傷養得痊癒，朝廷換了一個新都尉下來，查出楊國忠種種罪惡，便把他軍籍革去，逐出營來。

這楊國忠越是窮困無路，終日在荒山野地裡拿弓箭射些野獸充饑；恰巧遇到當地的一個土豪，名喚鮮於仲通的，帶了數十名莊客，人山去圍獵；見這楊國忠狀貌魁梧，勇猛有力，便收留他回莊院去。閒著無事，令他看管莊門；楊國忠一改從前的凶橫的行徑，專一當面逢迎，背後放刁。那鮮於仲通看他很是識趣，又能趨奉，便也漸漸地信用著他，使他掌管莊客的口糧。誰知楊國忠卻暗暗地剋扣銀錢，時時短少莊客們的口糧，弄得眾人動怒。

這時楊國忠腰包裡搜刮得頗有幾文銀錢，見眾人怨恨，他便一溜煙逃回家去，到蜀州地方，依靠他的叔父楊玄琰。這叔父在外行商，家中頗積蓄些錢財；誰知這年冬天，他叔父客死在他鄉，家中只抛下了一間細弱；他叔母甄氏，只生有四個女兒。長女楊玉珮，次女楊玉箏，三女楊玉釵，四女楊玉環；個個出落得風流嬌豔，嫵媚動人。國忠護送她母女五人，扶柩回鄉去；沿途車船上下，國忠卻十分小心地伺候著。

甄氏甚是感激，待到蒲州家鄉，甄氏便留著國忠在家中代為照料門戶，撐持家計，從此國忠留住在他嬸母家中，甚是安樂。

日子一久，他漸漸地放出本性來，在外面酗酒賭博；他嬸母甄氏，身體本來虛弱，終年臥病在床，家中一切銀錢出入，統由次女楊玉箏掌管。這楊玉箏不但長得豔麗嫵媚，且又風騷動人；那兩彎蛾眉，一雙剪水明眸，再也沒有人趕得上她那種玲瓏剔透的了。終日嬌聲說笑，鶯鳴燕語一般，滿屋子只聽得玉箏的聲音。她說話時，眉尖飛舞，眼波流光，那一點櫻桃似的朱唇，真叫人看了愛煞。楊國忠因是一家兄妹，平日穿房入戶，都不避忌；那玉箏妹子，又終日趕著國忠哥哥長哥哥短地說著話，好似小鳥依人一般。兩人眉來眼去，風言俏語，已是關情的了。只因礙著姊妹們的耳目，不可以下得手。

這時長夏無事，楊國忠在外邊賭輸了錢，急急趕回家來；找他妹妹玉箏要錢去翻本。誰知一走進內室，他姊妹們各在房中，午睡未醒；國忠躡手躡腳地溜進他二妹妹房中去，一眼見楊玉箏上身只遮著一方猩紅抹胸，露出雪也似的肩頸。兩彎玉臂，一伸一屈，橫擱在涼蓆上。下身繫一條蔥綠色散腳的羅褲，兩彎瘦稜稜的小腳兒，高擱在床沿上，套著紫色弓鞋。腰間繫一條裩紅色汗巾，巾上滿繡著鴛鴦。看她柳腰一搦，杏靨半貼，矇朧睡眼，香夢正在酣呢。

楊國忠眼中看著這樣的美色，接著又是一陣陣蘭麝幽香，送進鼻管來；由不得他心旌大動，色膽如天。他也顧不得兄妹的名分，競上去把個白璧無暇的楊玉箏推醒了。這楊玉箏一段柔情，正苦無聊；今得哥哥伶惜她，年幼無知，竟把全個恩情，用在國忠身上。玉箏平日手中有的是錢，便暗暗地送與國忠，拿到外面飲酒賭博去。他兄妹二人，暗去明來，這恩愛足足過著二年的光陰。

楊國忠在外面越發放蕩得厲害。他手中一有錢，便又在外面養著粉頭，漸漸有些厭惡玉箏了；又因向玉箏手中討生活，不得大筆銀錢供他揮霍，他起了一個歹意，在夜深覷著玉箏濃睡的時候，便悄悄地起來，開啟箱籠，盜得一大筆銀錢細軟，出去帶著那粉頭，一溜煙地逃走了。這一去有五六年工夫，不見他的影蹤。他嬸母甄氏和一家姊妹，都怨恨國忠；獨有玉箏春花秋月，寄盡相思。甄氏以一門細弱，無可依靠。在三年之中，打點著玉珮、玉箏、玉釵，一齊出閣。嫁得少年夫婿，卻也十分歡樂。家中只留下小女楊玉環一人，奉著病母，苦度晨昏。甄氏便攜著女兒，流寓在京師地方。

正盼望一個親戚來慰問寂寞，忽然那多年不見的楊國忠，又找上門來。甄氏見了自己的侄兒，正要責備他不該不別而行；誰知國忠不俟他嬸母開口，便天花亂墜地說：「如今壽王府中，正選王妃，何不把玉環妹子獻進府去？倘得中選，也圖得一門富貴。」

又說：「如今自己在京師行商，頗有資財，又結識得宮中許多有權勢的太監。倘把妹子送進府去，只須俺從中說一句話，又不怕她不中選。」

一番花言巧語，富貴之事，人人貪心的；何況甄氏是婦人見識，聽了國忠一番話，早已打動了心腸。當時便依國忠的意思把楊玉環的名兒，報進府去；到檢驗的日期，有兩個宮裡媽媽到楊家來檢視，果然中了選，娶進宮去，冊立為王妃。從此楊家便顯赫起來，家中亦時有貴人來往；國忠仗著推薦之功，便也久住在他嬸母家中。恰巧這時楊玉箏新喪了丈夫，回家來守寡。他兄妹二人久別重逢，墮歡再拾，竟公然同起同臥，歡娛不止。直到楊玉環被玄宗召進宮去，冊立為貴妃；楊國忠因貴妃外戚，也被召進宮去朝見天子。玄宗見他對答便捷，性情爽利，很是合意，便升任為金吾兵曹參軍。

又傳見楊貴妃三位姊姊，長姊玉珮，封為韓國夫人；次姊玉箏，封為虢國夫人；三姊玉釵，封為秦國夫人。各賜巨大府第，盛列棨戟。就中以虢國夫人，仗著自己的面貌動人，便常常進宮去，和貴妃想見；便是見了玄宗皇帝，也不避忌。皇帝喚她為阿姨。從此三位夫人，恩寵日隆，聲勢煊赫。

虢國夫人在宮中出入，那命婦公主，見了都排班站立，不敢就位。虢國夫人府中，常有各處臺、省、州、縣官，進獻珍寶，奔走請託，門庭若市，財幣山積。夫人家中豪奴，在外橫行不法；這日虢國夫人從宮中回府，在大街上遇到建平公主和信成公主的輿仗，那駙馬都尉獨孤明，乘馬在後面護衛著。前隊與虢國夫人的鹵簿相撞，兩方各不相讓；虢國夫人的豪奴，便恃強毆打。一時街道擁擠，人聲鼎沸起來。虢國夫人大怒，吩咐轉過馬頭，重複進宮去，在皇帝跟前申訴；聖旨下來，追奪二位公主的封物，又革去駙馬獨孤明的官職。從此虢國夫人在大街上出入，不論大小官員遇到了，乘輿的下輿，騎馬的下馬，讓在道旁，候夫人的輿仗過去，才敢行走。

如今再說楊貴妃深居中宮，終日得玄宗皇帝輕伶熱愛，真是受盡恩寵，享盡榮華。那皇帝每日除坐朝以外，行走坐臥，與貴妃寸步不離；每有飲宴，必令李龜年率全部樂隊，在筵前鼓吹。那聲調抑揚頓挫，甚是悅耳。貴妃便問：「鼓吹的是什麼曲調，卻如此動聽？」

永清偷偷地訴說：「這曲調名《驚鴻》，原是梅妃制就的。那梅妃還有驚鴻舞，是萬歲爺所最愛的。」

貴妃聽說《驚鴻舞》是梅妃製成的，心想如今萬歲雖說一時寵愛全在妾身，但這梅妃的遺曲，天天在萬歲耳旁鼓吹著，保不定一旦勾起了萬歲的舊情，重複愛上了梅妃，那時自己豈非也要被萬歲拋棄了麼。她想到這裡，心中不由得焦灼起來。耳中聽著那一陣陣樂聲，反覺十分難受，便推說有病離席，退回寢官去。玄宗見貴妃身體不適，便也不忍去驚擾她，自己便守在外屋裡，隨手拿起一本書看著解悶兒。都永清服侍貴妃睡下，念奴卻伺候著萬歲，一室中靜悄悄的，貴妃在床上不覺沉沉地入夢去了。

只聽得窗外有人輕喚娘娘的聲音，玉環急從床上坐起，室中靜悄悄地不見一人，忙喚永清，又喚念奴，半響不見有人答應。那窗外卻又聽得有人喚道：「娘娘快請！」

玉環忍不住，親自走出廊下去看時，只見一個女孩，宮女打扮的，站在簾前。

玉環不由得動怒起來，喝問：「俺好好的正睡得入夢，你一個人大驚小怪的，在這裡嚷什麼！還不快出去麼！」

那女孩卻笑嘻嘻地回說道：「娘娘莫錯認了，俺原不是宮人也。」

玉環問道：「你不是宮人，敢是別院的美人嗎？」

那女孩兒又搖搖頭說道：「兒家原是月宮侍兒，名喚寒篁的便是。」

玉環又問：「月中仙子，到此何事？」

寒篁回說：「只因月主嫦娥，向有霓裳羽衣仙樂十部，久祕月宮，未傳人世；知下界唐天子知音好樂，娘娘前身，原是蓬萊玉妃，特令俺來請娘娘到桂官中去，重聽此曲，將來譜入管絃。使將天上仙音，留作人間佳話，豈不是好？」

玉環聽仙女如此說法，心想：「俺正要制一曲，勝過那梅姐的《驚鴻曲》；如今有仙樂可聽，待俺去偷得宮商，譜入曲中。天上仙曲，終勝人間凡響。」

當下玉環並不遲疑，跟定那仙女走去。

一路冷露寒風，砭人肌骨。玉環十分詫異，便問道：「正是仲夏天氣，為何這般寒冷？」

那仙女答道：「此即太陰月府，人間所傳廣寒宮是也。」

玉環抬頭看時，只見迎面一座穹門，彎彎如月。仙女道：「來此已是，便請娘娘進去。」

玉環心中一喜，便自言自語道：「想我濁質凡胎，今日得到月府，好僥倖也！」

門內繁花雜樹，中間露出一條甬道，玉環和仙女二人，迤邐行去，看四周景色，清幽明媚，令人神爽，一眼見那壁拔地栽著一叢桂樹，繁花點點，從風中吹來，異香撲鼻。玉環問道：「此地桂花怎開得恁早？」

仙女答道：「此乃月中丹桂，四時常茂，花葉俱香。」

玉環走向樹下去，盤桓一回，口稱：「好花！」

正玩賞的時候，只見一群仙女，齊穿著素衣紅裳，個個手執樂器，從桂花樹下吹奏而來。那聲調鏗鏘，十分悅耳，頓覺身體虛飄飄的，如昇天際。玉環連連貸嘆道：「好仙曲也！」

那仙女在一旁說道：「此便是《霓裳羽衣之曲》。」

玉環再留神看時，只見那群仙女，各各雪衣紅裙，雲肩垂絡，腰繫綵帶，在那一片芳草地上，分作兩隊；一隊吹打著，一隊歌舞著。

隱約聽得那歌詞道：

「攜天樂花叢鬥拈，拂霓裳露沾；迥隔斷紅塵荏苒，直寫出瑤臺清豔。縱吹彈舌尖，玉纖韻添；驚不醒人間夢魘，停不住天宮漏簽。一枕遊仙，曲終聞鹽，付知音重翻檢。」

聽她歌喉，字字圓潤，響徹雲霄。歌息，舞罷，樂停。玉環才好似夢醒過來，嘆道：「妙哉此樂！清高宛轉，感我心魂，真非人間所有呢！」

眼見那一群仙女冉冉地退入花間去，只留一片清光，照徹林間。玉環忽然記起嫦娥來，便道：「請問仙子，願求月主一見。」

那仙女卻笑說道：「要見月主，還早呢！你看天色漸暗，請娘娘回宮去罷。」說著，把玉環身軀輕輕一推；一個翻身，跌出月洞門外。只聽「啊喲」一聲，醒來原是南柯一夢。但仙樂仙歌，洋洋盈耳；減字偷腔，隱約可記。

玄宗坐在外室，聽得貴妃在床上嬌聲呼喚，忙進房來，挨身坐在床沿上慰問著。貴妃擁擁衾斜倚，掠鬢微笑。這時已近黃昏，玄宗傳內侍的床前擱一矮幾，陳列幾色餚饌，便在床頭和妃子兩人淺斟低酌起來。妃子只得倦眼朦朧地飲下幾杯酒，兩頰紅豔，分外可愛。玄宗看了，十分憐惜，便命撤去杯盤，攜著妃子的纖手，雙雙入睡去。

直到次日清晨，皇帝出宮坐朝，玉環方從枕上醒來；默記廣寒宮中的《霓裳羽衣曲》，字字都在心頭。便吩咐永清婢子，到御苑中去收拾荷亭，安排筆硯，預備制曲。又吩咐念奴婢子，就西窗下安排曉妝。自己只披得一身輕衫，把雲鬢略攏一攏。永清扶著到荷亭去，耳中只聽得鶯聲上下，燕聲東西；默憶仙曲，宮商宛然。便提起筆來，按譜就腔，填就詞句。永清忙著在一旁打扇添香。貫姐一邊慢填，一邊低唱；間有不妥之處，便反覆吟詠，多時才把曲兒制就。

便回頭問永清：「什麼時侯了？」

永清回答說：「晌午了。」

「萬歲爺可曾退朝？」

答稱：「尚未。」

貴妃起身，帶若小宮婢，回宮更衣去。又叮囑永清在此侯著，萬歲爺到時，速即通報。這裡妃子才進宮去，那玄宗已退朝下來。他原約著萬歲爺在荷亭納涼的，待玄宗到荷亭，不見妃子，便問永清道：「你娘娘在何處閒耍？」

一眼瞥見案上有筆墨排列著，永清便回奏說：「娘娘在此制譜，方才更衣去了。」

玄宗見了曲譜，便坐下來，逐句推敲，輕吟低唱，音節甚是清新，不覺嘆道：「妃子啊，美人韻事，都被你占盡了！莫說我這嬉好絕世姿態，只這一點靈心，有誰及得你來！」

欲知後事如何，且聽下回分解。

冰盤獻荔枝　溫池賜香湯

夜深人靜，山高月明；這座華清宮，正傍著驪山西麓。靠山巒一帶，宮牆蜿蜒西去。這時宮牆裡，朝元閣上，燈火明滅，照出五七個人影來。原來自從那日，楊貴妃制就《霓裳羽衣曲》以後，先教與永清、念奴二宮婢念熟了，每夜傳伶官李龜年，帶領唱曲的馬仙期，打鐵撥的雷海青，彈琵琶的賀懷智，打鼓板的黃幡綽，在朝元閣上，教授曲譜歌詞，以便傳入梨園，依聲歌舞。因此歌聲笛韻，每夜從朝元閣上度出來。

這時早已引動了長安市上一個少年，名史李謩的。他自幼兒精通音律，一支鐵笛，大江南北，都是有名。如今他適巧在京師遨遊，打聽得貴妲制有《霓裳羽衣》新曲，頗思一聽新聲，苦於宮中祕曲，民間無從傳聞。在日間悄悄地走到驪山腳下，繞到宮牆後面去，只見危樓高聳，斜陽照著露雲「朝元閣」三個字來。他又打聽得李龜年每夜在閣上教歌，便於夜深人靜之時，袖中懷著鐵笛，倚身在宮牆下，聽樓頭仙樂仙歌。樂聲止處，一縷嬌喉，唱著第一闋道：

「驪珠散迸入拍初，驚雲翻袂彤，飄然迴雪舞風輕，飄然迴雪舞風輕。約略煙蛾態不勝。」

宮牆內嬌聲唱著，宮牆外鐵笛和著。第一闋唱罷，接著唱第二闋道：

「珠輝翠映，鳳翥鸞停。玉山蓬頂，上元揮袂引雙成，萼綠回肩招許瓊。」

第三闋唱道：

「音繁調騁，絲打縱橫；翔雲忽定，慢收舞袖弄輕盈，慢收舞袖弄輕盈。飛上瑤天歌一聲。」

那李謩在宮牆外靜聽數闋唱完，不覺低聲讚道：「妙哉曲也！真個如敲秋竹，似戛春冰；分明一派仙音，信非人世所有。被我都從笛中偷得，好不僥倖！」

他啟言自語地讚歎著，一抬頭，見閣上寂然無聲，人燈俱滅。回頭看天際河斜月落，鬥轉參橫，便也袖著鐵笛回去了。

這李龜年在宮中領了歌曲，便去傳授梨園子弟，細細拍奏；又教一班歌伎，表演羽衣舞。日夜辛苦教練，待得純熟，便去奏明皇上。玄宗因六月初一日，是楊貴妃的生辰，特令設宴在長生殿中，李龜年帶領歌舞子女，也候在殿下，聽傳旨試演。

這日玄宗早朝初罷，便臨幸長生殿。只因時候尚早，二班宮女，正忙碌著鋪設筵席。那李龜年卻已在殿前候旨。玄宗便命高力士去視妃子晨妝完未。高力士去不多時，只見一群宮女，簇擁著楊貴妃，輕移宮扇，走上殿來。看妃子時，卻換了一身鮮豔的雲裳；走近皇帝身前盈盈參拜。口稱：「臣妾楊氏見駕，願吾皇萬歲，萬歲，萬萬歲！」

玄宗忙伸手去，把妃子扶起，說道：「這萬歲千秋，願與妃子同之。」

貴妃坐定，玄宗道：「今日妃子初度，寡人特設長生之宴，同為竟日之歡。」

楊貴妃忙離席謝道：「薄命生辰，荷蒙天寵，願為陛下進千秋萬歲之觴。」說著，宮女捧過金盃來，貴妃獻與皇帝。玄宗飲了，又把身前玉杯，高力士斟上一滿杯酒，遞與貴妃道：「為妃子添壽。」

楊貴妃謝過恩，兩人相對坐下。階前仙樂齊奏，殿上傳杯遞盞。正歡樂時候，那高力士上來奏稱：「啟萬歲爺娘娘，國舅楊丞相同韓、虢、秦三國夫人，獻上壽禮賀箋，在宮門外朝賀。」

玄宗取過禮箋來，遞與妃子看去。回頭傳諭道：「生受他們，丞相免行禮，回朝辦事去。三國夫人，候朕同娘娘回宮，再賜筵宴。」

高力士才得傳旨下去，又走上席間來，奏道：「啟萬歲爺，涪州海南貢進鮮荔枝在此。」

玄宗忙命取上來。

只見三個小太監，頭頂著三個大冰盤，盤中滿堆著鮮紅的荔枝。

楊貴妃見了這荔枝，不禁笑逐顏開。原來貴妃生長蜀中，愛食荔枝；待選入中宮，便有各路節度使，按時貢獻。南海涪州一帶所產荔枝，色鮮味美，尤勝蜀中；便命地方官一路裝置驛馬，到初夏荔熟，採下藏在冰囊中，飛騎按站遞送。人馬竭力賓士，人饑馬乏，沿路倒斃，又踏死行人的，不計其數。待獻進宮去，一般的色香味美，絲毫不走，費去數十萬財力，作踐十百條性命，只博得妃子食荔枝時候的盈盈一笑。玄宗的寵愛楊貴妃，真是無以復加。杜牧詩中說：「一騎紅塵妃子笑，無人知是荔枝來。」

真是實在情形。後人譜《長生殿傳奇》，有一折《進果》的道得好；我如今附寫在此，看官不妨參讀，可見當時貢使之勞，驛騷之苦，並傷殘人命，蹂躪田禾。以見一騎紅塵，足為千古警戒。

【過曲・柳穿魚】〔末扮使臣持竿、挑荔枝籃，作鞭馬急上〕一身萬里跨征鞍，為進離支受艱難。上命遣差不由己，算來名利怎如閒！巴得個、到長安，只圖貴妃看一看。

自家西州道使臣，為因貴妃楊娘娘。愛吃鮮荔枝，奉敕涪州，年年進貢。天氣又熱，路途又遠，只得不憚辛勤，飛馬前去。〔作鞭馬重唱「巴得個」三句跑下〕

【撼動山】〔副淨扮使臣持荔枝籃、鞭馬急上〕海南荔子味尤甘，楊娘娘偏喜啖。採時連葉包，緘封貯小竹籃。獻來曉夜不停驂，一路里怕耽，望一站也麼奔一站！

自家海南道使臣。只為楊娘娘愛吃鮮荔枝，俺海南所產，勝似涪州，因此敕與涪州並進。但是俺海南的路兒更遠，這荔枝過了七日，香味便減，只得飛馳趕去。〔鞭馬重唱「一路里」二句跑下〕

【十棒鼓】〔外扮老田夫上〕田家耕種多辛苦，愁旱又愁雨。一年靠這幾莖苗，收來半要償官賦，可憐能得幾粒到肚！每日盼成熟，求天拜神助。

老漢是金城縣東鄉一個莊家。一家八口，單靠著這幾畝薄田過活。早間聽說進鮮荔枝的使臣，一路上稍著徑道行走，不知踏壞了人家多少禾苗！因此，老漢特到田中看守。〔望介〕那邊兩個算命的來了。

〔小生扮算命瞎子手持竹板，淨扮女瞎子彈弦子，同行上〕

【蛾郎兒】住褒城，走咸京，細看流年與五星。生和死，斷分明，一張鐵口盡聞名。瞎先生，真靈聖，叫一聲賽神仙，來算命。

〔淨〕老的，我走了幾程，今日腳疼，委實走不動。不是算命，倒在這裡賺命了。〔小生〕媽媽，那邊有人說話，待我問他。〔叫介〕借問前面客官，這裡是什麼地方了？〔外〕這是金城東鄉，與渭城西鄉交界。〔小生斜揖介〕多謝客官指引。〔內鈴響，外望介〕呀，一隊騎馬的來了。〔叫介〕馬上長官，往大路上走，不要踏了田苗！〔小生一面對淨語介〕媽媽，且喜到京不遠，我每叫向前去，僱個毛驢子與你騎。〔重唱「瞎先生」三句走介〕〔末鞭馬重唱前「巴得個」三句急上，衝倒小生、淨下〕〔副淨鞭馬重唱前「一路里」二句急上，踏死小生下〕〔外跌腳向鬼門哭介〕天啊，你看一片田禾，都被那廝踏爛，眼見的沒用了。休說一家性命難存，現今官糧緊急，將何辦納！好苦也！

〔淨一面作爬介〕哎呀，踏壞人了，老的啊，你在那裡？〔作摸著小生介〕呀，這是老的。怎麼不做聲，敢是踏昏了？〔又摸介〕哎呀，頭上溼淥淥的。〔又摸聞手介〕不好了，踏出腦漿來了！〔哭叫介〕我那天呵，地方救命。〔外轉身作看介〕原來一個算命先生，踏死在此。

〔淨起斜福介〕只求地方，叫那跑馬的人來償命。〔外〕哎，那跑馬的呵，乃是進貢鮮荔枝與楊娘娘的。一路上來，不知踏壞了多少人，不敢要他償命。何況你這一個瞎子！〔淨〕如此怎了！〔哭介〕我那老的呵，我原算你的命，是要倒路死的。只這個屍首，如今怎麼斷送！〔外〕也罷，你那裡去叫地方，就是老漢同你抬去埋了罷。〔淨〕如此多謝，我就跟你做一家兒，可不是好！〔同抬小生下〕〔哭，諢下〕〔醜扮驛卒上〕

【小引】驛官逃，驛官逃，馬死單單剩馬臕。驛子有一人，錢糧沒半分。拼受打和罵，將身去招架，將身去招架！

自家渭城驛中，一個驛子便是。只為楊娘娘愛吃鮮荔枝，六月初一是娘娘的生日，涪州、海南兩處進貢的使臣，俱要趕到。路由本驛經過，怎奈驛中錢糧沒有分文，瘦馬剛存一匹。本官怕打，不知逃往那裡去了，區區就便權知此驛。只是使臣到來，如何應付？且自由他！〔末飛馬上〕

【急急令】黃塵影內日銜山，趕趕趕，近長安。〔下馬介〕驛子，快換馬來。〔醜接馬，末放果籃、整衣介〕〔副淨飛馬上〕一身汗雨四肢癱，趲趲趲，換行鞍。

〔下馬介〕驛子，快換馬來。〔醜接馬，副淨放果籃、與末見介〕請了，長官也是進荔枝的？〔末〕正是。〔副淨〕驛子，下程酒飯在那裡？〔醜〕不曾備得。〔末〕也罷，我每不吃飯了，快帶馬來。〔醜〕兩位爺在上，本驛只剩有一匹馬，但憑那一位爺騎去就是。〔副淨〕哇，偌大一個渭城驛，怎麼只有一匹馬！快喚你那狗官來，問他驛馬那裡去了？〔醜〕若說起驛馬，連年都被進荔枝的爺每騎死了。驛官沒法，如今走了。〔副淨〕既是驛官走了，只問你要。〔醜指介〕這棚內不是一匹馬麼？〔末〕驛子，我先到，且與我先騎了去。〔副淨〕我海南的來路更遠，還讓我先騎。〔末作向內介〕

【恁麻郎】我只先換馬，不和你鬥口。〔副淨扯介〕休恃強，惹著我動手。〔末取荔枝在手介〕你敢把我這荔枝亂丟！〔副淨取荔枝向末介〕你敢把我這竹籠碎扭！〔醜勸介〕請罷休，免氣吼，不如把這匹瘦馬同騎一路走！〔副淨放荔枝打醜介〕哇，胡說！

【前腔】我只打你這潑醃臢死囚！〔末放荔枝打醜介〕我也打你這放刁頑賊頭！〔副淨〕克官馬，嘴兒太油。〔末〕誤上用，膽兒似鬥。〔同打介〕〔合〕鞭亂抽，拳痛毆，打得你難捱，那馬自有！

【前腔】〔醜叩頭介〕向地上連連叩頭，望臺下輕輕放手。〔末、副淨〕若要饒你，快換馬來。〔醜〕馬一匹驛中現有，〔末、副淨〕再要一匹。〔醜〕第二匹實難補湊。〔末、副淨〕沒有隻是打！〔醜〕且慢紐，清聽剖，我只得脫下衣裳與你權當酒！

〔脫衣介〕〔末〕誰要你這衣裳！〔副淨作看衣、披在身上介〕也罷，趕路要緊。我原騎了那馬，前站換去。〔取果上馬，重唱前「一路里」二句跑下〕〔末〕快換馬來我騎。〔醜〕馬在此。〔末取果上馬，重唱前「巴不得」三句跑下〕〔醜弔場〕咳，楊娘娘，楊娘娘，只為這幾個荔枝呵！

鐵關金鎖徹明開，黃紙初飛敕字回。

驛騎鞭聲砉流電，無人知是荔枝來。

【夢遠按，此處根據《長生殿》原文錄入，以便閱讀。與本書中文字略有差異。】

這一折詞兒，雖說是後人鋪張臆測之詞；但在那時，作踐民命，傷害田禾，實在有此情形。如今再說玄宗對貴妃說道：「妃子，朕因你愛吃荔枝，特敕地方飛馳進貢。今日壽宴初開，佳果適至，當為妃子再進一觴！」

楊貴妃領旨飲酒，永清、念奴在一旁剝著荔枝，進獻於萬歲和妃子。李龜年帶領一群《霓裳羽衣》的歌童舞女上殿來叩見天子，龜年奏道：「樂工李龜年，率領梨園子弟，叩見萬歲爺娘娘。」

玄宗傳諭快把《霓裳羽衣曲》奏來。李龜年領旨下去，只聽得殿前一片仙樂，更和迭奏。玄宗聽了，也不覺心曠神怡。接著又有一隊隊舞女，在當筵依著聲兒，嬌歌曼舞，把滿殿人的神魂兒全個兒迷住了。

玄宗也連連讚歎，說：「好舞姿也！」

歌息舞停，楊貴妃離席奏道：「此等庸姿俗舞，甚不足觀；妾制有翠盤一架，請試舞其中，以博天顏一笑。」

玄宗聽說妃子能舞，且能在翠盤上舞，喜得他笑逐顏開。便說道：「妃子妙舞，寡人從未見過。」回頭便喚永清、念奴，可同鄭觀音、謝阿蠻二人，服侍娘娘上翠盤來。楊貴妃暫時告退，更換舞衣。

只見二十來個小太監，扛著一架七尺來高翡翠琢成的舞盤；那盤兒圓如月，滑潤鮮豔；盤座雕成蓮花模樣，一柱承託；腳下又雕成四頭玉魚，昂首頂住。玄宗看了高興，便喚高力士傳旨，李龜年領梨園子弟按譜奏樂，又令把那羯鼓移上殿來，待朕親自打鼓。只見楊貴妃花冠白繡袍，瓔珞錦雲肩，翠袖大紅舞裙，那鄭觀音和謝阿蠻，也各穿一色的白舞衣，手執五彩霓矽，孔雀雲扇，遮著貴妃上殿。永清、念奴簇擁著妃子，上了翠盤，樂聲起處，那旌扇徐徐移開。

玄宗打著鼓，楊貴妃在盤中，俯仰翩躚地舞起來。看她腰肢細軟，盤旋跌宕；樂聲愈起愈高，那舞姿也愈舞愈急。只見那翠盤上鞋尖點點，舞袖兒迴風團團；愈轉愈急，也分不出人影釵光。正繽紛歷亂時，忽地樂停舞止，旌扇又合。永清、念奴二人上去，把貴妃扶下盤來，走在玄宗跟前，深深一拜。玄宗扶住貴妃腰肢讚道：「妙哉舞也！逸態橫生，濃姿百出，宛若翾風迴雪，恍如飛燕遊龍，真獨擅千秋矣！」

回頭又喚宮娥看酒，待朕與婦子把杯。貫姐領了酒，玄宗便傳旨，速把朕的十匹鴛鴦萬金錦，一個麗水紫磨金步搖，取來賞與妃子，聊作纏頭之贈。說著，又親自從腰間解下一枚瑞龍瑙八寶錦香囊來，遞與貴妃，說：「這個助卿舞珮。」

貴妃一一領受。

玄宗見貴妃臉泛桃紅，微潤香汗；便吩咐備下溫湯，朕與妃子一同入浴去。說著，攜定貴妃的玉手，迤邐向華清池來。

這時那龍泉風池中，又有安祿山從范陽進貢來白玉雕成的魚龍鳧雁，雜浮在水面。玄宗和妃子解衣入水，那魚龍奮鱗舉翼，狀似飛動；池中有銀鏤小舟，皇帝和妃子各各露著身體，坐在舟中，互通往來。又縫錦繡為各種花朵，浮在水面，任妃子戲弄著。玄宗游泳多時，才把妃子扶出水來。看她一搦腰肢，柔軟無力，玄宗十分憐惜，便撫著進寢官一同睡去。

這裡再說安祿山，原是營州柳城地方的胡人，本姓康，他母親名阿史德，有邪術，住在突厥國中，入軋犖山，與人野合有妊，便生安祿山。當時便推說入軋犖山在鬥戰神前禱子而得。

祿山生時，有奇光上射天際，野獸盡鳴，望氣的人說是祥瑞，報與范陽節度使張仁願知道。張仁願知是反叛降世，忙帶領人馬，親自去搜捉。阿史德攜子，遁入軋犖山中，後母再蘸胡將安延偃，祿山便冒姓安氏。在開元初年，延偃帶祿山入中國，寄住在將軍安道買家中，與道買的兒子約為兄弟。祿山漸漸長大，生性陰險，多智慮，善測人情，能通六蕃言語，充互市郎。

善人牧羊，祿山盜羊，被人捆送節度衙門；節度使張守珪，喝令殺卻。祿山大呼道：「公不欲滅兩蕃邪？欲滅兩蕃，便不當殺我！」

張守珪聽他說話有大志，又見他身體高大，皮膚白淨，便釋放他去。祿山和史思明遊手無事，每日在山巔水涯，捕捉生物；於六蕃的山川水泉，地理頗熟。他們五人騎著馬，能生擒契丹兵數十人，送至節度使。張守珪奇之，便撥一小隊兵馬，交安祿山統帶。

安祿山每戰得勝，升為偏將。張守珪便收他為養子，官直升到幽州節度副使。時適御史中本張利貞到河北來採訪，祿山百計獻媚，多出金寶結納左右；利貞回朝，在玄宗皇帝跟前，竭力說安祿山如何忠勇。聖旨下來，升祿山為營州都督；每有京師往來的官員，祿山深以財帛結納。那官員們在皇帝跟前，都說祿山是好官。玄宗又升祿山為兩蕃、渤海、黑水四府經略使。

天寶二年入朝，先去拜見楊國忠和李林甫兩位丞相，獻上金帛無數。李林甫便奏稱，如今契丹為患，宜重用蕃將。玄宗便拜祿山為驃騎大將軍。玄宗退入後宮，兀自稱讚祿山人物漂亮，身材魁梧，絕不絕口。楊貴妃聽了，不覺心中一動。便奏道：「萬歲得此大將，是國家之幸；臣妾擬明日在中宮賜安祿山宴，想他得臣妾賞宴，心中必愈知感激，愈肯為國家出力了。」

玄宗聽奏，連聲說妙。又稱妃子若為天子，定是聖明之主。

第二日，楊貴妃真的在中宮盛排筵宴，玄宗下旨，宣驃騎大將軍安祿山進宮領宴。那安祿山便全身披掛，蹉進宮來；一見貴妃，便拜伏在玉墀下，口稱娘娘千歲！楊貴妃見安祿山果然長得身材魁偉，面貌漂亮；最可愛的，是一身肥白，舉動從容。便嬌滴滴的聲音，傳下懿旨去說：「大將軍平身，上殿領宴。」

其時適值玄宗退朝回宮，安祿山上去參拜過了；皇帝與妃子二人正中同坐一桌，祿山在下側獨坐一桌。祿山謝過了恩，入座領宴。階下樂聲大作，在飲酒之間，祿山便誇說自己在幽州兩蕃一帶的戰功，如何手擒敵將，如何追亡逐北，說得天花亂墜，把個楊貴妃也聽得眉飛色舞。貴妃見他口齒伶俐，語言有趣，便一句一句地問著話，安祿山也一一奏答。妃子看看祿山眉目清秀，年紀正在少壯，便不覺神往。祿山是何等靈敏之人，見了貴妃神色，豈有不知；他福至心靈，便離席拜倒在地，叩頭不已。玄宗看了，很是詫異，忙問：「大將軍為何多禮？」

安祿山一邊不住地叩頭，一邊奏道：「外臣罪該萬死，有心腹之言，不敢奏明萬歲和娘娘！」

說著，不覺又流下淚來。玄宗忙用好話安慰著，貴妃也在一旁說道：「大將軍有話不妨直說，俺這萬歲爺，最是寬宏大量的。」

玄宗也說：「恕將軍無罪，有話快說！」

安祿山才用袍袖拭去眼淚，奏道：「這原是臣一時孩兒之見，只因臣見了娘娘面貌，便想起臣的生母來，卻與娘娘的面貌相似，是以心中萬分悲傷；如今既蒙萬歲和娘娘天樣宏恩，恕臣無罪，臣該萬死，求娘娘收臣為養子，則雖立賜臣死，心亦慰矣！」

貴妃聽了，不覺掩唇一笑，卻不敢說話，只向玄宗臉上看看。誰知玄宗卻一口允許，說便依將軍之願，收在貴妃名下為養子便了。樂得安祿山連連叩頭，口中敢稱父皇萬歲，母親千歲！

從此玄宗異常寵愛祿山，祿山久住京師，自由出入宮禁，常與楊貴妃對坐談心，十分親暱。有時玄宗在座，祿山只拜貴妃，不拜皇帝；玄宗笑問：「吾兒何不拜父？」

祿山奏道：「胡家兒，知有母而不知有父，是以不拜。」

玄宗大笑。只見祿山肚腹肥大，玄宗便指若問道：「吾兒腹中何物，卻如此龐大？」

祿山應聲答道：「臣腹中更無他物，只有赤心耳！」

玄宗愈覺祿山可愛，從此祿山每上朝，玄宗卻待以殊禮。殿西張有金雞障，祿山來，便賜障中坐。太子見了，便在背地裡勸諫道：「天子殿前，無人臣坐禮。陛下寵祿山已甚，必將驕也。」

玄宗低低地向太子說道：「此胡兒有奇相，朕以恩寵收伏之。」

但安祿山得了玄宗皇帝和楊貴妃的寵愛，卻能想盡方法，得皇帝和貴妃的歡心。他見玄宗寵愛貴妃，日夜尋歡，唯恐不足，便暗暗地獻助情花香一百粒。此香是以胡中藥品製成，大小如米粒，色微紅，嬌豔可愛。皇帝每與貴妃在深宮之間，含此香一粒在口中，便能助情發興，筋力不倦。皇帝和妃子都得了歡喜，很是寶愛它，藏在枕函中，每至清濃時，便取來應用。玄宗常說：「此亦漢宮之慎恤膠也！」

玄宗不在宮中，安祿山也時時進宮去朝見貴妃；貴妃賜安祿山在華清池洗浴，浴罷，用雜色碎錦，結成一小兒搖籃，令安祿山裝作孩兒模樣，臥在搖籃中。數十個宮女，抬著搖籃，至貴妃跟前；安祿山口中喚著媽媽，楊貴妃看這模樣，也技不住掩唇吃吃地笑個不住。正歡樂時候，玄宗皇帝進宮來，看了大笑；忙命賞十萬洗兒錢。祿山從搖籃中跳出來，爬在地下，謝恩。玄宗把祿山扶起，攜著手同走到西閣去。欲知後事如何，且聽下回分解。

盜美姬慶緒奪父姬　續舊歡探蘋承皇恩

安祿山隨著玄宗到西閣中坐下，高力士捧出棋盤來，君臣二人對局。小太監又獻上美酒來，玄宗和安祿山對酌著。祿山心計甚工，每勝一著，便飲酒一杯。玄宗的棋法，遠不如祿山，常為祿山所窘，祿山也毫不讓步，玄宗不以為忤。每敗一著，也飲一杯為祿山賀。連稱吾兒真國手也！說著，不覺掀髯大笑。

安祿山身體有三百斤重，原是十分肥胖的人。肥人最是怕熱，他三杯酒下肚，更覺得渾身躁熱。玄宗見他熱得滿臉通紅，抓頭挖耳，便命他脫去外服，袒懷取涼。誰知祿山脫去了外服，還只是汗淋如雨，玄宗命他索性把上衣脫盡，赤膊對坐。玄宗看祿山長著一身白肉，便笑說道：「好肥白的孩兒！」

道言未了，高力士報說：「楊娘娘駕到！」慌得安祿山扯住衣襟，向身上亂遮亂蓋，貴妃已到了跟前，手中卻抱著一頭白色猧兒。祿山赤著膊，爬在地上叩頭說道：「臣兒失禮，罪該萬死！」

貴妃笑扶著祿山的肥膊，命他起來，又笑說道：「誰家母親不見她孩兒肌膚，何失禮之有？」

祿山聽貴妃如此說法，便也依舊赤著膊坐下。因要在貴妃跟前賣弄他的本領，便用盡心計，和玄宗對局，著著進攻，玄宗著著失敗。楊貴妃站在一旁，看看皇帝全域性將輸盡了，玄宗一手拈著長鬚思索得正苦，貴妃故意放炳熇兒跳上棋盤去，一陣踐踏，把滿盤黑白棋子混亂得不能分辨。三人相視大笑，玄宗拉住貴妃，連稱好計，好計！忙喚拿朕的織錦緞十端來，賞與妃子。一刻工夫，便見小太監二人，各人手託漆盤，每盤各排列著錦緞五端，望去霞光閃彩，鮮豔奪目。

貴妃謝恩畢，正要拿著這錦緞下閣去，忽然安祿比起身奏道：「臣兒請與娘娘賭彩為戲，以擲故得重四者為勝，誰勝者，誰得此錦緞。」

道言未了，玄宗便連聲贊說：「妙妙！」

在楊貴妃愛看祿山這一身肥白肌膚，正想多觀賞一會，只怕玄宗犯疑，便欲匆匆辭去。如今聽玄宗在一旁助興，便也樂得與祿山多親近一會，得彩不得彩，卻還是小事。當下，便有宮女捧上玉碗來，當幾放下，碗中有四粒骰子。玄宗命安祿山先擲，祿山便也不推讓，抓起散子一擲，得了一個重麼，眼見是敗了。

次後輪到妃子擲了，楊貴妃徐舒玉指，抓著骰子在手，向祿山盈盈一笑，這一笑，現出萬種嫵媚來，祿山看了，幾乎支撐不住了。回頭一看，玄宗兩道眼光，怔怔地望著自己的臉，嚇得他忙把神魂收住。只聽得當卿一聲響亮，那三粒散子已轉定，全磊出四來，只一粒骰子在碗心裡旋轉不休，倘再轉出一個四來，便是重四。玄宗在一旁大聲喝著說：「四！四！」

那骰子奉了聖旨，果然轉出一個四來。楊貴妃笑得把柳腰兒一側，倒在皇帝杯裡，卻把兩道水盈盈的眼光，暗遞過去，望著祿山。

祿山便湊趣，忙跪倒在貴妃裙下，口稱恭賀娘娘得彩！玄宗笑說道：「大家得彩。」回頭又命小太監去拿錦緞五端來，賜與安祿山。又取一端大紅綵緞來，賜與貴妃掛綵。從此，把骰子四點染成紅色，直流傳到後世。

安祿山從此以後，不獨在皇帝跟前常常赤膊相對，便是對著貴妃，一聲嚷熱，盡把上衣脫去。他這赤膊，是奉過聖旨的，對人毫不避忌的。貴妃卻最愛看祿山的一身白肉，見皇帝不在跟前，便是祿山不赤膊，也要命他赤膊的。祿山得貴妃如此寵愛，他在外面便十分地驕傲起來。貴妃又替祿山在玄宗跟前說了造一高大府第，賜與祿山，名親仁坊。雕樑畫棟，異常奢華。

玄宗下旨工部，只求美麗，不惜薪資。親仁坊落成之日，皇帝和貴妃二人，親送祿山進宅。滿朝文武，具來道賀。祿山平日住在府中，也是姬妾滿堂，內中有一愛姬，名軟紅的，不但面貌美麗，且又擅長歌舞，深得祿山寵愛。那軟紅也仗著主公寵愛，便百般需索。那時，朝中大吏，誰不在祿山門下奔走，時有金珠珍寶獻進府來；一齊被軟紅藏匿起來，祿山也笑著聽她去。

那軟紅又欲去霸占民間的珍寶，打聽得府後面一家，世傳有翡翠硯一方，便遣豪奴去威逼著把那翡翠硯奪來。那家人去告狀在司署，理司署官置之不理。祿山大怒，造部卒十人，去把那一家人盡行屠殺。從此，不論官民，凡受祿山欺侮的，都相戒不敢聲張。祿山長子名慶緒，性情尤是強悍，在外橫行不法，更不肯受乃父約束。

那祿山又因迷戀著楊貴妃，常常進宮鬼混。有一次，祿山進宮去，適值玄宗坐朝未回，祿山和貴妃雜坐一室，調笑戲謔，無所不為，滿宮院只聽得貴妃和一班宮女的說笑聲。原來貴妃拿錦緞製成極大的襁褓，令祿山脫去衣服，睡在襁褓中，又依在貴妃懷裡。那安祿山睡在襁褓中，兩眼望著貴妃的臉，口中裝著小兒的啼聲，引得一屋子宮女個個笑得前俯後仰。直待內侍報說萬歲退朝，祿山才穿上衣服，候皇帝進宮來，略坐一會，便退出宮來。

祿山回到府中，又有一群姬姜們奉承。這一夜，祿山正醉酒，睡在外室書房中，到半夜時分，只聽得內室中人聲鼎沸，祿山扶醉驚出，手仗利劍，慌張出房。在中庭遇一家奴，問何事。家奴答稱：「內室有盜！」

祿山急急趕至中門看時，只見雙門緊閉，門內啼哭驚詫之聲，一時並作。祿山心中最愛的一位姬人，名喚軟紅的，此時適在門內，他急欲進門去救此姬人，便傳齊家將各執利斧劈門而入，待到得內室，那強人早已遠颺，只見一家婦女，脂粉狼藉。細查屋中，別無所失，只有那愛姬軟紅遭強人劫去了。

祿山十分憤怒，把軟紅室中的侍女，用鞭痛打。問眾婦女時，都說見一盜魁，率領三、四十人，從西垣上跳入內院，徑打入軟紅室中。盜魁負著軟紅，群盜擁護著，呼嘯越西垣而去。祿山問盜魁是何面貌，眾女俱說盜魁以豬血塗面，不能辨認眉目。祿山立召巡城御史周良臣，拍案大罵道：「禁城之中，出此巨盜，汝御史所為何事？限汝一日期捉得盜魁，送本府嚴辦。倘有差池，待俺奏上天子，管教汝首領不保！」

嚇得那御史只是索索亂抖，連連碰頭，口稱下官該死。急急退出府來，連夜派遣差役四處兜拿。誰知查遍九城，竟似石沉大海，杳無形跡。那安大將軍府中，卻流星似地前來催逼，竟把這御史官捕去，押在府中，不得盜魁，便不釋放。

那周御史的夫人黃氏，見丈夫禁押在府中，心中十分憂俱，他便把衙中差役傳入後堂，向眾人哭拜著，求眾差役努力捕盜。

內中有一個差班頭兒名喚魏三的，他見夫人哭得可憐，便挺胸出來，大聲說道：「夫人萬安！小人拼著一身碎刮，憑三寸不爛之舌，到安將軍府中去保得主公無事。」

黃氏聽說，便向魏三深深下拜。那魏三頭也不回，出了衙門，跑到安祿山府門口，口稱查得劫將軍姬人的大盜在此。那府中豪奴，喝令快快說出。

魏三說：「事關家醜，非面見大將軍不可！」

豪奴進去報至主公知道，祿山吩咐招來人帶進上書房去問話。魏三見了祿山，便說：「小人查得大盜蹤跡在此，望大將軍退去左右，容小人大膽說出！」

祿山聽了魏三的話，便令左右退去。魏三見室中無人，便說道：「俺主公早已查得強人蹤跡，只因那盜魁不是別人，正是將軍的大公子！他已劫得將軍的愛姬，在那密室中雙宿雙飛！」

祿山聽了這話，不覺臉上溫地變了顏色，提起寶劍，指著魏三道：「狗奴才！膽敢胡言！」

那魏三又連連叩頭道：「小人若有半句胡言，聽憑將軍割去首級！將軍若還不信，那大公子現在西域坊大屋子中住著！」

祿山聽他說到這裡，便也不催問下去，吩咐把這魏三也一同拘留在府中。一邊悄悄地打發心腹，到西域坊去探聽，果然是大公子慶緒霸占住了他父親的姬人。祿山一聽，氣得大叫一聲，暈倒在椅上，不省人事。

家人扶進臥房去，請醫生來診脈，說是急怒傷肝，須要小心調治，方保無事。從此，安祿山一病，足足有三個月不曾進宮去。

原來慶緒就是祿山的長子，生性橫暴，尤過於其父。七歲時，祿山授以弓馬，技術大進，覦父不備，射中祿山肩胛，祿山怒不愛之，自幼寄住外府。後來，祿山得玄宗寵任，慶緒亦拜為兵馬使之職，於是別立府第，大治宮室，劫民間美女子充姬妾，群雌粥粥，日追隨左右者以百計。

慶緒性喜水戲，在府中多掘池沼，排列樓船，率歌女舞姬為長夜之飲。慶緒享著如此豔福，但他心中終不能忘情於軟紅。有時，祿山府中家宴，慶緒必早早混進府去，和軟紅鬼混。便是當著祿山，他兩人也禁不住眉眼傳情。祿山左右珠圍翠繞，正目迷心醉的時候，也不曾留意他二人的行動。

後來，歌停舞息，忽然不見了他二人的蹤跡，祿山才微微有些疑心到慶緒身上去。他覷著眾人正在歡呼暢飲的時候，便溜出席去，正在迴廊上遇到那慶緒和軟紅二人追撲調笑著。這時，西園迴廊下燈昏月上，人聲寂靜，好一個幽密的所在！軟紅原倚在欄杆旁望月兒的，慶緒從她身後，躡著腳掩將過去。

看看快到跟前，伸著兩條臂兒正向她柳腰上抱去，那軟紅早已覺得了，只是低著脖子不回過臉兒來。慶緒快要到手的時候，只見軟紅把細腰一側，避過慶緒的臂兒圈，翩若驚鴻般地一溜煙逃出迴廊外去，在庭心裡月光下站著，只是望著慶緒嬌笑。

月光下看美人，原是愈添風姿的，怎禁得她掩唇媚笑，把個慶緒急得只是低低地喚著娘，連連向軟紅作揖，又趕向庭心裡去，那軟紅卻又逃迴廊下來了。看她一手扶住欄杆，只是嗤嗤地笑，慶緒覷她不防備的時候，一聳身跳進欄杆來，緊緊地摟住細腰，只把嘴臉向軟紅的粉脖子上亂送。正在這當兒，祿山闖進園中來，見了，大喝一聲說：「該死的畜生！」

那軟紅一縷煙向小徑中逃去。祿山上去擰住慶緒的耳朵，直拖出大客廳來，一疊連聲喊著大棍打死這畜生。後經眾親戚勸解，才把這慶緒趕出門去，從此，父子斷絕來往。無奈慶緒在京中權勢喧赫，黨羽甚多，他自被父親逐出府來，心中時時記念軟紅。在夜定更深的時候，慶緒拿豬血塗著臉，親自帶領家將三十人，爬牆打進安祿山的內宅去。慶緒熟門熟路，那軟紅正想得厲害，見了慶緒，便將錯就錯地給他搶去。兩人躲在西域坊幽室裡，雙宿雙飛，過著快樂的日子，把個安祿山氣成大病。

待病癒以後，祿山便要親自去查問慶緒。左右勸住說：「慶緒家中死黨甚多，倘有一言不合，爭鬧起來，豈不反遭毒手？」

祿山憤憤地說道：「待俺殺了這畜生，方出我胸中之氣！」

當有手下的謀士獻計。原來慶緒左右有通儒和希德分成兩黨，互爭寵任。慶緒卻聽信通儒的話，和希德疏遠。希德銜根在心，時時想報此仇。祿山府中的謀士，悄悄地去對希德說知，約他在府中為內應，殺了慶緒，自有上賞。慶緒府中護兵有三千之眾，只因慶緒平日御下十分嚴厲，通儒生性又是剛愎，那兵士們卻聽希德的號令，不肯受通儒的指揮。

不知怎的，事機不密，這訊息被通儒探得，忙去報與慶緒知道。慶緒大怒，便假作商議機密為由，把希德傳進密室去，伏兵齊起，把希德斬死。那三千護兵，見事機敗露，便一鬨逃去。慶緒見去了爪牙，忙也帶了軟紅，星夜逃入衛州。

這祿山見捉不得慶緒，心中正是憤恨。只見家人報稱，門外有一婦人，帶一胡兒，說是大將軍親戚，求見大將軍。祿山忙命傳進府來，看時，不覺大喜。眾人看這婦人，滿身是胡俗打扮，望去雖說有三十左右年紀，卻長得白淨皮膚，清秀眉目。

那細腰一擺，眼波一動，甚是動人。看那胡兒時，是一個十二、三歲的童兒，面貌俊美，頗有母風。祿山見了這婦人，不覺笑逐顏開，兩人拉著手，嘰嘰咕咕地笑著，十分親熱。又吩咐陳設筵席，兩人對坐著飲酒。那婦人飲到半酣時候，放出全體風騷來，和祿山親暱著。祿山也被她迷住了神魂，酒罷，竟手拉手兒地同入羅帳去了。家中的姬妾，看了十分詫異。

後來一打聽，那胡兒名叫孫孝哲，原是契丹人種。祿山在兩番的時候，孫孝哲的母親帖木氏，已和祿山私通。這帖木氏自幼長成淫蕩的性格，豔冶的姿容。那左近的浮浪少年，見了這般一個尤物兒，誰不願意去親近她？招惹得那班遊蜂浪蝶，終日為這帖木家的女兒爭風吃醋，喧鬧鬥殺。盡有許多少年男兒，為這粉娃兒送去了性命。內中只有安祿山和孫孝哲的父親和特，講到這兩人的身體面貌，都是魁梧漂亮，不相上下；只是和特比祿山多幾個錢，因此這美人兒便被和特占據了去。和特知道這安祿出十分勇猛，不是好惹的，便帶了帖木氏避到別處去。

安祿山和帖木氏正勾引上手，在甜頭兒上，一旦失了這心上人，豈不要氣憤？他發奮要找尋帖木氏，因此在兩番幽州一帶地方，流浪了五、六年，中間吃盡苦楚，受盡風波，便也靠此懂得六番的言語，知道得番中的山川脈絡，風俗人情，得節度使的重用，得了今日的富貴榮華。從來說的，艱難玉汝。

帖木氏這一走，反而成就了安祿山一生的功名！

那和特得了帖木氏，向中國內地一跑，販賣皮毛為生，坐擁美人，享著溫柔幸福。只因他恩愛過分，不多幾年，得了一個吐血症兒，丟下這心愛的美人兒，和親生的兒子孫孝哲，便撒手死去。這時，帖木氏已成了一個半老佳人，她失了個恩愛的伴侶，固是傷心；從此又無人賺錢管養，教她母子兩人，孤苦零丁，又如何過活？她沒奈何，把和特留下來的些少貨物和家具，通通變賣了，充作路費，到長安城裡來。無意之中，打聽得她前度劉郎安祿山，官拜驃騎大將軍，每日出入宮禁，十分榮寵。

她正在進退無依的時候，如何不找上門去？這也是帖木氏的機緣湊巧，安祿山這時失了軟紅，正心中空洞洞的沒有一個著落之處，忽然見了舊日的情人，勾起了往日的情懷；再加這帖木氏雖說徐娘半老，卻更覺風騷，把個好色的安祿山，赤緊地迷住了。

當時，收留在府中，十分寵愛起來，那孫孝哲寄養在府中，充作假子。鮮衣美食，也得安祿山好心看待。這孫孝哲皮膚又白淨，臉蛋兒又俊美，終日追隨安祿山左右，屈意逢迎，深得祿山的寵任。待他年紀長大，又得他母親在枕蓆上進言，到天寶末年，官作到大將軍，這都是後話。

如今再說楊貴妃每日和安祿山廝混慣了，近二、三個月，忽然不見他心上人進宮來；楊貴妃身旁失了一個說笑打渾的人，頓覺十分冷清。雖有玄宗皇帝百般寵愛她，終日陪伴她；但比到安祿山，一個是老夫，一個是壯男，一個是給自己玩弄的人，一個是玩弄自己的人，兩兩比較，一個多麼有趣，一個多麼無趣。如今這有趣的人卻去得香無蹤跡，一個無趣的人卻終日和他嬲纏著，她心中如何不惱？她不但是惱，只因每天想著安祿山，竟想出相思病來了。

楊貴妃仗著半分的惱，半分的病，又仗著皇帝的恩寵，便佯羞薄怒，撒痴撒嬌，處處給皇帝一個沒趣。你想皇帝何等尊貴，任你如何驕法，也驕不到皇帝上面去的。況且皇帝的玩弄妃子，原為自己尋歡作樂，豈肯反受婦子的冷淡？雖說玄宗生性溫存，在女人面上不計較的，誰知女人的性格卻是愈寵愈驕的，你越是愛伶她，她卻越是爬上你的頭來，到那時候，任你男子如何好的性兒，也不由得惱怒起來了。

這楊貴妃不曾遇了安祿山以前，雖明知玄宗皇帝年老，但看著一生富貴面上，便也死心塌地地拿自己的身子供皇帝糟蹋去。後來結識了安祿山，她得了少年強壯男子的滋味，便把這玄宗皇帝看作味同嚼蠟，在言語舉動之間，便露出一種驕慢冷淡的神色來，把個玄宗氣得住在翠華西閣上，卻悄悄地去把那住在東閣上的梅妃去召來臨幸著。

這梅妃原也得玄宗一番寵幸過來的，梅姐名江採蘋，原是莆田地方人，父名仲遜，世代是名醫。梅妃九歲時候，便能讀《詩經．二南篇》，有采蘩採蘋說女子勤苦的話，梅妃便對她父親說：「我雖一小女子，卻也要學著古時女子一般勤力！」

她父親很愛她，便取名採蘋。在開元年間，高力士出使到閩粵等地去，打聽得江家女兒十分美麗，便選進宮去，得玄宗十分地寵幸。當時，玄宗甚是好色，在長安地方大內、大明、興慶三座宮中，和東都地方大內、上陽兩座宮中，共有妃嬪宮女四萬人。自從得了這梅妃，便把這數萬女子丟在腦後。

梅妃又頗有文才，自己常比作謝家女兒，有詠絮之才。平日喜淡妝雅服，卻愈顯得姿色清秀。生性愛梅，她住在宮中前庭後院，遍種梅花。院中有一亭，玄宗親寫著「梅亭」兩字的匾額。每值梅花開時，梅妃在亭中吟詩賞玩，直到黃昏月上，還不捨得離去。

玄宗因她愛好梅花，便戲稱她為梅妃。梅妃除吟詩外，又善作賦，曾作成《蕭》、《蘭》、《梨園》、《梅花》、《鳳笛》、《玻杯》、《剪刀》、《綺窗》八賦，進呈玄宗御覽，玄宗十分嘆賞。

在開元年間，天下太平日久，深宮無事，玄宗和宗室弟兄甚是友愛，常常召弟進宮，說笑飲宴。每遇宴會，玄宗必令梅妃隨侍在側，談笑無忌。有一次，正是中秋佳節，玄宗召諸弟兄在宮中家宴，飲至半酣，內監獻上黃橙一筐，說自御園中採下，特獻與萬歲爺嘗新。眾人看時，見橙色金黃，香味可愛，玄宗便吩咐賞給眾兄弟分嘗之。內監奉旨，便分給每位王爺黃橙十枚。

梅妃原佩有隨身小金刀，當時拿金刀破著橙子，獻與萬歲。玄宗嘗著，連稱美味。又命梅妃替各位王爺剖橙，各位王爺見梅妃親自過來替他們破著橙子，慌得他們一個個的站在一旁，侷促不安，頭也不敢抬一抬，大氣兒也不敢喘一喘。梅妃便輪流走到每一位王爺跟前，破開一個橙子。欲知後事如何，且聽下回分解。

楊貴妃翠閣爭夕　唐明皇夾幕藏嬌

玄宗皇帝命梅婦替眾王爺剖著橙子，原是表示親愛的意思。便是那班親王，見梅妃走到跟前來，也個個低頭躬身，讓過一偏去站著。待輪到漢王跟前，這漢王原是一個好色之徒，他仗著是皇弟，皇帝又是十分友愛，凡事容忍，平時在京城地方，便令府中爪牙在外面打聽得有良家美女，便強去誘騙進府來奸占著。人民吃了他的虧，只是敢怒不敢言。漢王平日打聽得梅妃是天姿國色，心中已是十分羨慕，只怕不得機緣進宮一見。

如今承玄宗賜宴，得見了梅妃容貌，果然秀媚動人，他時時偷渡著眼光過去，早把他看得神魂顛倒。怎經得這梅妃又走近他眼前來，親自替他破著橙子，眼看著梅妃十指玲瓏，剝著橙皮，又有那一陣一陣的幽香，度進鼻管來，早把個漢王引得心癢癢的；只苦當著萬歲爺跟前，不敢抬頭平視。估量一般地低著頭，躬著身體，但兩道眼光，卻注射在梅妃的裙下。

卻好一陣風來，吹動裙幅，露出那一雙瘦瘦的鞋尖來，嵌著明珠，繡著鮮花，看著十分可愛。漢王原是專一留意女子裙下雙鉤的，在這時候，他實在被美色昏迷了，心想不在此時下手，更待何時？當下他大著膽，悄悄地伸過一雙靴尖去，輕輕地踹住梅妃的鞋尖。這梅妃卻是十分貞節的，她如何把這漢王放在眼中？

只見她粉龐兒溫地變了顏色，那手中的橙子，只破得一半，便放了手，轉身向萬歲告辭，宮女扶著走下閣去。

這皇帝飲酒卻非梅妃不歡的，如今見梅妃下閣去，久久不來，心中不免掛念，連連打發高力士去宣召。梅妃只因心中惱根漢王，便推說適因珠履脫去，系鈕，正在縫結，縫竟便當應召。直至席散，也不見梅妃上閣來。玄宗十分記念，親自進梅妃宮中去看望，那梅妃提裙出迎。玄宗見她面有餘怒，問時，梅姐便把漢王調戲的事說出來。在梅妃的意思，萬歲聽了這話，必當大怒；誰知玄宗聽了，卻毫無怒容，只把梅妃勸慰一番。

又說：「朕為太子時，先皇賜弟兄五人第宅在慶隆坊，稱作五王宅，環列宮側。朕在東宮，特製長枕大被，召諸弟兄同睡一床，十分親暱。先皇在宮西建一樓，名花萼相輝之樓，宮南建一樓，名勤政務本之樓，朕弟兄常在西樓談笑作樂，賦詩戲嬉。先皇在南樓一聞樂聲，便登西樓，賜金帛無數。有朕與諸弟兄在御苑中擊球鬥雞，放鷹逐犬，弟兄朝朝想見，何等快樂！今朕深居宮中，每念及幼時情景，不可再得！」

說著，止不住連連嘆息。梅妃見玄宗皇帝弟兄之念甚深，便也不敢再說什麼了。

原來在唐朝歷史上，這玄宗是最友於兄弟的人。《唐書》一中說：「天子友悌，古無有者！」玄宗手足情深，天性使然，雖有讒言，亦無由得大。在開元十三年，有數千頭鶺鴒，飛集在麟德殿前，滿院滿階，見人也不驚避，歡噪終日不去。當有左清道率府長史魏光乘獻上頌辭，說是天子友悌之祥。玄宗大喜，亦作頌一篇，弟兄傳觀。每對諸兄弟道：「昔魏文帝詩：『西山一何高，高高殊無極！

上有兩仙童，不飲亦不食，賜我一丸藥，光耀有五色！服之四五日，身體生羽翼！』但朕意服藥而求羽翼，何如兄弟友愛，為天生之羽翼也！以陳思王之才足以經國，絕其朝謁，卒使憂死。魏祚未終，司馬氏奪之。豈神丸之效耶？虞舜至聖，舍弟象傲以親九族，九族既睦，平章百姓，今數千載後，天下稱之。此朕廢寢忘食，所敬慕者也！」

玄宗平時翻閱仙錄，得一神方，便傳抄與眾弟兄道：「今持此方，願與兄弟共之，同至長壽，永永無極！」

那時，壽春王憲，玄宗待之最厚，每到壽春王生日，皇帝必幸其第祝壽。

弟兄二人，同床留宿。平時賞賜不斷。宮中尚食總監新制食物，或四方有獻酒饌的，每次均分，賜與壽春王嘗之。每到年終，壽春王寫一賜目，把皇帝一年中所賜，一一寫上，付交史官，每寫必數百紙。壽春王有病，玄宗便遣使御醫，賜膳賜藥，陸續於途。有一和尚名崇一的，治壽春王病稍好，玄宗大喜，賜徘袍銀魚，但壽春王病終不救而死。玄宗失聲大號，左右皆泣下，傳旨追封壽春王為讓皇帝。

壽春王在日，陪伴玄宗至萬歲樓就宴，兄弟二人，從小路走去，玄宗一眼看一衛士把吃剩的酒菜，抛棄在陰溝中，不覺大怒，立傳高力士捕此衛士至階下，欲杖殺之。壽春王在一旁從容諫勸道：「從小徑中窺人之私，恐從此士不自安，且失皇帝大體！況性命豈輕於餘食乎？」

玄宗不覺大悟，立止高力士不殺。嘆道：「王於朕，可謂有急難也，朕兒誤殺衛士矣。」

又有西涼州俗好音樂，當時新制一曲，名《涼州》。玄宗召諸王在便殿同聽《涼州曲》，曲終，諸王拜賀，獨壽春王不拜。玄宗問兄不樂乎？壽春王奏道：「此曲雖佳，但臣聞音者始之於宮，散之於商，成之於角、徵、羽，莫不根蒂而襲於宮商也。今此《涼州曲》，宮離而少徵，商亂而加暴！臣聞宮君也，商臣也，宮不勝則君勢卑，商有餘則臣事僭，卑則逼下，高則犯上。發於忽微，形於聲音，播之於歌詠，見之於人事。臣恐一日有播越之禍，悖逆之患，莫不兆於此曲也！」

玄宗聽了這一番話，便命停奏《涼州曲》。

梅妃知玄宗停奏《涼州曲》，便自制《驚鴻曲》，奏來婉轉動人。玄宗賜玉笛一支，每在清風明月下一吹，玄宗在一旁看著，真飄雙欲仙。梅妃又作驚鴻舞，進退疾徐，都依著樂聲，玄宗大加嘆賞，說梅妃事事皆能，便稱她為梅精。從此，後宮一班妒梅妃的妃嬪，都取她綽號，稱她梅精。宮中有鬥茶之戲，玄宗常與梅妃鬥茶而敗，顧謂諸王道：「此梅精也，今又勝我矣！」

梅妃應聲道：「草木之戲，誤勝萬歲；設使調和四海，烹任鼎鼐，萬乘自有心法，賤妾何能與萬歲比勝負呢？」

玄宗見梅妃口齒伶俐，心中愈覺可愛。後來，只因梅妃一病不能供應皇帝，又值楊貴妃入宮，一個新歡，一個舊愛，在玄宗的心中，原是兩面都丟不下的，常把梅妃和楊姐召在一處，親自用好言安慰，勸她二人效娥皇、女英，同心合意侍奉一人。但梅妃有此絕世才華，楊姐又秉天姿國色，便兩不相下。兩人在宮中，不但不肯和好，且各避著路，不肯見一面兒。

江採蘋生性柔緩，楊太真卻心機靈敏，見皇帝正在寵愛頭裡，在枕席上天天說著梅妃的壞話。自古舊愛不敵新歡，梅妃身體又十分柔弱，不能時時供應，漸漸地皇恩冷淡下來。後來，玄宗竟聽了楊貴妃的話，把梅妃遷入上陽東宮，從此一入長門，永無雨露。

直到此時，玄宗念及梅姐往日的好處，便暗地裡打發小黃門，滅去燈燭，捧著萬歲手詔，暗地裡摸索著到東閣去宣召梅妃。那梅妃自從被皇帝棄置以來，卻終日靜坐一樓，吟詩作畫，十分清閒。忽見萬歲召喚，梅妃知道有楊妃在側，自己絕不得志，便謝恩辭不奉詔。

奈這痴心的皇帝，越見梅妃不肯出來，卻越想起梅妃舊日的好處，非把梅妃召到不可，打發小黃門連去了三次，又把自己平日在御苑中乘坐的一匹千里駒賜給梅妃乘坐，在黃昏人靜的時悄悄地去把梅妃馱來，在翠華西閣上想見。梅妃見了萬歲，便忍不住眼淚和斷了線的珍珠一般掛下粉腮來。從來說的，新婚不如久別，玄宗見梅妃哭得可伶，便百般安慰，擁入羅幃，說不盡舊日思情，訴不完別後的相思。兩人卿卿噥噥的，直訴說了一夜。

這邊歡愛正濃，那楊貴妃多日不見萬歲臨幸，自覺作嬌過甚，失了皇帝恩寵，心中萬分淒惶，便暗暗地遣永清、念奴二婢子到西閣悄悄地打聽去。這楊貴妃平日和玄宗是片刻不離的，如今拋得她漫漫長夜，孤拿獨宿，叫她如何眠得穩？到半夜時分，楊妃挑燈就妝臺鋪著玉箋，寫下一首詞兒道：

「君情何淺？不知人望懸！正晚妝慵卸，暗燭羞翦，待君來同笑言！向瓊筵啟處，醉月觴飛，夢雨床連。共命天分，同心不舛，怎驀把人疏遠？」

擲下筆，上床睡去。天色微明，便有永清婢子進來報：「娘娘！奴婢打折得翠閣的事來了。」楊妃急坐起身來，連問怎麼說？永清道：「奴婢昨夜奉娘娘懿旨，往翠華西閣守候著。

這時已近黃昏，忽聞密傳小黃門進閣。那小黃門奉了皇上旨意，悄拉御馬，滅熄燈燭，出閣門去。」

貴妃忙問：「到何處去？」

永清答稱：「是向翠華東閣而去。」

貴妃連連頓足道：「呀！

向翠華東閣，那是宣召梅精了。不知這梅精來也不曾？」

永清答道：「恩旨連召三次，才用細馬馱著那佳人，暗地裡送至西閣。」

貴妃忙問：「此語果真否？」

永清道：「奴婢探得千真萬確，倘有不真，奴婢敢要不要命了！」

貴妃聽著，不覺落下淚珠來，嘆著氣道：「唉！天啊！原來果真是梅精復遺寵幸了！」

永清勸慰著道：「娘娘且免愁煩！」

貴妃如何忍得，早抹著淚，在那幅詩籤兒上，接下去又寫上了一首詞道：「聞言驚顫傷心痛，怎言把從前密意，舊日恩眷，都付與淚花兒彈！向天記歡情始定，記歡情始定，願以釵股成雙，合扇團圓；不道君心霎時更變！總是奴當譴，也索把罪名宣，怎教凍蕊寒葩，暗識東風面？可知道身雖在這邊，心終系別院，一味虛情假意，滿滿昧昧，只欺奴善！」

寫畢，擲下筆兒道：「自從梅精觸忤聖上，將她遷置東樓，俺想萬歲總可永遠忘了這妖精，如何今日忽又想起這妖婦來？真令俺氣死也！」

永清接著又說道：「娘娘還不曾知道，奴婢打聽得小黃門說：『那梅妃原也不肯來的，那晚萬歲爺在華萼樓上，私封珍珠一斛，賜與梅妃不受，交珍珠原封退還，又獻一首詩來。』」

貴妃忙問：「那詩上字句，你可曾記得？」

永清道：「奴婢也曾聽那小黃門念來道：『桂葉雙眉久不描，殘妝和淚溼紅綃，長門自是無梳洗，何必珍珠慰寂寥？』萬歲爺見她詩句可憐，便接二連三地把這梅妃召到，重敘舊情。」

貴妃聽了，不由得罵了一句：「這個媚人的妖狐，卻敢勾引俺的萬歲爺？待俺問萬歲爺去，暫不與這賤妖狐干休！」

說著，霍地立起身來，回頭對永清、念奴二人道：「你二人隨俺到翠華西閣去來！」

永清道：「娘娘！這夜深時候，怎去的來？」

貴妃道：「俺到那裡，看這賤狐如何獻媚，如何逞騷。」

永清勸道：「奴婢想，今夜萬歲爺翠閣之事，原怕娘娘知道。

此時夜將三鼓，萬歲爺必已安寢，娘娘猝然走去，恐有未便，不如且請安眠，到明日再作理會！」

貴妃聽永清說得有理，只得轉身坐下，嘆著氣道：「罷罷！只是今夜叫俺如何得睡也！」

這一夜，楊貴妃睡在空床上，真的直翻騰到天明也不曾入睡，她卻不知道在翠華西閣下面，也有一個人陪著貴妃一夜不曾得好睡！

這是什麼人？原來便是那高力士。玄宗皇帝，因召幸梅妃，特遣小黃門去把高力士密召到來，戒飭大小宮監，不得傳與楊娘娘知道。又命高力士在閣下看守著，不許閒人擅進。高力士奉了聖旨，在翠華閣下，眼睜睜地看守了一夜，連眼皮兒也不敢合一合。看看天色微明，又怕萬歲傳喚，送梅妃回宮去，因此愈加不敢離開。誰知玄宗和梅妃一夜歡娛，正苦夜短，好夢醒來，看看已是日高三丈。那高力士在閣下看看不見皇帝有何動靜，也不見皇帝也閣坐朝，也不見送梅妃下樓回宮。

正徬徨的時候，忽見那楊貴妃從廊盡頭冉冉行來。高力士心上不覺一跳，低低地自言自語道：「呀！遠遠來的正是楊娘娘，莫非走漏了訊息麼。現今梅娘娘還在閣裡，這卻如何是好？」

高力士正要奔上閣去報信，才移動得腳步，已被楊貴妃瞥見了，命永清遠遠地喝住。高力士沒奈何，只得轉身迎上前去，叩見道：「奴才高力士叩見娘娘！」

只聽得楊貴妃冷冷地問道：「萬歲爺現在哪裡？」

高力士一聽聲音不對，知道已不知被何人在娘娘跟前漏洩了春光，心頭止不住怦怦地跳著，只得硬頭皮答道：「萬歲現在閣中！」

貴妃又問：「還有何人在內？」

高力士連說：「沒有！沒有！」

貴妃見高力士神色慌張，早已瞧透了，不禁冷笑了幾聲道：「你快開了閣門，待我進去看來。」

高力士越發慌張起來，忙說：「娘娘且請暫坐，待奴才去通報萬歲爺。」

貴妃忙喝住道：「不許動！俺且問你，萬歲爺為何連日在西閣中住宿？」

高力士忙答道：「只因萬歲爺連日為政勤勞，身體偶爾不快，心兒怕煩，是以靜居西閣，養息精神。」

貴妃道：「既是萬歲爺聖體不快，怎生在此住宿，卻不臨幸俺宮中去？」

高力士答道：「萬歲爺只因愛此西閣風景清幽，不覺留戀住了。」

貴妃又問：「萬歲爺在裡做什麼？」

答道：「萬歲爺床上靜臥養神。」

貴妃又問：「高力士！你在此何中？」

高力士說：「萬歲爺著奴婢在此看守門戶，不容人到！」

貴妃聽了慍地變了臉色，厲聲問道：「高力士！你待也不容我進去麼？」

慌得高力士急急叭在地上叩著頭道：「娘娘請息怒！

只因俺親奉萬歲爺之命，量奴婢如何敢違抗聖旨？」

貴妃道：「哇！好一個掉虛脾的高力士！在俺跟前，嘴喳喳地裝神弄鬼？」

高力士道：「奴婢怎敢！」

貴妃也不去理他只自說道：「俺也知你如今別有一個人兒受著萬歲爺的寵愛，爬上高枝兒去，卻不把俺放在心頭了。也罷，待俺自己去叫開門來。」

楊貴妃說著，卻提著裙幅兒，親自要奔上閣去打門，慌得高力士連連擺手道：「娘娘請坐！待奴婢來替娘娘叫門。」

永清、念奴兩人也上去勸楊娘娘，且在閣下坐下。貴妃又逼著高力士叫門去，高力士沒奈何，只得硬著頭皮上去高叫道：「楊娘娘來了！快開了閣門者！」

叫了幾聲，卻不聽得閣內有人答應。

原來玄宗和梅妃久別重逢，訴說了一夜恩情，此時日上三竿，還是沉沉入睡。卻不料高力士在閣樓下高叫，那守在帳前的宮女聽得了，也不敢去驚動皇帝。又聽得高力士在下面叫道：「楊娘娘在此，快些開門！」

這一聲，卻把玄宗驚醒了，忙問何事。那宮女忙奏道：「啟萬歲爺，楊娘娘到了，現在閣下。」

玄宗聽了一驚，從被窩中坐起來說道：「誰人多嘴，把春光漏洩，這場氣惱，卻怎地開交也？」

接著，又聽得打門聲。宮女便問：「請萬歲爺旨意，這閣門兒還是開也不開？」

玄宗忙搖著手道：「慢著！」

回頭看枕上的梅妃，也嚇得玉容失色，甚是可憐。這時，梅妃身上只穿一件小紅襖兒，蔥綠裳兒，玄宗扶著她腰肢，還是軟綿綿的抬不起頭來。宮女上去，服侍她披上衣兒。只因外面打門十分緊急，也來不及穿繡鞋兒，只拽著睡鞋，玄宗抱住她嬌軀，向夾幕中藏去。轉身出來，向御床上一倒，挨著枕兒，裝作睡著模樣。又命宮女悄悄地去把閣門開了。貴妃一腳跨進門來，且不朝見皇上，只是把兩眼向屋子的四周打量半晌。玄宗便問：「妃子為何到此？」

那貴妃才走近榻去參見道：「妾聞萬歲爺聖體違和，特來請安！」

玄宗道：「寡人偶然不快，未及進宮，何勞妃子清晨到此。」

貴妃恃著平日皇帝的寵愛，也不答玄宗的話，只是冷冷地說道：「萬歲爺的病源，妾倒猜著幾分了！」

玄宗笑著道：「妃子卻猜著什麼事來？」

楊貴妃道：「妾猜是萬歲爺為著個意中人，把相思病兒犯了！」

玄宗又笑說道：「寡人除了妃子，還有什麼意中人兒？」

貴妃道：「妾想陛下向來鍾愛無過梅精，如今陛下既犯著相思病兒，何不宣召她來，以慰聖情？」

玄宗故作詫異的神色道：「呀！此女久置樓東，豈有復召之理？」

貴妃也不禁一笑，說道：「只怕春光偷洩小梅梢，待陛下去望梅而止渴呢！」

玄宗故意正色道：「寡人哪有此意。」

貴妃接著道：「陛下既無此意，怎得那一斛明珠去慰寂寥？」

玄宗搖著頭道：「妃子休得多心，寡人只因近日偶患微痾，在此靜養，惹得妃子胡思亂猜，無端把人來奚落。」

說著，又連連地欠伸著道：「我欠精神，懶得講話，妃子且請回宮，待寡人休息些時，進宮來再和妃子飲酒可好？」

楊貴妃這時，一眼見御榻下一雙鳳舄，用手指著道：「呀！這御床底下不是一雙鳳舄麼？」

玄宗見問，忙說：「在哪裡？」

急起身下床看時，那懷中又落下一朵翠鈿來，貴妃急去搶在手中，看著道：「呀！又是一朵翠鈿！此皆是婦人之物，陛下既是獨宿，怎得有此？」

問得玄宗也無言可答，只得假作猜疑樣子道：「呀！好奇怪，這是哪裡來的？連寡人也不解呢。」

楊貴妃忍不住滿臉怒容道：「陛下怎的不知道？」

高力士在一旁看看事情危急，便悄悄地去對宮女附耳說道：「呀！不好了，見了這翠鈿、鳳舄，楊娘娘必不干休，你們快送梅娘娘從閣後破壁而出，回到樓東去吧。」

那宮女聽了高力士的話，便悄悄地去在夾幕中把梅妃扶出，一溜煙向後樓下去。小黃門幫著打破後壁，送回東樓去。

那楊貴妃手中拿著鳳舄翠鈿兩物，連連問著皇帝，昨夜誰侍奉陛下寢來？玄宗只是涎著臉，憨笑著不答話。楊貴妃一股醋勁兒按捺不住了，把那手中的鳳舄、翠鈿狠狠地向地上一丟，轉身去在椅上坐下，噘著珠唇，怔怔地不說一句話。屋子裡靜悄悄地半晌無聲息，高力士上去把那鳳舄、翠鈿拿起。

楊貴妃忽莊容對著玄宗說道：「一宵歡愛顛倒至此，日上三竿，猶未視朝，外臣不知道的，不道是陛下被梅家妖精迷住了，還認作陛下是迷戀著妾身，這庸姿俗貌，誤了陛下的朝期！如今為時尚早，請陛下出閣視朝，妾在此候陛下朝罷同返中宮。」

玄宗讓楊貴妃催逼不過，便拽著衾兒，依舊睡倒，說道：「朕今日有疾，不可臨朝。」

楊貴妃見玄宗踞臥著不肯離開御床，便認定皇帝把梅妃藏在衾中，滿懷說不出的惱怒，只是掩面嬌啼。

高力士覷著貴妃掩面不見的時候，便湊著皇帝耳邊，悄悄說道：「梅娘娘已去了，萬歲爺請出朝吧。」

玄宗點著頭，故意高聲對高力士說道：「妃子勸寡人視朝，只索勉強出去坐坐。高力士傳旨擺駕，待朕去後，再送娘娘回宮。」

高力士喏喏連聲，領著旨意，送過皇帝離了西閣。

楊貴妃便轉身喚著力士道：「高力士！你瞞著俺背地裡做的好事！如今只問你這翠鈿、鳳舄，是什麼人的？」

高力士見問，便嘆了一口氣道：「勸娘娘休把這煩惱尋找！奴婢看萬歲爺與娘娘平日寸步不離，形影相隨，這樣的多情天子，真是人間少有！今日這翠鈿、鳳舄，莫說是梅妃，俺萬歲舊日和她有這一番恩情，久別重逢，難免有故劍之思，便是六宮中選上了新寵娘娘，也只索假裝著耳聾，不聞不問，怎不顧這早晚，便來鬧得萬歲爺不得安睡？不是奴婢多口，如今滿朝臣宰，誰沒有個大妻小妾，何況當今一位聖天子，便容不得他一宵恩愛了麼？還請娘娘細細思之！」

高力士這一席話，說得楊貴妃啞口無言，她一時無可洩憤，便把那翠鈿來摔碎了，把這鳳舄來扯破了，哭著回宮去了。欲知後事如何，且聽下回分解。

楊貴妃才出西閣，那玄宗皇帝又匆匆進閣來，一眼見那破碎的翠鈿、鳳舄，問高力士時，知是楊貴妃臨行時拉擲的。這翠鈿原是昨夜玄宗賜與梅妃，親自替她在寶髻上插戴著的，只因一夜顛倒，這翠鈿又落在玄宗懷中，滿擬今日令高力士送至東閣去的，不料被楊貴妃擲破了，這叫玄宗皇帝如何不惱！便立刻傳旨，著高力士送楊氏出宮，歸其兄光祿卿楊銛第中，一面又另拿一對翠鈿去賜與梅妃。把個高力士忙得東奔西走，送楊貴妃出宮回來，又送翠鈿與梅妃。

梅妃打聽得楊妃已被逐出宮，便思恢復舊日的恩寵，來拿一千兩黃金與高力士，要他去找一個文士，擬司馬相如作一篇《長門賦》去感動聖心。高力士因怕楊國忠、李林甫的權勢，只推說朝中無人能作賦的，梅妃便自作《樓東賦》一篇，呈與玄宗。那賦中略道：

玉鑒生塵，鳳奩香殄。懶蟬鬢之巧梳，閒縷衣之輕練。若寂寞於蕙宮，但凝思於蘭殿。信摽落之梅花，隔長門而不見！況乃花心颺恨，柳眼弄愁，暖風習習，春鳥啾啾。樓上黃昏兮，聽鳳吹而回首；碧雲日暮兮，對素月而凝眸。溫泉不到，憶拾翠之舊遊；長門深閉，嗟青鸞之信修！

憶太液清波，水光蕩浮，笙歌賞燕，陪從宸旒，奏舞鸞之妙曲，乘畫鷁之仙舟。君情繾綣，深敘綢繆，誓山海而常在，似日月而無休！奈何嫉色庸庸，妒氣沖沖，奪我之愛幸，斥我乎幽宮？思舊歡之莫得，想夢著乎朦朧！度花朝與月夕，羞顏怕對春風！欲相如之奏賦，奈世才之不工；屬愁吟之未盡，已響動乎疏鐘！空長嘆而掩袂，躊躇步於樓東！

梅妃這篇《樓東賦》獻去以後，滿心想望皇帝立賜召幸；但她在樓頭一天一天地望著，只是杳無訊息。看看已到暮春天氣，梅妃獨立樓頭，引領遠望。這時，夕照銜山，煙樹迷濛，樹徑下著地起，起了一縷塵土，原來是嶺南驛使回來。梅妃便問身旁的宮女道：「何處驛使來，敢是嶺南梅使來也！那宮女答道：「嶺南梅花使者，久已絕跡！此驛使，是為楊娘娘送荔枝來也！」

梅妃聽了，撐不住兩行珠淚落下粉腮來，只聽她嬌聲喊道：「啊唷！」

柳腰兒一折，向宮女肩頭倒去。原來梅妃一時悲憤，暈絕過去了。宮女們慌慌張張扶她上床去睡，只見她悠悠醒來，哇的一聲，吐出一口鮮血，止不住一陣悲啼，淚溼了羅巾。宮女們在一旁勸著。這時，黃昏冷巷，窗外淡淡的燈光，映著窗裡淡淡的燈光，又照梅妃淡淡的容光，一片寂靜淒涼，連宮女也撐不住哭了。

原來玄宗皇帝一心還是寵愛著楊妃的，前日因一時之怒，把楊妃送出宮去。玄宗一人住在宮中，便覺鬱鬱不樂，任你後庭歌舞，聲聲入耳，玄宗聽著，轉覺心煩意亂，忙命停歌止舞。

這一天，直到午後，還不見皇帝傳喚御膳，高力士進去請旨傳膳，滿案陳列著餚饌，看看玄宗只是嘆著氣，不下箸。高力士奏請，把楊娘娘的一份膳兒送光祿卿楊銛府第，玄宗點著頭。

又傳諭把御膳分一半，一併賞與楊銛。高力士知皇帝尚不能忘情於貴妃，待到傍晚，見左右無人，高力士便跪求請萬歲爺下恩旨，召楊娘娘回宮。玄宗默默不語，高力士又說：「萬歲若慮出一召，為天下笑，奴婢請令妃子改從安興坊門入，以避人耳目。」

玄宗便點著頭，高力士取金頭牌，請皇帝蓋上小印，作為憑證，拿著到光祿卿楊銛家中去召楊貴妃回宮。

楊銛因妹子得罪回家，心中正是惶惑，忽見高力士到，手中拿著宣召御牌。不覺大喜。楊貴妃也終日哭泣著自怨自艾，此時隨著高力士重複進宮，見了萬歲，急忙跪倒，只是痛哭。

玄宗伸手把妃子扶起，百般勸慰著。這一晚，雨露恩深，勝於往日。次日，楊銛打聽得妹子復得皇帝恩寵，便與丞相楊國忠、朝國、虢國、秦國三夫人，一同進宮去獻食作樂。玄宗大喜，便賞黃金無數，又賜三夫人脂粉錢，每歲一百萬。另賜建造高大府第五座，與宮殿相連，門外列戟，府中陳設勝於宮禁。姊妹互相比賽，見有一亭一屋，勝過自己的，立刻把房屋拆毀，重覆蓋造，一堂之費，至千萬緡。奇巧美麗，驚心駭目。

從此，五家以奢侈相尚。初時，姊妹出入乘小犢車，滿飭金翠，雜以珠玉。一車之費，至數十萬貫。那車身愈加愈重，牛力不勝，便各各奏請皇上，改乘馬入宮，玄宗許之。姊妹各出萬金，派人四出購求名馬，以黃金為銜轡，綿繡為障泥。

三夫人在國忠家會齊，同入禁中，時已黃昏，一路燈火照耀，街衢肯如白晝，道旁觀者如堵。從國忠宅門，直至城東南隅，沿途僕馬喧騰，直至更深，人民不得安枕。楊國忠常笑對客道：「某起家細微，因椒房之親，寶貴至於無極！吾今未知稅駕之所，念終不能致令名，要當取樂於富貴耳。」

當時，宮中府中，奢侈成風，諸王子亦競相仿效。申王府中尤是奢靡，每夜在宮中與諸王貴戚聚宴，非至天明不止。用龍檀木雕成童子，高與案齊，手擎燈燭，稱作燭跋童子。衣以綠袍，系以錦帶，立在筵席之側，又稱為燭奴。一時，三夫人與丞相府中俱用燭奴。

申王每飲酒至醉，便命宮中姬妾將錦彩結成一兜子，申王仰臥在兜中，使眾妾抬歸寢室，宮中皆稱為醉輿。這風氣傳至楊氏弟兄府中，每一飲酒，便都用醉輿抬回臥房去。楊國忠又在冬月風雪苦寒的時候，使府中姬妾密坐在四周，成一圓圈，抵敵寒氣，稱作妓圍。從此，諸王府中也都用妓圍取樂。那班姬妾，個個都能清歌奏樂。

玄示知道了，在宮中宴會，也令諸宮妃嬪圍坐四周。那妃嬪們個個手中抱著樂器奏弄著，又歌唱著，玄宗也命楊貴妃歌唱。貴妃能唱的曲子很多，她還有一種絕技，能打得磬子，打來輕重疾徐，十分動聽。玄宗十分愛聽，便命樂工採藍田綠玉，琢之成磬，使貴妃擊之。一聲清磬，四座神遠。又造簨簴流蘇等樂器，都拿金玉珠翠珍怪之物裝飾起來，聽貴妃使用著。貴妃使用樂器件件都精。玄宗御勤政樓，賜諸王聽貴妃奏樂。

貴妃高坐上席，足下踏二金獅子，宮女們捧著各種樂器，在左右侍立著。貴妃徐徐地把樂器一樣一樣地擺弄，每弄一器，諸王都進酒為貴妃壽。諸王也帶著各種聲樂，在皇帝跟前獻奏。申王獻一王大娘，這王大娘原是教坊中的伎女，喜戴百尺竿，竿上雕刻成木山裝成瀛州方丈模樣。又令小兒手持紅竿，在王大娘四周圍繞著，歌舞不休。諸王看了，大為笑樂。

這時，有一神童名劉宴的，年只十歲，官拜祕書正字。楊貴妃欲一見之，玄宗即召劉宴於筵前。眾妃嬪見他狀貌奇醜，和皇帝對答，卻甚是聰明。貴妃見他身體矮小，便抱著他身體坐在膝上，笑說道：「此兒待吾為之妝飾，或可掩其醜陋。」

說著，便命宮女取巾櫛脂粉來，貴妃親自替他梳妝，果然掩去幾分醜相。玄宗問劉宴道：「卿為正字，至今正得幾字？」

劉晏立刻奏對道：「天下之字皆正，唯有朋字不正！」玄宗拍手稱妙。

貴妃又令當筵作《王大娘戴竿》詩，劉宴索紙筆，立成一絕道：

「樓前百戲競爭新，唯有長竿妙入神！
誰得綺羅翻有力，獨自嫌輕更著人。」

玄宗連稱真神童也！命賜以牙笏黃袍。劉宴披衣在身，三呼萬歲而退。從此，臣下在四處去搜尋神童，送至宮中面試，但總不及劉宴一般的敏捷。

玄宗和楊貴妃在宮中長日無事，每至酒醉之時，便鬥風流陣解悶。玄宗自領小太監百餘人，令貴妃亦領宮女百餘人，排成兩陣，拿霞帔錦被縛在竿頭，代作旗號。另有一班小黃門，在階下擊鼓鳴金，作兩陣進退之號。進時，小太監和宮女互相扭結，各不相讓。打敗的，罰飲酒一巨杯。一頓墮冠橫釵，嬌聲叱吒，玄宗不覺大笑。高力士在一旁看著，以為是不祥之兆，便勸皇上停止這風流陣。時值上元燈節，貴妃命兄弟姊妹各府中舉行盛大的燈會。

韓國夫人在後園中立燈樹，每樹八十尺高，每桿有燈百餘枝，共百餘株燈樹，豎在後園高山上；入夜望去，園內外都照耀得如同白晝。百里外地方，都望見之，滿天光明，竟與星月爭輝。楊國忠府中，又領少年子弟千人，手中各執火炬，環列府門左右。每到遊春的時候，便用數十輛大車，上搭綵樓，每樓有女樂數十人，每府各有大車數十輛，前後銜接，在京師郊外遊行著，宛如長城。許多姬妾們，列坐在綵樓上，顧盼笑樂。從此，長安地方一班富戶貴族，都學著五府豪侈模樣，遊春觀燈，各有一番熱鬧。雖在平民士庶之家，亦必點綴一二，不令辜負良辰。

楊貴妃又想得一種鬥花之戲。所謂鬥花之戲，是以各人頭上插戴奇花多者為勝。貴妃生性更是愛花，往往不惜千金去購得名花來，移植庭院中。那五府姬妾，亦各各種著奇花異草，為春來鬥花之用。都中婦女，一到春日，多不守閨門，女伴數人，相約野步嬉遊。遇有名花，便設席藉草，各出美酒佳餚，共相勸飲。防有外人闖入，便解下紅裙，連結成韓，遮蔽著，稱作宴幄。這種放誕風流的情形，全是三位夫人和一班王府中的姬妾行出來的。那良家婦女，都仿著她行去。一時郊外墮釵遺舄，遍地皆是。

宮中除貴妃愛吃荔枝以外，玄宗卻愛吃乳柑桔。那時，江陵地方進獻乳柑桔，玄宗食之鮮美，便親自拿柑十枚，種在蓬萊宮中。三年後，便結實纍纍。皇帝大喜，特採下賜與各大臣。

下手詔道：「朕前於內庭種柑子樹數株，今秋結實一百五十餘顆，取而嘗之，竟與江南及蜀道所進者無別。」

當時，楊國忠便進表賀道：「伏以自天所育者，不能改有常之性。曠古所無者，乃可謂非常之感。是知聖人御物，以元氣布和；大道乘時，則殊方葉至。且桔柚所植，南北異名，實造化之有初，匪陰陽之有革。

陛下元風真紀，六合一家。雨露所均，混天區而齊被；草木有性，憑地氣以潛通。故滋江外之珍果，為禁中之佳實。綠帶含霜，芳流綺殿，金衣爛白，色麗彤庭。」

這一道賀表，當時傳誦中外。在這一百五十餘個柑子之外，又採得一枚兩柑合結成一個的柑子，玄宗稱它為合歡柑，說得天賜他和貴妃二人的，特採入後宮，與貴妃互相把玩。玄宗道：「此柑子真知人意！朕與卿恩愛如同一體，從此當永永合歡。」

便並肩兒坐在榻上剝著合歡柑，互相送至口中吃了。又傳畫工，把同食合歡柑的情形，畫在圖上，傳在後世，作為佳話。

這柑子除江陵所出以外，益州的亦是佳品。每年由益州進貢來的柑子，亦是不少。

當時，為益州進貢柑子的事，也曾鬧過笑話。平時，益州所進柑子，因防蟲咬，外部都用紙裹著。在天寶中，那承辦貢物的長史官，嫌紙裹太粗劣，便改用細布包裹。但布質粗硬，在長途轉運，又怕把柑子擦傷，這長官心中時時憂懼著。

這年，忽然有御史姓甘名子布的，巡查到益州地方來，長史官得了此訊息，心中疑懼，必是來推問布裹柑子的事體。待那甘子布御史到益州境界，這長史官忙到驛站中去迎候，一見面，便連連申說布裹柑子，實是表示臣下誠敬之意，把這話說了又說。這甘子布只聽得長史官連連喚著自己的名字，疑惑不解。後來，經長史官剖說明白，彼此不覺大笑。

當時，天下長平無事，玄宗每日在宮中除與楊貴妃戲嬉外，又召集一班文學之士，在御苑中吟詠為樂。當時，文學侍臣中有一個李太白，詩才最是清高，玄宗十分敬愛他。這李太白名白，生在四川的昌明青蓮鄉，因取別名為青蓮居士，天資十分聰明，能辨識蝌蚪古字。用手撫摸著碑文，倒讀著很快，好似讀熟的一般。當時有嶺南知州官名毛榆桑的，自以謂文章優勝，後來與李白想見，二人共觀碑文六十餘座，每座約數百字。毛榆桑只能背誦一二篇，還是十分生澀的；李太白卻能完全背誦碑文六十餘座，從首至尾背誦得很快，一字不誤。毛榆桑見了，大驚道：「此仙才也，吾如何可及！」

但李白天性豪俠，好擊劍，喜縱橫術，輕財仗義，交友滿天下。在任城作客，與孔巢父、韓準、裴政、張叔明、陶沔，住在徂徠山中，晝夜痛飲，稱竹溪六逸。李太白酒量甚大，鬥酒不醉，常自稱鬥酒百篇。酒興濃時，握管作文，萬言立就，人又稱他為酒仙。後李太白至京師，與賀知章相遇，知章讀太白之文，嘆道：「此謫仙才也，人間無此妙文！」

同時，士大夫又稱為李謫仙。

當時，有詩人杜甫，深得玄宗契重。杜甫字子美，世居杜陵，家世清貧。後中進士，詩名傳四海。玄宗皇帝讀杜甫所作賦，稱為奇才，拜為集賢院主。後賀知章又薦李太白，玄宗讀李白所作詩，嘆為李杜雙絕，拜李白為供奉翰林。

玄宗尤愛李白之詩，時時傳入內宮去，飲宴吟詠。玄宗賜李翰林食，親為調羹。李白又時喜入市沽飲，每有宣召，太監們便騎馬至長安市上四處找尋，見李翰林當門與屠賈爭，飲已大醉，太監急以水噴面使醒，扶至馬上，送入內廷。見玄宗時，衣冠不整，玄宗笑扶之醒，扶至馬上，送入內廷。見玄宗時，衣冠不整，玄宗笑扶之坐。楊貴妃制《清平樂》曲，尚無詞句，玄宗命李白依譜填詞。

李白乘醉在玉籤上寫成《清平調》三闋。道：

雲想衣裳花想容，春風拂檻露華濃；
若非群玉山頭見，會向瑤臺月下逢！
一枝紅豔露凝香，雲雨巫山枉斷腸；
借問漢家誰得似？可憐飛燕倚新妝！
名花傾國兩相歡，長得君王帶笑看；
解釋春風無限恨，沉香亭北倚闌干！

玄宗又命作《宮中行樂詞》八首，李太白也不假思索，拂籤寫道：

小小生金屋，盈盈在紫薇！
山花插寶髻，石竹繡羅衣。
每出深宮裡，常隨步輦歸；
只愁歌舞散，化作彩雲飛。

第二首道：

柳色黃金嫩，梨花白雪香；
玉樓巢悲翠，珠殿鎖鴛鴦。
選妓隨雕輦，徵歌出洞房；
宮中誰第一？飛燕在昭陽！

第三首道：

盧桔為秦樹，蒲桃出漢宮；
煙花宜落日，絲管醉春風；
笛奏龍鳴水，簫吟鳳下空；
君王多樂事，何必向回中！

第四首道：

玉樹春歸日，金官樂事多；
後庭朝未入，輕替夜相過！
笑出花間語，嬌來足下歌；
莫教明月去，留著醉嫦娥！

第五首道：

繡戶香風暖，紗窗署色新；
宮花爭笑日，池草暗生春。
綠樹聞歌鳥，青樓見舞人；
昭陽桃李月，羅綺自相親。

第六首道：

今日明光裡，還須結伴遊！
豔風開紫殿，天樂下珠樓。
豔舞全知巧，嬌歌半欲羞；
更憐花月夜，宮女笑藏鉤！」

第七首道：

寒雪梅中盡，春風柳上歸！
宮鶯嬌欲醉，簷燕語還飛。
遲日明歌席，新花豔舞衣；
晚來移彩仗，行樂好光暉。

第八首道：

水綠南薰殿，花紅北闕樓；
鶯歌聞太液，鳳吹遶瀛州！
素女鳴珠珮，天人弄綵球；
今朝風日好，宜入未央遊！

從此，玄宗每逢宴會，便命宮女唱《清平調》，或歌《宮中行樂詞》，後宮八千嬪娥，都知道李太白的名兒。玄宗每有歡宴，便召李白侍坐，飲酒賦詩，君臣甚是快樂。

其時，適值黑水靺鞨國打聽得大唐天子沉迷聲色，不理朝政，上下酣戲，國勢日衰，便遣使賚表，藉探中國的虛實。平日，外番上表，先用中文，後用番字。今日黑水靺鞨國上表，滿紙寫的儘是韃靼文字，形狀與魚鳥相似，滿朝文武，無有識者。當時，只有青州劉寬能辨六體文字，玄宗把劉寬宣召進宮，見這靺鞨國的表文，也瞠目不知所對。玄宗大怒，說：「滿朝官員，平日食皇家俸祿，有事便不能一用耶？今蠻奴之文，百官竟無一人能辨識，豈不貽笑外人？」

眾大臣正慌張無法可想的時候，忽尚書裴晉奏道：「今翰林學士李白，天下超逸，此事恐非李白莫辨！」

玄宗急召李白，李白大醉，左右有小黃門扶持而至。參拜畢，玄宗以靺鞨文示之，李白手捧靺鞨文，毫無疑難，朗誦一過，便即譯成漢語。文中多藐視中國之言，玄宗大怒，便欲斬殺來使，興師征討。李林甫上前去勸住玄宗，便宣靺鞨使臣上殿，痛痛地訓斥了一番。又令李白當殿宣讀靺鞨國來文，一字無訛。靺鞨使臣，見唐朝如此威嚴，不禁駭得汗流浹背，匍匐在地，叩首不已。玄宗叱退靺鞨使臣，傳諭次日入朝。再領上諭，使者諾諾而退。

玄宗便命李白，以靺鞨文作上諭，以儆誡之。設几案在金殿簷下。李白拜奏：「臣無酒不能為文，既勉強成之，亦不能佳，幸陛下賜臣當殿飲酒！」

玄宗便命賜御酒，李白連盡三爵，握著筆，久久不下。玄宗問：「李學士為何不下筆？」

李白奏道：「臣聞高力士善於磨墨，今大膽求高將軍為臣研墨！」

玄宗便傳諭，著高力士為李白磨墨。高力士在朝廷權力甚大，真是一人之下，萬人之上，如今為一翰林磨墨，心中卻老大一個不願意；只以皇上的旨意，不敢不從，沒奈何上去倚定書案，為李太白磨著墨。李太白又令高力士斟酒，力士含著滿腔怒氣，替他斟了酒，又連盡三觥，在金殿上和群臣談笑自如。作文至一半，李白忽翹一足，令高力士脫靴。力士在皇帝跟前，不敢不依，只得蹲下地去，為李白脫靴，李白不禁大笑。

李白平日知高力士在朝中依仗權勢，作威作福，今當著眾文武官，有意羞辱他。兩旁站著的文武官員，見李太白當著皇帝如此狂放，卻個個變色咋舌。看高力士時，卻滿面怒容，卻也不敢說一句怨恨話。一刻工夫，已草成詔書，李白擲筆大笑而起。左右將詔書譯文呈上，大意謂：

爾乃小邦蠻夷之輩，不識禮儀，蔑視天朝，尤屬可惡。本應斬卻來使，著邊疆督帥加以征討，用顯天朝之刑威，正上國之綱紀。姑念爾乃荒僻小國，不勝刑戮，是以額外賜恩，赦爾罪戾，爾宜自知悔悟，來朝請罪，如或頑抗，絕不爾貸，切切！

此諭

玄宗閱罷此文，不覺大喜，命李白乘御馬出殿，又賞御酒八罇。次日早朝，鞣鞨使臣便領回國，果然那鞣鞨國王親來朝貢，自謝罪譴。但高力士自被李白一番戲異以後，時時唧恨在心，只因玄宗正十分寵用李白，雖欲進讒，亦無隙可乘。欲知後事如何，且聽下回分解。

幸曲江寡婦承恩　返楊府寵姬逢怒

李太白得玄宗皇帝寵用，十分狂放。他每見當朝權貴，便百般戲弄，如李林甫、高力士一班大臣，都受過李太白的侮辱，只因看在皇帝面上，大家便敢怒而不敢言。玄宗知道李白愛遊山玩水，便給他御牌一道，掛在襟頭，在各處郡縣山水佳勝的地方，留連著。地方官見了這御牌，便供應他飲食起居，十分恭敬。

那李白打聽得是貪官汙吏，便百般侮辱他。那貪官汙吏，大都與李林甫、高力士通同一氣的，早把李白這情形，報到京中去。高力士和李林甫商量得一條計，便在楊貴妃跟前進讒說：「李太白《清平調》，《行樂詞》中，都把娘娘比做漢朝的趙飛燕！」

楊貴妃聽了，果然大怒，說道：「飛燕是何等輕賤淫汙的人，怎將俺比她？這李白真是大膽的狂奴！」

從此，楊貴妃早晚在玄宗跟前說李白如何不敬朝廷，如何侮辱大臣。因此，玄宗寵用李白的心，也漸漸地冷淡下來。李白知道自己不為玄宗的左右所容，便越是狂放不拘，與賀之章、李適之、王璡、崔宗之、蘇晉、張旭、焦遂，終日飲酒，自稱為酒中八仙，便上表懇求還山。玄宗賜以黃金，令回鄉里。

李白卻遨遊四方，在月下與崔宗之乘船自採石至金陵，著宮錦袍，坐舟中，旁若夫人。遊並州，見郭子儀，兩人甚是相投。子儀犯法當死，李白為之營救，得免。後郭子儀任大將，也竭力保全李白。李白有罪，玄宗下旨充軍至夜郎，勾留甚久，這都是後話。

如今再說楊貴妃因得玄宗寵愛，楊氏一家，盡立朝堂。這時，朝中共分為三黨：楊貴妃、楊國忠一黨，最有勢力；李林甫一黨次之；高力士是宦黨中首鄉，其勢亦不在李林甫以下。

玄宗被群小包圍，昏憒糊塗，日甚一日。李林甫因楊氏日盛，便屈意結合楊國忠。高力士外有國忠提攜，內有貴妃包庇，勢力也十分穩固。

俗傳貴妃酒醉一事，甚是豔美。當時，貴妃因恨李白，不願唱《清平調》。玄宗命貴妃習《滿江紅》曲，貴妃每飲必歌此。《滿江紅》曲原是傳之裴鐘。裴鐘是襄陽人，性愛歌曲，富有家財，因好歌曲，遍請名師傳授學習，不及十年，家財蕩盡，流為乞丐，在長安市上賣歌為話。高力士過長安市，聞裴鐘歌聲，十分讚美，便留之私第中，給以衣裳，教以禮儀，獻入宮中。玄宗聽裴鐘之曲，心中大樂，便令教授貴妃。貴妃問此曲是何人所制，裴鍾不忘高力士汲引之功，便奏說：「是高將軍所制。」

從此，貴妃記在心中。

一日，玄宗入長興宮，妃獨坐無聊，命高力士備酒置筵，宮中談笑甚豪，且飲且歌，漸至大醉，忽憶高力士能制曲，必能知詩書。便顧力士問道：「吾幼時讀書，有『罣罣』一語，是在何書中？」

力士見問，忙奏道：「臣未習四書，實不知也！」

貴妃怒道：「你敢欺我嗎？汝既能制曲，又聞萬歲言汝又能吟詩，如何又說不曾讀書？」

力士急分辯道：「臣偶作粗俗之歌謠，非真能作詩也。」

貴妃道：「汝即作歌謠，我亦愛聞之。」

力士急叩頭道：「臣才疏學淺，不能立刻作成，須明日出宮作就，再行獻上。」

貴妃已有醉意，即糾纏不休道：「萬歲爺命汝作曲作歌，即頃刻作成；吾今命汝作，汝即推三阻四，豈因吾貴妃的權力不如皇上嗎？」

力士連連叩頭道：「愚臣豈敢！」

貴妃道：「汝既不作詩，今問當一詩：『纈春萬紫滿園香』一詩，是何人作？汝可即朕下句！如能聯此一句，即可免汝作歌。若不奉命，便當罪汝！」

高力士至此，窘迫已極，奏道：「臣實不知音韻，不能聯句。」

貴妃道：「既不能按韻，作歌謠一句即可。」

力士再三求免，說道：「臣實無才，乞娘娘恕免！」

貴妃拍案大怒道：「汝敢違吾旨耶？」

力士匍匐在道地：「奴婢實該死！幼不讀書，於文字絲毫不解，實非敢違旨也！」

貴妃道：「汝既不尊吾旨，便當受吾之罰。」

力士道：「奴婢該罰！」

在高力士侍俸貴妃多年，不曾見貴妃有疾言厲聲，今又在酒醉，既使受罰，當不甚重，便口口聲聲說求娘娘責罰。貴妃喝命宮女拿竹板來，高力士在宮中威權甚大，宮女都怕他，今見欲責打力士，彼此面面相覷，不敢動手。貴妃憤不可忍，力擲酒杯於地，大聲喝罵宮女道：「汝等賤婢子與高力士結黨欺吾耶？」

宮女見貴妃動了真氣，便不敢違拗，去取一大竹板來。

貴妃傳諭道：「高力士忤旨，著速掌頰五百，笞股一千。」

高力士惶恐萬狀，伏地哭求娘娘開恩。滿屋子宮女，一齊跪地代高力士求饒。貴妃道：「力士之罪，原無可饒，今看汝等薄面，改笞股一百。宮女不得已，上去把高力士按倒在地，輕輕地笞下。貴妃見宮女不肯重打，便喝道：「汝等賤婢，與高力士有私情，不肯用力責打，待我親自打之！」

貴妃說著，卻真地走下席來，奪竹板在手，喝令力士伏地，雙手舉起竹板，用力笞在力士背上。那竹板下去，又重又快，不料貴妃在酒醉之中，氣力甚大，打著不計其數，一任高力士一聲聲哭救著，貴妃卻不肯住手，可憐打得高力士血肉斑爛。兩旁宮女，從未貴妃有如此狠毒行為，大家不覺駭然。直待貴妃力竭酒醒，才丟下竹板。永清、念奴二婢，上去扶著歸寢。宮女們見娘娘去了，便上去把高力士扶起，送至寢室。力士峰為驃騎將軍，驕養已慣，今受貴妃鞭撲，身既受傷，心又慚恨，便託病不朝。

直到三月三日，玄宗傳諭與貴妃遊幸曲江行宮，凡諸王妃嬪以及各公主各夫人均須陪從前往。高力士得了這諭旨，便再也躲不住了，便出宮去，先赴楊國忠、楊銛、楊錡諸兄弟家中去通報，又至韓國、虢國、秦國三夫人家去通報，再至諸親王諸公主家中去通報。一時，親貴婦女，和宮中妃嬪，大起忙亂，個個都鬥奇爭豔，要打扮得出眾，在曲江邊求萬歲爺一看。玄宗又下諭：「乘輿遊曲江，准百姓在道旁觀看，以示與民同樂之意。」

那沿江一帶，黃沙鋪地，彩幔蔽天，哄動得一班百姓，扶男攜女的，趕赴江邊來看熱鬧。遠遠的輿馬如雲，旌旗如林，聖駕到了，六匹馬駕著經輿，緩緩地過去。後面緊跟著鳳輦。

楊貴妃端坐在輦中，一群小黃門，手提御爐，走在前面，一隊宮女手執簫管，跟在後面，香菸繚繞，笙樂悠細。道旁觀看的人，盈千累萬，卻肅靜無聲。眼看著一隊隊地過去，後面便是各宮的妃嬪，接著是各位公主，最後是韓國、虢國、秦國三夫人，楊國忠騎著馬在後面押道。諸位宮眷夫人的香車過時，美豔奪目，香聞十里。那宮眷夫人個個打扮得濃脂豔粉，中人欲醉；獨虢國夫人，卻娥眉淡掃，不施粉脂，自然嬌美。路旁觀看的人，見虢國夫人長得嫵媚動人，個個都把眼光注定，齊聲讚歎說：「好一位美人兒！」

虢國夫人聽了，不覺微微含笑，心中甚是得意，故意把羅帕銀盒，丟擲車外去，看百姓們在路旁搶著拾著。楊國忠在馬上看了，不覺哈哈大笑。他兄妹兩人，一個在馬上，一個在車中，覷人不留意的時候，便時時遞過眼風去看，相看一笑。一大隊輿仗從曲江邊行過，好似長蛇一般，蜿蜒不斷。

待御駕過去，那一群閒看的婦女們，在道上搶拾遺物，頓時起了一陣喧譁。趙家大娘向吳家二姐道：「你拾的什麼？」

吳二姐回說是拾得一枝簪子！上面還嵌著一粒緋紅的寶石！二姐，你真好造化也！」

那壁廂，孫家姑娘問著陳家嫂子道：「嫂子，你又拾了什麼？」

那陳嫂子回說是一隻鳳鞋套兒。孫姑娘道：「好好！你就把這鳳鞋兒穿瞭如何？」

陳嫂子笑著，拿鞋兒往自己腳上一試，說道：「啊呀！一個腳趾兒都著不下呢？」

孫姑娘劈手把這鞋兒搶去，說道：「待我把鞋尖兒上這粒珍珠摘下來吧。」

說著，把那珠子摘下，把那鞋兒丟還陳嫂子。

這陳嫂子如何肯依，兩人扭作一團，把頭上的髻兒也打散了。

幸得走過一位富家公子，見這鳳鞋兒瘦稜稜香馥馥的，可愛可憐，便出一兩金子，向陳嫂子買了去。這陳嫂子見有了金子，便也不要珠子了。那邊二姊兒問著三妹子道：「你拾的什麼東西？也拿出來大家瞧瞧。」

一群女伴圍著，只見那三妹子拿出一幅鮫綃帕兒來，裹著一個金盒子。開啟盒子一看，裡面黑黑的黃黃的薄片兒，聞著又有些香味。三妹子道：「莫不是香茶麼？」

二姊兒道：「待我嘗一嘗！」

急急吐去道：「呸！稀苦的，吃它怎麼？」

她大哥兒走來一看，不覺大笑道：「這是春藥呢！你們女孩可吃得麼？」

說得眾女伴羞臉通紅，連罵該死。

三妹子忙把藥片倒去，把金盒兒揣在懷中，急急逃出了。這一天，百姓們在曲江邊拾著的珍奇玩物，卻也不計其數。

一大隊香車迤邐行去，看看到了曲江行宮，車停馬息，妃嬪夫人，各各有侍女扶持下車，在御苑中游散。只見萬紫千紅，豔如織錦，那班女眷，平日深宮幽處，難得有如此放浪的一天，早已各尋伴侶，四處遊玩去了。亦有登山的，亦有臨水的，亦有採花的，亦有垂釣的，還有盪舟的，亦有鬥草的，鶯鳴燕語，花飛蝶舞。

玄宗攜著貴妃，高坐降雪亭中，亭下美人環繞，顧盼生姿，心下十分快樂。眾女眷玩夠多時，廊上雲板敲動，知道午時已到，高力士出到臺階上，傳諭道：「萬歲有旨，眾妃嬪在萬花宮中領宴，眾公主夫人在迎暉宮領宴；獨留虢國夫人乘馬進望春宮，陪楊娘娘領宴。」

這虢國夫人，正與楊國忠在樹蔭下切切私語，忽聽高力士傳旨，宣她進宮陪萬歲爺飲宴，不知是何用意，心中正自納悶。那韓國、秦國兩夫人聽了，齊來向她道賀，說：「妹妹得萬歲爺另眼相看，真可喜也！」

虢國夫人愈覺沒意思起來。當下，有小黃門牽著一匹馬，在一旁候著，虢國夫人沒奈何，便離了楊國忠，坐上馬去。小太監拉住馬韁，慢慢地向內宮行去。

那秦國夫人年紀最輕，打扮得也最是嬌豔。如今見萬歲爺獨召她姐姐去陪宴，卻不喚自己去，心中老大一個納悶，便拉住韓國夫人的手說道：「你看裴家姊姊，竟自揚鞭去了。她這淡掃娥眉，如何朝得至尊？」

韓國夫人道：「且自由她去受裙，俺們樂俺們的。」

說著，姊妹二人，上迎暉宮領宴去了。那虢國夫人平日自己仗著容貌美麗，甚是傲人。雖說是少年嫠婦，雅淡梳妝；但她每日香湯沐浴，薰衣，漱口，閨房中甚是清。

一張臉兒，脂粉不施，自然皎美。當時，玄宗皇帝在筵前一見，真疑天仙下降，轉把個楊貴妃看做庸脂俗粉，汙人耳目。因此，一意與虢國夫人周旋著。虢國夫人初近天顏，未免有嬌羞靦腆的樣兒。誰知這位痴情皇帝，愈見虢國夫人害羞，他卻愈是憐惜起來，在筵度上，口口聲聲喚著阿姨，問長問短。起初，楊貴妃在一旁要誇張她妹子【作者誤。虢國夫人應為楊貴之姊，下同。——編者注】多才多藝，說裴家妹子小字喚作玉箏，彈得一手好箏。玄宗聽了，喜之不勝，連連向虢國夫人作揖，求她彈一套箏下酒。虢國夫人深惱她姊姊多嘴，後來見萬歲爺糾纏得可憐，便也不好意思違拗聖旨。內家捧過一個玉箏來，彈了一套昭君怨。玄宗聽了，連聲讚歎，說道：「小小年紀，怎的有如此淒涼的音兒？」

楊貴妃便奏稱：「玉箏青春守寡，怎不淒涼！」

玄宗一聽說如此美人早年守寡，便又連連拍案嘆息道：「真可憐兒的了！如此麗質，閨房中卻少了一個伴兒，個兒郎卻也消受不起阿姨的美貌！好阿姨，快莫悲傷，待朕來替你解個悶兒。」便傳旨，令霓裳樂隊在筵前歌舞起來，果然仙樂悠揚，舞袖翩躚。但虢國夫人看了總是低頸悉眉的。玄宗皇帝是一個多情天子，見虢國夫人這可憐的樣兒，便命停止歌舞。待樂隊退去，玄宗又命看酒，便親自執著壺兒，去在虢國夫人面前斟滿了一杯酒，雙手捧著送到唇邊去，低聲柔氣地說道：「阿姨快飲此一杯解解悶兒吧！」

虢國夫人仗著自己美貌，平日很是驕傲，輕易不肯和人說笑的。如今見萬歲爺如此低聲下氣地伺候氣色，便也撐不住盈盈一笑，從皇帝手中接過酒來，謝過恩，飲下酒去。

玄宗這時貼近美人，香澤微聞，秀色飽餐，神魂兒飄飄蕩蕩，早已把持不定了。趁她一笑的時候，便伸手過去，隔著前袖兒，把虢國夫人的纖指握定。虢國夫人吃了一驚，急奪手看時，見那室中靜悄悄的去得一個人也沒有了。那楊貴妃也不知什麼時候離席走去的。虢國夫人也覺心頭小鹿兒亂跳，急欲離席辭退。

那玄宗皇帝如何肯舍，只把她的尖兒握得緊緊的，兩道眼光注定在她粉腮兒上，露出可憐的神色來。虢國夫人的兩面粉腮兒上，也跟著飛上兩朵紅雲，那粉脖子不覺慢慢地低垂下去。靜悄悄的半晌，那守在窗外的宮女，只聽得萬歲爺低低的一聲一聲地喚著美人兒。又說：「這快樂光陰，朕與美人共之！」

又半響，聽得虢國夫人低低的笑聲，一會兒又彈著箏，這箏聲卻是柔和快樂。箏聲住處，接著又是嬌脆的歌聲，萬歲爺連聲稱妙。停了一會兒，傳諭出來，叫另備酒筵，設在望春宮月樓兒上，萬歲爺與虢國夫人對酌。

起初，楊貴妃避出屋來，原指望萬歲爺和玉箏妹子調笑一陣，便退出宮來。不料傳諭出來，兩人還要對飲細酌。她知道妹子已勾搭上了萬歲爺，將來自己免不了要失卻恩寵，心中一陣妒恨，她也不去辭別萬歲爺，也不招呼嬪妃們逕自坐著鳳輦，永清、念奴兩個婢子伴著，冷清清地回長安宮院去。那玄宗這時和虢國夫人杯酒傳情，歡愛正濃的時候，誰也不敢進去通報。

月樓上這一席酒，直飲到黃昏人靜。虢國夫人說著，笑著，唱著，飲著，把往日人前一副矜持的態度，完全丟去了，只媚著萬歲一人。這風流天子，早已被她引得骨醉心迷。直到後來，虢國夫人也飲得醉眼矇朧，柳腰傾側，玄宗扶住她腰肢，同入鴛帳，成就了好事。

一夜顛倒，直至次朝日午，才矇朧醒來。行宮寢殿，原靠著浴恩漢池，池中滿蓄鴛鴦。這時，眾宮女幾次到寢宮窗外來伺候，見萬歲爺與虢國夫人香夢未醒，便大家伏在池邊欄杆上，爭看雌雄二鴛鴦水中相戲。玄宗醒來，把虢國夫人擁有懷中，揭起帳門來，笑對宮娥道：「爾等愛水中鸂鶒，爭如我被底鴛鴦！」

眾宮女齊呼萬歲，把個虢夫人羞得直向玄宗懷裡倒躲。

宮女上來服侍梳洗，高力士進來請駕回宮。玄宗和虢國夫人一夜恩情，如何捨得，便要帶她進宮去。虢國夫人再三辭謝說：「薄命人生性孤僻，享不得宮中富貴，願留此不斷之恩，為後日想見之地！且宮中有俺姊姊在著，亦不便相處。」

玄宗再三相邀，虢國夫人只是不從。玄宗也不忍相強，只賞她脂粉金珠無數，又賞她御苑名馬一匹，許她乘馬入宮。兩人在行宮中依依分別了。

玄宗自回長安宮中，因心中記唸著虢國夫人，見了楊貴妃，便覺冷冷的。那楊貴妃因萬歲爺分寵在妹子身上，心中又妒又恨，見萬歲爺回宮來，也便冷冷的。合宮的妃嬪太監，見萬歲神情冷冷的，大家也都冷冷的。長生殿中，平日總是笙歌歡笑不斷的，如今皇帝與妃子反目，殿中便冷冷清清的，那宮女和太監們來來去去，也不敢高聲說笑，背地裡唧唧噥噥的，只是在那裡談論萬歲爺和虢國夫人的事。獨把個高力士弄得摸不到頭路，他一個人在殿頭坐著，自言自語道地：「前日萬歲爺同楊娘娘遊幸曲江，歡天喜地，不想次日忽然楊娘娘先自回宮，萬歲爺昨日才回。看去，萬歲爺和娘娘都有了煩惱，不知何故？」

他一個人正嘰咕著，見永清姐遠遠地走來，他便上去問道：「永清姐來得正好！我問你，萬歲爺這幾天為何不到楊娘娘宮中去？」

那永清丫頭答道：「唉！公公，你還不知麼俺娘娘正和萬歲爺兩下里鬧翻了！」

高力士十分詫異道：「為什麼鬧翻了？」

那永清丫頭一笑道：「只為的並頭蓮兒旁，又開了一枝花兒呢！」

高力士問：「是哪一枝呢？」

永青道：「說起來，此事也是俺娘娘自己惹下的。只因俺娘娘平日常在萬歲爺跟前誇說虢國夫人的美貌，那日在望春宮中，故意叫萬歲爺召虢國夫人侍宴，不料兩下里鴛鴦牒上，已是注定了姻緣，三杯酒之後已結上了同心羅帶！」

高力士道：「這事已過去了，如今萬歲爺為什麼又著惱呢？」

永青道：「只因萬歲爺回得宮來，時時想念虢國夫人，叫俺娘娘去召虢國夫人進宮來，娘娘不曾依得，萬歲爺好生不快，今日竟不進西宮去了！娘娘在那裡只是哭呢。」

高力士說道：「這件事俺娘娘也未免小器兒了！須知道連枝同氣情非等閒，怎為這一點了難看破呢！」

永清正要說話，忽聽裡面傳永清姐，便急急走去。那高力士見左右無人，便獨自嘆道：「俺娘娘近日性情未免忒煞驕縱了些！那一日酒醉，卻無緣無故打得老奴皮開肉綻，至今傷勢未痊。如今娘娘一般也有失寵的時候？待俺在萬歲跟前去挑拔幾句，怕不又要把你送回楊家去呢！」

正自說話間，忽聽得裡邊又傳旨宣高公公。力士連聲答應：「來了！」急急奔向玄宗宮中去。

這裡，楊貴妃十分煩惱，那邊虢國夫人自得了皇帝恩寵，又得賞賜了許多金珠，卻是十分快樂。平日，虢國夫人總是雅淡梳妝的，自從那日曲江行宮承幸過以後，便見她梅花點額，每日眉黛唇脂，紅紅的雙頰，總是作醉顏妝，卻平添了許多嫵媚。那虢國府中，頓時車馬喧填，文武官員齊聲趨候，有獻金帛的、有獻珠玉的，虢國夫人給他一個倒提全收。那韓國、秦國兩夫人和楊國忠、楊銛、楊錡三兄弟都一齊到虢國府中來道賀。韓國夫人一見了虢國夫人，便嚷道：「妹妹喜也！」

虢國夫人假裝沒事一般道：「妹子一生薄命，年輕守寡，有何喜來？」

那秦國夫人搶著說道：「講到薄命，俺的命還薄似姊姊！講到年輕，俺的年紀還輕似姊姊！如今姊姊一枝以傍日邊紅，如何不喜呢？」

虢國夫人由不得一笑，說道：「妹妹說哪裡話來？俺那日在曲江行宮，也無非是杯酒陪奉，這聖恩原不分內外的。」

秦國夫人聽了，把頸兒一扭，嘴兒一噘，道：「這話俺只不信！既說聖恩不分內外，卻為何萬歲又獨賞與妹妹許多脂粉金珠？」

虢國夫人道：「這原是萬歲可憐俺寡婦失業的，無人照應，特賜與俺平日使用的。」

她們姊妹兩人正論著，韓國夫人卻插嘴道：「這種廢話，不用多說了。我如今且問你，看見玉環妹妹在宮中光景如何？」

虢國夫人道：「俺那姊姊的性兒，越發驕縱了！她如此性兒下去，只恐怕他日君心不測！」一句不曾說完，只見那個驃騎將軍高力士慌慌張張地進府來，見了許多賓客，他也不及招呼，只拉住楊國忠道：「不好了！貴妃楊娘娘忤旨，聖上大怒，已命俺送歸丞相府中；丞相快回府去，俺還有話說呢。」

這幾句話，好似耳邊起了一個焦雷，大家嚇得目瞪口呆。欲知後事如何，且聽下回分解。

貴妃截髮贖寵　宮女窺浴動情

高力士自從讓楊貴妃酒醉毒打以後，時時懷恨在心，如今見楊貴妃一朝失寵，他便趁機報仇，在萬歲跟前訴說楊娘娘在背地裡如何怨恨。這時玄宗皇帝正一心迷戀著虢國夫人，叫貴妃用姊姊的名兒，去把虢國夫人召進宮來，楊娘娘不肯奉詔，聽了高力士一番話，正一肚子沒好氣，立刻把楊貴妃傳來，責罰了幾句。

這楊貴妃平日恃著皇帝的寵愛，從沒受過大氣兒喝斥；如今又有一股醋意，鬱在胸頭，再經萬歲爺一陣喝斥，她如何忍得住氣，早撒痴撒嬌地哭著，拿話兒頂撞著。這素性溫柔的玄宗皇帝，也不由得動起氣來，立刻下旨，著高力士把楊玉環退回國忠府中來。

這是一件極大的變動，把楊家弟兄姊妹，除虢國夫人以外，都一時慌張起來，個個弄得好似沒了手腳一般。他們一生的富貴，原是系在楊貴妃一人身上；如今楊貴妃忍不住一時的醋氣，和萬歲爺頂撞，打破了醋罐子，被萬歲爺退出宮來，眼見這楊氏一門的富貴，都要壞在貴妃一人身上，他們如何不愁，如何不恨？那楊國忠、楊銛、楊錡兄弟們，和韓國夫人、秦國夫人姊妹們，都趕來，圍定了楊玉環一人，你一言，我一語，個個都抱怨她。你說：「妹妹太驕縱了！」

我說：「姊姊醋勁太大了！」【作者誤。楊貴妃應為韓國夫人、秦國夫人之妹，下同。——編者】說得貴妃無言可答，只有啼哭的份兒。可憐她絕代容顏，如今弄得脂粉不施，淚光滿面；她哭到傷心的時候，只抱著頭在左右亂撞著。雖有永清、念奴兩個婢子在左右扶持著，但她一頭雲也似的鬌兒，被她一搖晃，一齊散亂下來。楊國貴在一旁看了，也轉覺可憐。

正惶恐的時候，又報說：「高力士在外面候丞相說話。」

楊國忠匆匆出去，見了高力士，便道：「貴妃如今被謫出來，怎生是好！」

高力士聽了，冷笑幾聲道：「不是咱家多嘴，俺娘娘性情，原也偏急了些！如今聖上一動怒，咱家也無法可想了！」

楊國忠見了高力士這神情，便知道他的來意，當即湊過耳邊去，說了幾句話。高力士不覺哈哈大笑說道：「俺們自家弟兄，莫說這錢不錢的話；丞相倘有意，便請拿出三千兩黃金來，散給咱家小弟兄們，使他們大家歡喜歡喜。」

楊國忠聽了，連說：「有有！」

當即回頭吩咐家奴，去開了府庫，捧出黃金來，當面點交給高力士帶來的奴僕，用車兒載去。這裡府中擺下盛大的筵席，款待高公公。在席間，楊國忠又說：「貴妃如今被謫出來，卻怎生是好！」

高力士思索了半晌，說道：「這事兒，丞相且到朝門謝罪，相機行事。」

楊國忠連連向高力士作揖道：「下官到朝門謝罪，這其間全仗老公公成全，在萬歲爺跟前，替俺說幾句好話兒，才得有效！」

高力士點頭道：「個咱家當得盡力，不消丞相費心。」

兩人說說談談，飲完了酒，高力士起身告別。楊國忠送至門外，力士道：「咱家先進宮去，丞相隨後快來。」

國忠連聲稱是，回進府中，急急忙忙更換朝衣，一面吩咐丫鬟，好生伺候娘娘。

那楊貴妃回得丞相府中來，總是啼啼哭哭，茶飯也無心進得；楊國忠也替她收拾起一間繡樓來，丫鬟們扶持她上了繡樓。

楊貴妃在樓中，只是長吁短嘆，自怨自艾。只聽她說道：「我楊玉環自入宮闈，過蒙寵眷，只道是君心可託，百歲為歡；誰想妾命不猶，一朝逢怒。遂致促駕宮車，放歸私第；金門一出，如隔九天。唉！天呀！禁中明月，永無照影之期，苑外飛花，已絕上枝之望！撫躬自悼，掩袂徒嗟，好生傷感人也！」

她自言自語了一陣，又就那粉臺上拂紙握管，寫上一首詞道：「羅衣拂拭猶是御香薰，向何處謝前恩？想春遊春從曉和昏，豈知有斷雨殘雲？我含嬌帶嗔，往常間他百樣相依順；不提防為著橫枝，陡然把連理輕分。憑高灑淚，遙望九重閽，咫尺裡隔紅雲。嘆昨宵還是鳳幃人，冀迴心重與溫存。天乎太忍，未白頭先使君恩盡！」

楊貴妃擲下筆兒，問著念奴道：「丫鬟，此間可有哪裡可以望見宮中？」

念奴答道：「前面東書樓上，西北望去，便是宮牆了。」

貴妃便扶定念奴的肩兒，到東書樓上，憑欄站定；念奴向西北角上指道：「娘娘，這一帶黃澄澄的琉璃瓦，不是九重宮殿嗎！」

貴妃怔怔地望了一會兒，忍不住喚了一聲：「萬歲爺！」

兩行淚珠落下粉腮來。

正淒惶的時候，那永清丫鬟一手指著樓下道：「呀！娘娘快看，遠遠一個公公騎馬而來，敢是奉萬歲旨意，召娘娘回宮哩！」

貴妃向樓下望去，果然見一騎馬當先飛也似地跑來。馬上一個內官，口稱：「萬歲有米麵酒食賜與娘娘，快請娘娘下樓謝恩。」

永清、念奴二人，急急扶著楊貴妃下樓，謝過聖恩，見外面推進小車百餘輛來，滿裝著米麵酒饌。貴妃道：「俺自從一別聖顏，茶飯滴粒也不曾進口，如今萬歲爺賞賜這許多米麵，卻是為何？」

那太監是中使韜光，便說道：「萬歲爺自娘娘出宮，獨坐御樓，長吁短嘆，一般的也茶飯不進；中官獻上御饌，具被萬歲爺笞撻流血。適才高公公回宮復旨，萬歲細問娘娘回府光景，似有追悔之。是高公公迎合上意，命將這米麵百餘車，送來與娘娘備用。當時萬歲爺也說妃子如何慣食民間的米麵，快把這酒食車兒送去給妃子吧。如此看來，萬歲爺一定在思想娘娘，因此特來報知。」

楊貴妃聽了，又不禁流下淚來，嘆道：「萬歲爺早已有心愛的玉箏婢子了，哪裡還想著我來！」

韜光道：「奴婢愚不是諫賢，娘娘也不可太執意了。倘有什麼可以打動聖心的東西，付與奴婢，乘機進上，或可感動萬歲的心，也未可知。」

楊貴妃哭道：「韜公公，你叫我進什麼東西呢！」

韜光勸道：「娘娘且慢傷心，俺們慢慢想個主意出來。」

說著，貴妃低頭思索了半晌，嘆道：「叫我拿什麼去打動聖心呢？想俺一心以外，皆萬歲爺所賜，算只有下眼淚千行，卻不能和珍珠一般拿金線穿著，拿玉盤盛著去獻與君王。」

說話時候，那一縷青絲，從肩上散下來；貴妃看了，便心生一計，說道：「哦！有了！唯有這一縷又香又潤的青絲，曾共君王在枕上並頭相睡，又曾對君王照著鏡兒梳妝；也唯有這髮兒是我父母所生，可以剪下來，獻與君王。」

說著，便回頭命丫鬟取過金剪來，一手握著髮兒，一手擎著剪兒，不由地掉下淚來。嘆道：「髮呀！髮呀！你伴著我二十餘年，每晨經我輕梳慢弄，原是十分愛惜；今日只欲為表我衷腸，全仗你去在君王前寄我殷勤，我也顧不得你了，只索把你剪去一綹吧！」

說著，把頭髮分做一股來，湊在剪刀口上，颼的一聲，可憐和靈蛇似的一縷斷髮，落在手中。貴妃一面淌著眼淚，把斷髮交與韜光，淒淒咽咽地說道：「韜公公！快把這髮兒拿去，與我轉獻與聖上，只說妾罪該萬死，此生此世，不能再見天顏；一身之外，皆聖恩所賜，唯髮膚是父母所生，今當即死，無以答謝萬歲海樣深恩，謹獻此發，以表終身與陛下依戀之意。」

說著，竟至嗚咽不成聲。韜光接過發來，在袖中攏著，說道：「娘娘且免愁煩，奴婢去了！」

貴妃直望到韜光去遠了才回房去，倒在床上睡下。

這邊楊貴妃啼啼哭哭，度著晨昏；那邊玄宗皇帝，卻也氣氣惱惱，過著光陰。也曾打發中使去宣召號國夫人，號國夫人卻含羞不肯進宮來；也曾打發小黃門去召梅妃，誰知梅妃病了，也不能進宮來。只丟下這個玄宗皇帝，一個人冷冷清清地度著晨昏。楊國貴入朝來謝罪，萬歲爺也不好意思見他，連那高力士也不叫他在跟前，只留一對小太監在屋中伺候著。一會兒內侍又上膳了，一個太監戰戰兢兢跪下奏道：「請萬歲爺上膳。」

玄宗只是不應，那太監伺候了半晌，又催道：「請萬歲爺上膳。」

那萬歲爺惱地把臉色變了喝道：「走！誰著你請來！」

那太監聲兒打著戰說道：「萬歲自清晨不曾進膳，後宮傳催排膳伺候。」

玄宗又喝道：「哇！什麼後宮？快傳內侍。」

接著，廊下兩個太監應聲走進屋子來，玄宗指著跪在地下的太監，說道：「揣這廝去，打一面，發入淨軍所去！」

那兩個太監聽了，應一聲領旨，上來揪著那太監出去了。這裡玄宗自言自語惱恨著道：「哎！朕在此想念妃子，卻被這廝攪亂一番，好不煩惱人也！」

玄示皇帝正煩惱的時候，忽然又有一個太監進來跪奏道：「請萬歲沉香亭上飲宴，聽賞梨園新樂。」

玄宗扣了，把雙目一彈，雙腳一頓，喝道：「哇！說什麼沉香亭，好打！」

那太監忙叩頭道：「此非幹奴婢之事，是太子和諸王說萬歲爺心緒不快，特請消遣則個。」

玄宗又喝道：「哇！朕的心緒有何不快？叫內侍來，揣這廝去，打一百，發入惜薪司當夥夫去！」

便又有兩個太監進屋來，口稱領旨，上去把這個太監推出宮外去了。

那高力士在宮外打聽，見連捉出兩個太監來，分發入淨軍所、惜薪司去，知道萬歲爺正在氣憤頭上，也不敢進去，只躲在宮門外候著。遠遠見御史吉溫走來，高力士便上前去迎住，商量如何挽回聖心。正說話時候，那太監韜光，正從貴妃處回來，三人在一處商議。韜光便說貴妃如何悲戚，又從袖中掏出一縷斷髮來，高力士看了，說：「萬歲正在氣憤的時候，縱有娘娘的頭髮，叫俺如何去進言？」

說著，那楊國忠也到宮門外來探聽訊息，連連向高力士打躬，說總求高公公幫忙。這高力士被楊國忠逼得無法，只伸手輕輕地在自己額角上一拍，說道：「也罷！拼著我老高這個腦袋不要了，總得向萬歲爺去把這個人情求下來呢！」

說著，高力士走在當先，楊國忠、吉溫和韜光三個人跟在後面，悄悄地向宮門進去。才走到那穹窿下面，便有一群武士上前來攔住。高力士十分詫異，忙問道：「怎麼連咱家也攔阻起來了？」

那武士答道：「只因萬歲爺十分著惱，把進膳的連打了兩個，特著我們看守宮門不許一人擅入，違者重責。」

高力士又問：「萬歲爺現在哪裡？」

那武士答道：「獨自坐在宮中。」

吉溫聽了，便說：「原來如此，我們且在宮外候著。」

又叫高力士把貴妃的頭髮拿出來，搭在肩上。四個人一字兒靜悄悄地站在門外。

半晌半晌，忽然見玄宗從屋子裡出來，走在亭心中閒步。

看他長吁短嘆，無情無緒地四處閒行了一回，又踅到宮門外來。

高力士悄悄地說道：「萬歲爺出來了，我們且閃在一旁，覷個機會，候萬歲爺出來，用話兒打動聖心。」

果然見玄宗向宮門外行來，口中自言自語地說道：「寡人在此思念妃子，不知妃子又怎生思念寡人呢！早間問高力士，他說妃子出得宮去，淚眼不幹，叫朕寸心如割；這半日間，無從再知訊息。高力士這廝，也竟不到朕跟前，好生可惡！」

高力士聽了，忙走上前去跪倒，說道：「奴婢在這裡，萬歲爺有何吩咐？」

玄宗一眼見高力士肩上搭著一縷頭髮，便由不得問道：「高力士你，肩上搭的什麼東西？」

高力士道：「是楊娘娘的頭髮。」

玄宗道：「什麼楊娘娘的頭髮？」

高力士道：「娘娘說來，自恨愚昧，上忤聖心，罪應萬歲；今生今世，不能夠再見天顏，特剪下這頭髮，著奴婢獻上萬歲爺，以表娘娘依戀之意。」

高力士說著，把一綹髮兒獻了上去；玄宗接在手中，細細地看著玩著。半晌，落下淚來，便拿著這髮兒擦著眼淚，說道：「哎喲，我那妃子啊！前宵這髮兒還長在你頭上，和朕一個枕兒睡著，可憐你到今朝卻被金剪鉸了下來，不能再上妃子頭去了！」

吉溫覷著機會，便上去奏道：「娘娘一時知識短淺，有忤聖上，罪該萬死。但娘娘久蒙聖恩，便是有罪，亦當在宮中賜死；陛下何惜一席之地，使其領罪，何忍使娘娘受辱於外乎？」

接著，高力士也奏道：「萬歲爺休慘淒，奴婢想娘娘既蒙恩幸，萬歲爺何惜宮中片席之地，卻使娘娘淪落在外。」

玄宗聽了他二人的奏話，心中頗有悔意。便嘆著氣道：「只是寡人已經放逐出去了，怎好召回？」

吉溫奏道：「有罪放出，悔過召回，正是聖主如天之度。」

高力士也說道：「況今朝單車送出，才是黎明；此時天色已暮，開了安慶坊，從太華宅而入，外人誰得知之？」

到此時，楊國忠也搶步上前，急急跪倒，不住地叩著頭道：「臣德薄，不能感化娘娘，請陛下賜死！」

玄宗忙吩咐：「把楊丞相扶起，此事與楊丞相無干。」

一面又對高力士道：「你們既如此說法，高力士，便著你迎取貴妃便了。」

四人聽了，不由得齊呼萬歲，退出宮去。這裡一班宮女，聽說楊娘娘又要回宮來了，便個個高興起來，忙著打掃寢宮，添上香兒，插上花兒，玄宗也去梳洗了一番，換上一件新袍，命御廚房備下酒席，賜娘娘回宮來領宴。又命發入淨軍所發入惜薪司去的兩個太監，免了他的罪，召回宮來，各賞黃金一錠，綵緞兩端。那兩個太監便上來謝恩。

看看宮中燈火齊明，卻還不見妃子回宮來，玄宗忙打發太監向安慶坊一路迎候去，自己也站在宮門口臺階上，伸長了脖子盼望著，自言自語地說道：「唉，妃子來時，叫朕怎生想見也！」

正說著，那高力士匆匆進來，報說道：「萬歲爺，楊娘娘到了。」

玄宗聽了，由不得笑逐顏開，說道：「快宣進來！」

自己退入宮去。這時室中銀燭高燒，盛筵羅列。玄宗站在桌旁，楊貴妃走進宮來，在玄宗跟前跪倒，說道：「臣妾楊氏見駕，死罪死罪！」

玄宗忙伸手去扶著妃子，口中說著：「平身。」

那眼淚便止不住撲撲簌簌地落下來，楊貴妃也搵著淚，嗚咽著說道：「臣妾無狀，上幹天譴，今得重見聖顏，死亦瞑目。」

玄宗道：「妃子何出此言？是寡人一時錯見，從前的話，不必再提了。」

說著，兩人手拉手兒，並肩坐上席去，傳著杯兒，遞著盞兒。這一席酒，飲得十分沉酣，吃得十分甜蜜。看看妃子粉臉兒上，酒暈兒鮮紅得可愛，那玄宗酒落歡腸，也不覺多飲了幾杯。只覺周身燥熱，便想夜間幸華清池洗澡去，便與貴妃說知，傳下旨意去，華清池宮婢，看浴水伺候。

當下看守華清池的，原有數十個宮女，只因時在夜間，料定萬歲爺不用浴水了，便各自找姊妹到各宮遊玩消遣去了。這時只留下一個宮女，名金兒的；一個宮女，名珊珊的。二人在那裡看守浴池。那金兒長得十分醜陋，卻愛搔首弄姿；珊珊卻長得十分秀美，又解得詩詞，往往出口成章。她見了金兒這副醜怪的容貌，常常要拿語言去譏笑她。當夜她二人坐在池邊，珊珊又對金兒道：「金兒姐，俺如今有了一首好詞兒，念與你聽可好？」

那金兒聽了，忙把兩手掩住耳朵，搖著頭說道：「俺卻不要聽你尖嘴刻薄的話，你的詞兒，總是編派我的。」

珊珊笑說道：「我編派著自己可好？」

金兒點點頭兒說：「好好。」

珊珊便念道：「我做官娥第一，標緻無人能及，腮邊花粉糊塗，嘴上胭脂狼藉。秋波俏似銅鈴，弓眉彎得筆直；春指十個擂錘，玉體渾身糙漆。柳腰松段十圍，蓮瓣灘船半隻。楊娘娘愛我伶俐，選做霓裳部曲；只因喉嚨太響，嘴邊起個霹靂。身子又太狼伉，舞去衝翻筵席。萬歲見了發惱，打落子弟名藉；登時發到驪山，派在溫泉承值。」

那珊珊還不曾唸完，金兒卻縱身上去，把珊珊按倒在地，數她的肋骨。嘴裡說道：「你這刁鑽古怪的丫頭！你說不編派我，卻句句在那裡編派我呢！」

珊珊癢得把身體縮作一團，卻沒嘴地討饒。正玩笑的時候，小黃門傳下萬歲的旨意來，說看龍泉、鳳池浴水，候萬歲和娘娘洗澡。那金兒見了小黃門，便一把摟住了，和他胡纏，引得那小黃門只是嘻嘻地笑。還是珊珊，催著她快到各宮去，把各位姐姐喚回來，趕著預備浴水，萬歲爺快到來呢。一句話提醒了金兒，忙提著兩只大腳，向外飛跑。頓時各宮女回來，把池水放得滿滿的，燈燭點得亮亮的；燈光照在池水裡，發出煒煒的光彩來。才預備齊全，那玄宗和楊貴妃已走近廊邊來。宮女說一聲：「內侍迴避。」

那小主監一齊退出外殿去。

一群宮女上來，服侍玄宗脫去衣服，又服侍貴妃，先把她滿頭珠翠一齊卸去，再脫去外衣外裙，只留一身小衣襯裙。玄宗上去，把她腰肢兒扶住，輕輕地解著衣帶，脫下小衣，露出兩彎玉臂，一幅猩紅抹胸，遮住雙乳。玄宗去替好解開抹胸，露出潔白高聳的乳房來，已把個楊貴妃羞得一個粉臉直躲向胸前去；後來宮女替妃子解去裙帶，早現出肥肥的白白的雙股來。

玄宗忍不住伸手在上下摩挲著，那楊貴妃羞得伏在皇帝的肩頭，低低地喚著萬歲，又低低地笑著。玄宗笑道：「妃子，你長著這珠玉也似的肌膚，不由朕對你愛你撫你看你憐你啊！你莫害羞，朕同妃子試浴去來。」

說著，便有宮女上前扶著玄宗和貴妃二人，慢慢地走下池心去。那溫泉一抹齊腰，水面上浮著各色花燈，照在楊貴妃玉肌上，愈覺得珠玉光輝。

那時宮女珊珊，站在屏門外面，對金兒說道：「金兒姐，你看萬歲爺和娘娘恁般恩愛，真令人羨殺！想我那萬歲爺和娘娘，花朝月夕，擁著抱著，不知嘗盡了多少溫柔滋味；二人好似形和影一般追隨著，又好似拿刀劃著水一般，割不斷的恩情。

俺萬歲爺千般依順，百般體貼，兩人合著一副腸子似的。」

金兒接著說道：「姐姐，我與你服侍娘娘多年，雖睹嬌容，未窺玉體；今日從這屏門縫隙中偷覷一覷。」

說著，她兩人一齊俯下身去，把臉兒湊著隙縫覷見時，那金兒忍不住低低地說道：「珊珊姐，你看俺娘娘的玉體，上半截露在水面上，好似出水荷花，清潔嬌豔。兩個滑膩高聳的乳房，一點深深的臍眼；紅巾覆處，微微映出那私出來。」

金兒說著，忙又推著珊珊的臂兒道：「姐姐你看俺萬歲爺在一旁覷定了眼光，笑孜孜地看得酥呆過去了。呵！你看他不住地把嘴兒湊在娘娘肩窩上嘬著。呵！俺娘娘被萬歲爺嘬得微微含笑，盡向萬歲爺懷中躲去呢！」

這兩個宮女正在偷覷得高興，忽然又來了兩個，低低地說道：「兩位姐姐，看得真高興啊！也讓我們來看看。」

金兒道：「我們伺候娘娘洗浴，有甚高興？」

那宮女接著說道：「只怕不是伺候娘娘，還在那裡偷看萬歲爺呢！」

珊珊道：「啐！休得胡說。你看萬歲爺和娘娘出浴來也。」

宮女忙把屏風撤去，上去服侍穿衣梳妝。小黃門進來道：「請萬歲爺娘娘上如意小車回華清宮去。」

玄宗便攜著楊貴妃的手，二輛小車，並肩推著；玄宗在車上和楊貴妃說說笑笑，一刻兒已到了華清宮裡。走上臺階，只見那玉幾上陳設著瓜果，爐臺中炷著清香。楊貴妃猛可地記起，便對玄宗說道：「啊，萬歲爺，今夕原來七夕，臣妾卻不曾乞得巧來。」

玄宗聽了，又高興起來，便道：「如此良夜，不可虛度；朕陪著妃子去乞巧來。」

說著，便傳諭在長生殿大月壇上陳設瓜果清香，待朕與娘娘乞巧。那高力士應一聲領旨，便去安排。欲知後事如何，且聽下回分解。

占虔屋夫人營新第　調靈禽天子泣花墳

永清、念奴聽說萬歲爺要和娘娘到長生殿乞巧去，此時夜涼如水，清風微寒；便替娘娘加上半臂，玄宗也換上夾袍，輕衣小帽。一群宮女太監，又圍隨著兩輛如意小車，擁護著皇帝和貴妃二人，向生長殿走來。一路花徑寂靜，蟲聲東西；那一鉤明月，掛在楊柳梢頭，甚是動人情趣。玄宗手指著一彎眉月，向楊貴妃道：「妃子，你看這一鉤涼月，不知鉤起了人心中多少情緒，也不知鉤起了人心中多少怨恨。」

楊貴妃答道：「但願世間人，仗著陛下的福庇，便怨恨全消，樂事增多。」說著話，已到了長生殿中。玄宗和楊貴妃坐下，略進了些湯果，高力士來奏說，月壇上香案已設下了。玄宗起身，攜著貴妃的手，繞過後殿去；迎面矗起一座白石月壇，那座月壇，十分高峻，設著八十一級階石。玄宗命太監和宮女留在壇下，自己扶著貴妃，慢慢地走上月壇去；到壇頂上一望，只見一片清曠，萬里無雲。玄宗說：「好月色也！」

看貴妃時，走得嬌喘細細，忙扶她在花鼓石凳上坐下。看那香案上時，陳設著果盆瓶花金盒香爐，當案設著一個蒲團，貴妃上去，炷著清香，深深拜倒。口低低地祝道：「妾身楊玉環，虔爇心香，拜告雙星，伏祈監祐；願萬歲與妾身釵盒之緣，地久天長。」

玄宗上去，把貴妃扶起，說道：「妃子已巧奪天工，何須再乞？」說著，揭開那金盒來看時，只見那盒中龍眼似大的一隻蜘蛛，滿掛著絲兒，在盒兒中心盤定。玄宗說道：「妃子巧多也！」

楊貴妃說了一聲慚愧。

玄宗又說道：「妃子，朕想牽牛織女，隔斷銀河，一年才會得一度，這相思真非容易呢！」

楊貴妃答道：「陛下言及雙星別恨，使妾淒然；只可惜人間不知天上的事，如打聽得這兩位星主，決為相思成了病也。」

貴妃說著，不禁落下淚珠來。

玄宗慌張中說道：「呀，妃子為何掉下淚來？」

楊貴妃奏道：「妾想牛郎織女，雖是一年一見，卻是地久天長，只恐陛下與妾的恩情，不能夠似雙星一般長遠呢。」

玄宗忙去握住貴妃的手，把她腰肢一攏，說道：「妃子說哪裡話來，那雙星雖說能長遠，但朝朝暮暮，相親相愛，怎似我和卿呢。」

楊貴妃道：「臣妾受恩深重，今夜有句話兒，須奏明聖上。」

玄宗說道：「妃子有話，但說不妨。」

楊貴妃到此時，又忍不住拿羅帕揾著淚珠道：「妾蒙陛下寵眷，六宮無比，只怕日久恩疏，白頭相守，臣妾身不免有白頭之嘆。若能得萬歲爺許臣妾終身相隨，白頭相守，臣妾便是死也甘心，死也瞑目！」

玄宗忙去捂住貴妃的珠唇，道：「妃子休要傷感，朕與妃子的恩情，豈是等閒可比？我和你二人啊，好比酥兒拌蜜，膠漆黏定，今生今世，總不得須臾分離。」

楊貴妃道：「既蒙陛下如此情沈，趁此雙星之下，乞賜盟約，莫再似今日般的放逐出宮了。」

玄宗聽了，便伸手摟定貴妃的香肩，移步到壇角上，憑著白石欄杆，一手指著天上雙星，口中說道：「妃子聽朕說誓者：雙星在上，我李隆基與楊玉環……」

玄宗說到此處，低頭向貴妃臉上看著，楊貴妃笑著，把玄宗肩兒一推。低低地說道：「萬歲爺快說下去！」

玄宗接著說道：「我二人情重恩深，願生生世世，共為夫婦，永不相離，有渝此盟，雙星鑒之！」

玄宗說著，又拉著貴妃，雙雙向雙星跪下，齊齊拜著，又對扶著起來。玄宗又口贊一詩道：在天願作比翼鳥，在地願為連理枝；天長地久有時盡，此誓綿綿無絕期。」

玄宗念罷，楊貴妃又跪下去，謝恩拜著。說道：「深感陛下情重，今夕之盟，妾死生守之矣。」

這一夜，玄宗和楊貴妃二人，在月壇上唧唧噥噥，深情密意地直談到鬥轉參橫，才雙雙攜著手回宮，重圓舊夢去。

楊貴妃見皇帝對她恩情如舊，便也把她姊姊韓國夫人、虢國夫人、秦國夫人召進宮來，一般地宴飲遊玩著。那虢國夫人，因受過玄宗的恩寵，諸事便比姊妹們嬌貴些，便是玄宗，也常常把珍貴的物品，獨賜與虢國夫人享受。那虢國夫人仗著天子的威力，在外面便十分放縱起來。

玄宗願賜有虢國夫人宅第，與韓國、秦國兩夫人的宅第，一般大小；虢國夫人卻自以謂是天子的外寵，不甘與姊妹同等，便向玄宗另求宅第。玄宗便說道：「卿愛誰家宅第，便可購入，朕與卿付價可也。」

虢國夫人領旨出宮。

這時京師地方，只有中書韋嗣立的宅第，最是廣大。這日韋家諸子弟，飯後無事，正在庭院中閒坐著；忽然見一乘步輦，直抬進中庭停下，一個貴婦人，從輦中扶出，數十個嬌豔侍婢簇擁著。看那婦人時，旁若無人。那韋家諸內眷，看了十分詫異，那韋老夫人上去問：「貴夫人是誰家眷屬？光降寒舍，有何事故？」

那夫人也不答話，只問：「汝家的宅子，將售於人，其價如何？」

韋老夫人更是詫異，忙搖手道：「夫人當是誤聽人言，此屋是先夫舊廬，何忍捨去。」

一話未畢，忽見有工役數百人，一擁而入。韋家子侄，紛紛上去攔阻；那工役不由分說，徑相登屋上樓，紛紛將屋瓦揭去，樓窗卸下，那石塊瓦片，如雪點似地落在庭心裡。韋老夫人見來勢洶洶，不可理喻，只怕自己子女吃了工役的眼前虧，便先率領家中女眷，慌慌張張地避出。那韋家男子，也只搬出了一些琴書；那細軟衣服，俱被這班工役拋棄在路旁。直到第三天上，那虢國夫人才打發人去對韋家說：「京師西城根，有空地十數畝，便賞與韋家，換此宅第。」

到此時，那韋老夫人才明白，那天到宅中來的那個穿黃羅披衫的貴婦人，便是宮中赫赫有名的虢國夫人；自知勢力不能相敵，便也只得忍性耐氣的遷避到西城根去，草草建了一座房屋住下。

這裡虢國夫人占住了韋家的房屋，便大興土木。畫棟雕樑，倍極華美。一時京師地方，便是長生殿也不及虢國夫人的宅第精美。不說別的，單說那灰粉塗壁一項，合著百花的香汁，和在泥粉中，塗在牆上，滿屋子永永生香。那房屋又造得十分嚴密，沒有一絲罅隙可尋。工成以後，虢國夫人拿錢二百萬，和金珠瑟瑟三鬥，賞與圬牆的工人；那圬者卻不顧而去。虢國夫人十分詫異，忙打發婢子去問圬者：「二百萬薪資，尚嫌少乎？」

那圬者笑道：「請夫人再加二百萬，亦不為多。」

婢子問：「是何神工，卻需如此巨值？」

那工人只說：「請夫人明日觀吾儕之神工也。」

到了明日，虢國夫人便親自去檢視圬牆的工程；見細膩芬芳，牆根塑著魚龍水怪，果然是十分工細的工程。

忽見那圬者，負著一個大斛子，進屋子來；揭開蓋子看時，卻滿滿地盛著一鬥螈蠍，蠕蠕亂動著。虢國夫人見了害怕，急避出屋去；那圬者隨手把一斛螈蠍倒在屋中當地，把屋子所有的門窗四周，密密關閉起來。這盈千累萬的蟲兒，頓時在滿室中爬走，虢國夫人在屋外四周檢視，見窗槅門縫，都十分嚴密，沒有一個蟲兒能鑽得出來的。虢國夫人大喜，便又加賞了二百萬錢。從此這虢國夫人的宅第，得了大名。

在這年冬天，京師忽起大風，虢國夫人宅第中的大樹，被暴風連根帶土拔起，直落在虢國夫人的臥室頂上，轟天價的一聲響亮，直把虢國夫人從夢中驚醒過來，急急避出屋子去。第二天風停天朗，命工匠上屋去，把那大樹抬下來看時，那樹身竟是合抱不交的。虢國夫人忙命人上屋子去檢視，屋脊可曾打壞；誰知撤去屋瓦來看時，下面滿襯著木瓦，屋脊便不曾打壞。

便是那屋瓦，也俱是精銅鑄成的，任你重大的壓力，它都不受損傷。虢國夫人造成這座宅第，玄宗在暗地卻花去一千萬兩銀子。虢國夫人受了天子這樣重大的賞賜，心中如何不感激。從此常見她跨著小白驄，後面跟隨著一個小黃門，大宮中進出著。

那小白驄的駿健，小黃門的瑞秀，和虢國夫人的美麗，唐宮中人稱作三絕。後人有一首詩道：「虢國夫人承主恩，平明騎馬入宮門；卻嫌脂粉汙顏色，淡掃娥眉朝至尊。」

便是說她這時候的情形了。

卻說玄宗和虢國夫人在暗地裡雖意惹情牽，但與楊貴妃自從那七夕私誓以後，兩個人的情愛，便也一天一天似增加起來了。從此每年到七月七日的夜間，令京師宮廷內外，下至民間，都舉行乞巧之宴。長生殿中，到了這一晚，只見天上一彎明月照著，六宮粉黛，齊在月壇四下里花間石上游戲。那月壇上排列長案，陳設著奇巧的瓜果香花；同時六宮中都供養著牛女兩星，替萬歲爺祈求長生不老之福。

那妃嬪們各各在香案上供一小金盒，捉一蜘蛛，閉在盒中，至夜午開盒，視蜘蛛網的稀密，以卜得巧的多少。一時民間婦女，都學著宮中風氣，京師地方，蜘蛛大貴。在七夕前數日，便有蜘蛛市場；最大的蜘蛛，為進貢萬歲用的，價值白銀一百兩。

玄宗又命巧匠在長生殿前，用錦彩結成百尺高樓，四面用五色長線數千道，掛在樹梢，宛如蛛網。入晚，那長線上依著線的顏色，掛著各色燈籠，望去好似五色繁星。樓上可容宮眷數十人，樓的最高層，供著牛女二星的座位，貴妃親自上樓去拜祭，樓下聲樂大作。

到月上的時候，各宮妃嬪都上樓來手擎九孔針，用五色線，向月穿之；穿過時，稱為得巧。玄宗賜紅緞兩端，稱為賀巧。

在這時候，滿園擠著五六千宮女，及各宮妃嬪，在花間草上，遊嬉無忌。各宮女攜著絲竹，就各處吹彈起來；滿園只聽得笙歌嘹亮，笑語如篁。在這時候，宮女拿綵綢掩住雙目，在草地上作迷藏之戲；玄宗故意在宮女身旁走過，任宮女上去捉住，便賞小金錠一枚。

玄宗也集數十妃嬪，在大草地上捉迷藏；被萬歲捉得的妃嬪，須歌一曲，玄宗賜以脂粉金珠。又在各處空曠地方，設著鞦韆架；宮嬪身繫五彩飄帶，坐上架去；下面宮女，扯動繩索，直把這宮嬪送在半天裡。那飄帶臨風吹動著，好似臨虛仙子，宮中稱作半仙之戲。這熱鬧的遊玩，直到天明始散。

玄宗覺得很有興味，每到八月十五夜，玄宗與楊貴妃在太液池邊祀月，繞著太液池，結著五色的燈彩；那宮女數千人，臨水望月，也和七夕一般的熱鬧。玄宗和貴妃在摘星樓上飲酒賞月，李龜年領著歌姬舞女，在筵前酣歌恆舞。玄宗看了，十分快樂，直到月色西斜，還不肯罷休。傳諭左右，在池西岸別造百尺高望月臺，為朕與妃子他年望月之用。太液池中，植有千葉蓮數十株，每至八月盛開，玄宗與貴戚諸王，在池邊置酒宴賞。又在池邊置五王帳，邀五王弟入宮，長枕大被，玄宗即晚與諸兄弟同臥起。

諸王中唯寧王最是風流放誕，王有紫玉笛一枝，終日把玩不丟手；這時也攜著玉笛進宮來，玄宗命貴妃唱《水調歌頭》，寧王吹玉笛和之。笛聲嘹亮，歌聲嬌脆，甚是動人。寧王將玉笛掛在帳中，這晚五王正在池邊陪玄宗宴飲，楊貴妃覷著無人，便悄悄地走進寧王帳中，偷吹著紫玉笛，但吹不成聲；正把弄時，忽見寧王掩入，便與妃子並肩坐下，把著妃子的玉臂，教她掩著笛眼學著吹去，嗚咽成聲。妃子不覺倒在寧王肩頭，嗤嗤嬌笑。在這笑聲裡，玄宗也掩入帳來，妃子依舊與寧王並肩兒坐著，毫不避忌。玄宗相對坐下，看寧王教妃子吹著笛子嬉笑著。後人張祜詩道：「梨花深院無人見，閒把寧王玉笛吹。」

便是說楊貴妃偷吹寧王玉笛的故事。當時貴妃在帳中嬉笑了一陣，又隨著玄宗至池邊，賞花飲酒；玄宗一手指著池中千葉蓮花，一手指著楊貴妃道：「菡萏雖嬌，怎如我之解語花耶！」

五位王爺，都舉杯慶祝娘娘嬌姿，貴妃也陪飲了一杯。

玄宗性愛名花，又愛美人，常說道：「坐對名花，不可不與美人人賞。」

一日，玄宗與貴妃同幸華清宮中，此時玄宗宿酒初醒，憑著妃子肩頭，同看著庭中木芍藥；玄宗走下欄杆邊去，親折一枝，與妃子同嗅著花味。道：「此花真醒酒妙品也！」

命楊益往作嶺南長史，獻千葉桃花五百珠，玄宗命植後苑中。

明年，桃花盛開，玄宗與貴妃日逐在花下宴飲；頭上繁花盛開，如張錦幕。玄宗笑道：「不獨萱草可以忘憂，此花亦能消恨。」

便離席去，親折一枝，插在貴妃寶冠上著：「戴此助卿嬌態百倍矣！」

楊貴妃養一頭白色鸚鵡，宮中稱作「雪衣女」，隨貴妃已多年，甚是馴善；每隨玄宗坐宮中如意小車遊行御苑，必置雪衣女於小車竿頭。所有宮中歌唱的《清平調》、《行樂詩》，此鸚鵡都能背誦，一字不錯誤。玄宗與楊貴妃都愛之。此鸚鵡原是林邑國進貢的，初養在金籠中，玄宗時時把玩；這時大臣蘇頲，初入相，常奏勸道：「書雲：鸚鵡能言，不離飛鳥。臣願陛下深以玩物為戒。」

但此雪衣女，十分聰慧，能通人意。一日，貴妃臨鏡梳妝，鸚鵡忽飛上鏡臺，對貴妃作人言道：「我昨夜做一夢，見一上飛鷹來捉儂去。」

玄宗命貴妃教鸚鵡念《多心經》，自度災厄。此鸚鵡便日夜唸著《心經》。後玄宗與貴妃遊別殿，仍放雪衣女在小車竿上；忽有飛鷹下來，咬住鸚鵡頸子，在右太監急上前救護，從鷹爪下奪得，早已氣絕而死。玄宗與貴妃皆為之流淚。在後苑中築起一鸚鵡塚，每日令宮女取鮮魚果實祭之。

玄宗除笙歌外，又愛撾鼓。寧王長子，汝南王璡，亦能打鼓。汝南王面如冠玉，勝於其父，玄宗甚是鍾愛他，常把璡傳喚至宮中，親自傳授鼓調。汝南王生性敏慧，一經指點，便能會意。玄宗每有遊幸，便令汝南王追陪左右；常使璡戴砑絹帽打曲，玄宗自摘紅槿花一朵，置於汝南王帽沿上。三物都是極滑，久之方能安下。

汝南王便奏《舞山香》一曲，花能不落，玄宗大喜，賜璡金器一櫥。常對左右誇稱：「真花奴姿資明瑩，肌發光細，非人間人，必神仙謫降人世的。」

寧王在一旁拜謝。

便說：「小孩子不足稱。」

玄宗笑說道：「大哥不必過慮，阿瞞自能相人；帝王之相，須有英特奇越之氣，不然也須有深沉包涵之度，若我家花奴，但端秀過人，卻無帝王之相，可不必替他擔憂呢。」花奴是汝南王的小名，玄宗每與兄弟諸王講談，總自稱阿瞞。當時玄宗又說：「花奴舉止嫻雅，能得公卿間令譽。」

寧王又謝道：「若如此，臣乃輸之。」

玄宗笑道：「若此時一條，阿瞞亦輸大哥矣！」

寧王又謙謝。玄宗道：「阿瞞贏處多，大哥亦不用太謙。」

左右見皇帝兄弟如此謙愛，便齊聲歡賀。玄宗生平最不愛聽琴，一聞琴聲，撥弄未畢，便喝令彈琴者速去，又令內宮速召花奴，將羯鼓來，為朕撾鼓解穢。

當時樂官黃幡綽，深明樂理，玄宗時時召幡綽進宮。一日，屢召幡綽不至，玄宗大怒，便一連打發十數個太監去召喚十數次；待幡綽進宮，走至殿旁，玄宗正在殿上打鼓。幡綽停步聽鼓聲，知皇帝餘怒未息，便止住內侍，令莫去通報。半晌，殿上鼓聲停住，又改作別調，聲曲和平。才打三數聲，黃幡綽便走上殿去。玄宗問幡綽，何故久召不至？綽奏稱有親故遠適，送至郊外。玄宗便點著頭，待玄宗一曲鼓罷，便對黃幡綽道：「幸汝來稍遲，若在朕怒時來，必撾汝矣。適方思之，汝在宮中供奉已有五十日之久，暫一日出外，亦不可不放他東西過往。」

黃幡綽便伏地謝恩。此時左右有相偶語竊笑的，玄宗便問：「汝輩有何事可笑？」

左右便將方才黃幡綽進宮來聽陛下鼓聲，知餘怒未已，便囑內侍稍緩通報的情形說了。玄宗心中甚奇之，故意厲聲說道：「朕心脾肉骨下事，安有侍官奴聞小鼓能料之耶？今汝且謂朕心中如何矣？」

黃幡綽急走下階去，面北躬身大聲道：「奉敕監金雞。」

玄宗不覺大笑而罷。

又有宋開府，名璟，性雖耿介不群，亦深好聲樂，更善打羯鼓。玄宗召之入宮，論鼓事道：「不是青州石末，即是曾山花瓷，捻小碧上掌下須有朋肯之聲，乃是漢震第二鼓也。且鼓用石末花瓷，固是腰鼓掌下朋肯聲，是以手拍，非羯鼓明。蓋所謂第二鼓，左用杖右用手指也。」

又開府對玄宗講論打鼓之法道：「頭如青山峰，手如白雨點。」

此即羯鼓之能事也。山峰，取不動之意；雨點，取碎急之意。即陛下與開府兼善兩鼓也。而羯鼓偏好，以其比漢震稍雅細焉。開府之家悉傳之。東都留守鄭叔則祖母，即開府之女。今尊賢裡鄭氏弟有小樓，即宋夫人習鼓之所也。開府孫沇，亦工之，並有音律之樂。貞元中進《樂書》三卷，皇帝覽而嘉之，又知是開府之孫，遂召賜對坐，與論音樂，喜甚。數日，又召至宣徽，張樂使觀焉。曰：「有舛誤乖濫，悉可言之。」

沇曰：「容臣與樂官商榷講論具狀條奏。」

皇帝使宣徽就教坊與樂官參議數日，然後奏二使奏。

樂工多言沇不解聲律，不審節拍，兼有聵疾，不可議樂。皇帝頗異之，又宣召見，對曰：「臣年老多病，耳實失聰；若迨於聲律，不至無業。」

皇帝又使作樂，曲罷問其得失，承答舒遲，眾工多笑之。沇顧笑者，忽憤然作色，奏曰：「曲雖妙，其間有不可者。」

上驚問之，即指一琵琶雲：「此人大逆戕忍，不日間廉即抵法，不宜在至尊前。」又指一笙雲：「此人神魂已遊墟墓，不可更留供奉。」帝愈驚奇，令主樂者潛伺察之，旋而琵琶者，為同輩告訐，稱六七年前，其父自縊，不得端由，即令按審，遂伏其罪。吹笙者，乃憂恐不食，旬日而卒。皇帝因此愈加知遇，面賜章綬，累逢召對，必令察樂；樂工即沆，悉惴恐脅息，不敢正視。沆懼罹禍，辭病退休。

玄宗昔年在東都時，白晝假寐，夢見一女，容貌十分美豔，梳交心髻，大袖寬袍，拜倒在床前。玄宗問：「汝是何人？」

那女子答稱：「妾是陛下凌波池中龍女，看守宮廷，保護聖駕，妾實有功。今陛下洞曉鈞天之音，乞賜一曲，以光族類。」

玄宗便在夢中對女子彈胡琴，拾新舊之曲聲，為《凌波曲》，龍女再拜而去。醒來，盡記其曲調，自抱琵琶習而翻之。集文武臣僚於凌波池，臨池奏新曲；池中波濤湧起，復有神女出池心。

視之，便是所夢之女。玄宗大悅，向丞相李林甫說知，便在池上築廟，每年祭祀不絕。後玄宗製成《凌波曲》因夢見十仙子，又製成《紫雲回曲》。二曲既成，遂賜宜春院及梨園子弟並諸王。這時有善舞的女伶，名謝阿蠻的，玄宗與楊貴妃御清元小殿，看謝阿蠻舞，寧王吹玉笛，玄宗打羯鼓，貴妃彈琵琶，馬仙期奏方響，李龜年吹笛篥，張野狐彈箜篌，賀懷智打象拍，齊唱《紫雲曲》、《凌波仙子》二曲，從朝至午，酣歌不休。

只有貴妃女弟秦國夫人，這時端坐在一旁靜聽，待歌停樂止，玄宗對秦國夫人道：「阿瞞樂部，今日幸得供奉夫人，請夫人賞賜。」

秦國夫人微笑，奏對道：「豈有大唐天子阿妻無錢用耶？」便賞三百萬貫為一局票。玄宗接票，命群臣謝賞。玄宗又獨向虢國夫人乞賞，虢國夫人即取楊貴妃玉搔頭賜與玄宗。笑道：「大唐天子阿姨，不能賞大唐天子，今代大唐貴妃賞大唐天子。」

玄宗便向貴妃謝賞，合座大笑。欲知後事如何，且聽下回分解。

唐天子鬥雞　楊國舅私妹

安祿山在外任節度使時，常有奇珍異寶，獻與貴妃，便是樂器一項，共有三百事。管笙具用媚玉製成，皆非世所常見者。

每一奏動，便覺輕風習習，聲出天表。貴妃所用琵琶，是邏沙檀寺人白季貞出使蜀地回京時所獻，其木溫潤如玉，光可鑒人，月金縷玉文，隱約如雙鳳。所用絃線，是末訶彌羅國在永泰元年時進貢的，是國中淥水蠶絲製成的，光瑩如績珠瑟瑟。玄宗朝，諸王郡之妃之姊妹，皆奉貴妃為師，自稱琵琶弟子；貴妃每授一曲，各郡妃均有獻奉。獨謝阿蠻無物可獻，貴妃對阿蠻道：「爾貧無以獻師長，待我與爾。」

便命宮女紅桃娘紅粟玉臂一支，賜與阿蠻。當時玄宗尚有一虹霓屏風，賜與貴妃，稱為異寶。

某日，玄宗在百花院便殿讀《漢成帝內傳》，不覺神往；楊貴妃從身後走來，伸手替皇帝整理衣領。問道：「萬歲看何文書？」

玄宗笑說道：「卿且休問，倘被卿知，便又將纏人不休，教人去尋覓了。」

貴妃果然追問不休，玄宗便說：「漢成帝得美人趙飛燕，身輕弱不勝風，只怕被風吹去：成帝便為造水晶盤，令宮人托盤，飛燕在盤中歌舞；又造一七寶避風臺，間以諸香安於上，恐其四肢不禁也。」說著，又向貴妃身上下打量著，笑說道：「此則卿可無慮，任風吹不動也！」

因楊貴妃身體豐潤，故玄宗以此語戲之。貴妃心中不樂，冷冷道地：「《霓裳羽度》一曲，可比前古。」

玄宗忙攬著貴妃腰肢道：我才戲汝，便生嗔乎？卿莫惱，朕記得有一屏風，當尚藏在上方，待令內官覓出，即以賜汝。」

屏風是以「虹霓」為名，屏上雕刻前代美人之形；每一美人，長可三寸許。其間服玩之器，衣服皆用眾寶雜廁而成，水晶為地，外以玳瑁木犀為押，絡以珍珠瑟瑟，嵌綴精妙，迨非人力所能制。此屏原是隋文帝所造，以賜義成公主；隨公主輾轉入北朝。唐貞觀初年，滅去胡國，此屏又隨蕭后同歸中國。玄宗此時，便將此屏賜與楊貴妃。貴妃取去，陳設在高樓上。

一日，楊貴妃午倦，就樓上偃息；方就枕而屏風上諸女悉下，至床前，自通所號，曰：裂繒人也，定陶人也，穹廬人也，當爐人也，亡吳人也，步蓮人也，桃源人也，班竹人也，奉五官人也，溫肌人也，曹氏投波人也，吳宮無雙返香人也，拾翠人也，竊香人也，金屋人敢，解珮人也，為雲人也，董雙成也，為煙人也，畫眉人也，吹簫人也，笑躄人也，垓中人也，許飛瓊也，趙飛燕也，金谷人也，小鬟人也，光發人也，薛夜來也，結綺人也，臨春閣人也，扶風女也。貴妃雖開目，而歷歷見之。只是身體不能動，口不能發聲，諸女各以物列坐。俄而，有纖腰會人近十餘輩，曰楚章華、踏謠娘也。諸美人乃連臂而歌之曰：「三朵芙蓉是我流，大楊造得小楊收。」

又有二三伎人，自稱是楚宮弓腰，看她綽約花態，弓身玉肌。一一向貴妃遞名帖，復一一歸屏上。貴妃似夢魘初醒，惶懼不可名狀；急走下樓，便令將高樓封鎖。貴妃以為妖異，從此不敢再見此屏。

玄宗又賜貴妃碧芬裘一襲，披在身上，可以避暑；只因貴妃身體肥胖，比常人特別怕熱。這時與玄宗在興慶宮避暑，天氣十分炎熱，貴妃一時嬌喘細細，香汗涔涔。太宗時林氏國進貢此碧芬裘，碧芬獸是騶虞與豹相交而生，大才如犬，毛色碧綠如黛，香聞數十里，原是希世之寶。

玄宗命內府官取出，賜與楊貴妃。每到大暑天，貴妃便披上這碧芬裘，頓時汗收喘止，十分涼爽。又有玉魚一對，每至夏月，楊貴妃把玉魚含在口中；此玉出自崑岡，含在口中，頓時涼沁心脾。一裘一玉，貴妃每至夏天，總是少不了它的。

貴妃天生麗質，眼中流的淚，身上流的汗，色豔麗好似桃花。初承恩召，與父母相別，貴妃流淚登車，這時天氣甚寒，淚落在地，結成紅冰。在盛暑時候，衣輕綃之服，使數侍兒在兩旁交扇鼓風，尚不能解熱。每有汗出，紅膩多香，拭在巾帕之上，色鮮豔如桃花。貴妃不能多飲酒，每值宿酒初醒，便覺肺潤肺腑。如此嬌態，玄宗見之，便愈覺可愛，皇帝寵愛愈甚，貴妃的嬌態亦愈甚。

一日，正是秋深，玄宗欲與妃子遊園，貴妃說秋園風景蕭殺，見之令人不快。玄宗再三強之，貴妃總臥床不起；玄宗抱之在懷，低問：「妃子愛觀何戲？」

楊貴妃道：「臣妾久聞陛下在藩府時，每至清明節，便作鬥雞之戲，臣妾頗思一觀，以解晝困。」

玄宗聽說，笑道：「不是妃子提及，朕幾把這最有趣味的遊戲忘懷了。」

但這鬥雞的事，也不是輕易便可以玩的。

當即下詔，在長生殿與興慶宮間，築一鬥雞坊；命黃門搜尋長安市上的雄雞，金毛鐵爪，高冠長尾的數千頭，養在雞坊中。

又選六軍小兒五百人，使之調弄馴養，進退衝決，都聽人號令。小兒入雞群，如與群兒戲狎。永谷之時，疾病之候，小兒均能知之。養之百日，便可使鬥。由護雞坊謁者王承恩，率領群雞至殿庭；玄宗與貴妃同御殿上觀鬥雞，文武左右，侍從如雲，分列兩廊。王承恩年才十二三，為五百小兒長；冠雕翠金華冠，錦袖繡襦，執鈴拂，領群雞，兀立廣場，顧盼如神。群雞一聞號令，便豎毛掇翼，礪嘴磨爪，抑怒待勝，進退有節，雞冠隨鞭指低昂，不失常度。勝負既定，勝者在前，敗者在後，隨童子後，歸於雞坊。貴妃觀之，不覺大樂。從此京師地方，家家都事鬥雞。諸王、世家、外戚家、公主家，以及各侯伯家，傾家破產市雞，以償雞值，更以金銀博彩，往往一擲千金，毫不吝惜。都中男女，以弄雞為事。貧家弄假雞。

玄宗一日出遊，見有兒童名賈昌的，面貌俊秀，在雲龍門路旁玩弄木雞。玄宗便收入為雞坊小兒，衣食於右龍武軍。賈昌為人忠厚謹密，因此日邀皇帝愛寵，貴妃亦日賜金帛。

開元十三年，玄宗封禪樂嶽，使賈昌籠雞三百隨駕出發。賈昌父賈忠，恐兒年幼，便相隨以行，至泰山下，賈忠病死，玄宗恤以萬金，贈官上大夫。賈昌奉父柩歸葬雍州，縣官為葬器，喪車乘傳洛陽道。十四年，玄宗幸華清宮溫泉，命賈昌衣鬥雞衣冠來見。當時天下號賈昌為神雞童。民間唱著歌謠道：

生兒不容識文字，鬥雞走馬勝讀書；
賈家小兒年十三，富貴榮華代不如。
能令金距期勝負，白羅繡衫隨軟輿。
父死長安千里外，差夫持道挽喪車。

至開元二十三年，玄宗為賈昌娶梨園弟子潘太同女為妻，男服佩玉，女服繡襦，皆為內府所賜。昌妻潘氏，雅善歌舞，為貴妃所寵愛；夫婦在宮中供奉四十年，玄宗愛之不衰。當時人皆羨之。

玄宗一生因太平無事，在宮中日事遊宴，更是愛好音樂。

一日，玄宗正坐朝，以手指上下按其腹。朝退，高力士問道：「陛下頃間屢以手指自按其腹，豈聖體有小不適？」

玄宗笑道：「非也，朕昨夜夢遊月宮，諸仙奏上清之樂，嘹亮清越，殆非人間所得聞，酣醉久之，又令奏諸樂以送吾歸。曲調淒楚動人，杳杳在耳。朕醒時，以玉笛尋之，盡得之矣。方坐朝之際，深慮或有遺忘；懷藏玉笛，時以手指上下尋之，非體有不安也。」

高力士再拜賀曰：「此非常之事也。願陛下為奴婢一奏之。」

玄宗便依聲吹之，其音寥寥然不可名言。力士又再拜，且請萬歲賜樂名。玄宗笑言曰：「此曲名《五色雲》。」

次日，下詔，將曲名載之樂章。玄宗又制《聖壽樂》，令教坊諸女衣五方色衣以歌舞之。

宜春院伎女，教一日，便能上場；唯搊彈家彌月不成，至戲日，玄宗令宜春院人為首尾，搊彈家在行間，令學其舉手也。

宜春院亦有工拙，必擇優者為首尾；首即引隊，眾所矚目，故須能者。樂將闋，稍稍失隊，餘二十許人，舞曲終，謂之合殺，尤要快健，所以更須能者也。聖壽樂舞，衣襟皆各繡一大窠，各隨其衣本色，制純縵衫，下才及帶，若短汗衫者以籠之，所以藏繡窠也。舞人初出，樂次皆是縵衣，舞至第二疊，相聚場中，即於眾中從領上抽去籠衫，各納懷中。觀者忽見眾女衣繡炳煥，莫不驚異。

凡欲出戲，所司先進曲名，上以墨點者即舞，不點者即否，謂之進點。戲日：內伎出舞，教坊人唯得舞伊州，五天來重疊不離此兩曲，餘盡讓內人也。垂手羅，回波樂，蘭陵王，春鶯半社，渠借席，烏夜啼之屬，謂之軟舞。凡樓下兩院進雜婦女，上必召內人姊妹入內賜食，因謂之曰：「今日娘子不須唱歌，且饒姊妹並兩院婦人。」於是內伎與兩院歌更代上舞台唱歌，內伎歌則黃幡綽讚揚之，兩院人歌則幡綽輒訾詬之。

有肥大年長者，即呼為屈突幹阿姑；貌稍胡者，即雲慶太賓阿妹。隨類名之，標弄百端。諸家散樂，呼天子為崖公，以歡喜為蜆鬥，以每日長在至尊左右為長八。凡伎女入宜春院，謂之內人，亦曰前頭人，以其常在上前也。其家猶在教坊，謂之內人家。宮中酣歌恆舞，終年不休，朝廷大事，付之丞相。於是大臣弄權，日相傾軋，玄宗日被群小播弄，卻冥無知覺。

當時握朝大權的，內外共有四人：一是李林甫，二是楊國忠，三是安祿山，四是高力士。李林甫、楊國忠、安祿山三人，俱與高力士勾結，內外呼應，高力士坐得其利。安祿山原是楊國忠一力提拔起來的，後來仗著楊貴妃的寵愛，其勢幾乎駕楊國忠而上之；但因楊國忠是國舅之親，又與虢國夫人私通，夫人新得玄宗寵愛，其勢亦甚盛，不可輕侮。其時最使他二人畏忌的，便是那李林甫。李林甫這時年紀已老，手段更辣；身為首相，文武都聽他指揮。四方賄賂，具集丞相府中。楊國忠心懷妒忌，常與高力士勾通，在玄宗跟前說林甫罪惡。

這李林甫在開元初年，便握大權；當時宮中武惠妃有寵，妃子、壽王、盛王，與林甫結好，林甫願擁護壽王為萬歲計。

惠妃亦在皇帝跟前保舉林甫，丞相裴光廷夫人武氏，是武三思之女，李林甫在裴家出入，見武氏美麗，便與私通，不久裴光廷死，武氏替林甫在武惠妃前說情，玄宗便使林甫代光廷為大丞相。光廷夫人，從此與林甫雙宿雙飛，恩情甚是美滿。那高力士，原是武三思家的奴僕，因光廷夫人是舊主，便也在皇帝跟前極力為林甫說項。

林甫寵位日高，當時滿朝中唯右丞相張九齡是忠義之臣，林甫令牛仙客常在帝前道九齡之短，九齡憤而退位。從此林甫獨步朝堂，威福擅作。唐時有三丞相，每入朝，左右二丞相，躬身側步，獨李林甫在中昂頭闊步，旁若無人；當時朝中稱為一雕挾兩兔。

林甫常在玄宗前說壽王賢孝，勸皇帝立壽王為太子；但玄宗因楊貴妃舊為壽王妃，欲避嫌，便立肅宗為太子。林甫恚恨，便與太子妃兄韋堅友善，使任重職，將覆其家，藉以搖動東宮。

後韋堅犯法，入獄，累及太子，太子絕妃以自明。林甫又使魏林使誣河西節度使王忠嗣欲舉兵擁護太子，玄宗不信，以問林甫。林甫道：「此事太子必與謀。」

玄宗道：「吾兒在內，安得與外人相聞？此妄語耳！」

林甫數欲危太子，未和志。一日，從容對玄宗奏道：「古者立儲君必先賢德，非有大勛力於宗社者，莫若立長。」

玄宗沉思久之道：「長子慶王，往年獵，為貀傷面甚。」

林甫答稱：「破面不癒於破國乎？」

玄宗聞林甫語，心中頗動，便道：「朕徐思之。」

但太子在當時以謹孝聞，內外無間言，故飛語不得入。

林甫每次奏請，必先遺贈左右金帛，先通皇帝意旨，以固恩信。下至庖夫御婢，皆得林甫厚賄，甘為丞相效奔走。其後皇帝春秋見高，怠於坐朝，便深信林甫不疑。玄宗一味沉蠱酒色，深居燕適，朝廷大事，一任李林甫任意播弄。林甫心陰密，好誅殺，喜怒不現於面；初與進接，貌若可親，胸中崖井深阻，人不可測。

每興大獄，連坐數百人。王鉷、吉溫、羅希奭，為李丞相爪牙。前丞相李適之，為林甫排去，適之子名霅，一日盛治酒筵，在家召客，客畏林甫，乃終日無一人往者。丞相家中有一堂名月堂，形如眉月；林甫每欲興大獄，搆陷大臣，即居月堂，苦思終日。若見林甫面現喜色出堂，即其家立碎矣。

林甫子，名岫，深明大義，見其父權勢爊灼，心常畏懼。一日，隨父遊後園，見園工嬉酣林下，優遊自得。便跪地泣曰：「大人居位久，枳棘滿前，一旦禍至，雖欲比若人不可得也！」

林甫不樂，斥曰：「勢已騎虎，毋多言！」

是時玄宗恩寵日隆，凡御府所貢，遠方珍鮮，使者傳賜相望；帝食有所甘美，必賜之。嘗詔百僚，在尚書省收閣四方貢物，收閱畢，舉貢物悉賜林甫，用大小輦送至其家。一日，林甫從幸華清宮，玄宗賜御馬武士百人，女樂二部。當時薛王別墅，廣大美麗，在京師為首屈一指；玄宗又舉以賜與林甫。李丞相平日高車肥馬，衣服侈靡，最愛聲伎，姬妾滿房，選俊美男女五十人，出入自隨。

唐至宰相，皆豐功盛德，不務權威，出入騎從減少，人民見丞相車馬，不甚引避；至李林甫，因結怨日深，時慮刺客，於其出入，必以騶騎先事清道，百步傳呵，人民避走，丞相府第，皆重門複壁；林甫臥室，一名數遷，即家人亦莫知所在。

皇帝停朝；百官悉奔走其門，衙署一空，左丞相陳希烈，因正直不阿，雖坐守衙署，卒無人入謁。林甫未曾學問，發言鄙陋，聞者竊笑。久之，又兼安西大都護朔方節度使，俄兼單於副大都護。朔方副使李獻忠不服，起兵反，聲討李林甫，便退還節度使。王鉷為李林甫私黨，至是以賄敗；玄宗詔李丞相治狀，林甫大懼，不敢見鉷。因以楊國忠代為御史大夫，審問王鉷賄案。林甫素薄視國忠，又以貴妃故，虛與結納。國忠至是時，權威益盛，貴震天下，二人交惡，勢如仇敵。

李林甫家有一奴，號蒼璧，性敏慧，林甫甚信任之。一日，忽猝然而死，經宿復甦。林甫問彼：「死時到何處？見何事？因何又得活？」

奴曰：「死時固不覺其死；但忽於門前見儀仗，擁一貴人經過，有似君王；奴潛窺之，遽有數人走來擒去，至一峭拔奇秀之山。俄至一大樓下，須臾，有三四人，黃衣小兒曰：『且立於此，候君旨。』見殿上卷一朱翠簾，依稀見一貴人，坐臨砌階，似專斷公事；殿前東西立仗衛，約千餘人。有朱衣人攜一文簿奏言：『是新奉命亂國革命位者，安祿山及祿山後相次三朝亂主，兼同時悖亂貴人定案。』殿上人問朱衣曰：『大唐君隆基，君人之數雖將足，壽命之數未足，如何？』朱衣曰：『大唐之君，奢侈不節儉，本合折數，但緣不好殺，有仁心，故壽命之數在焉。』又問曰：『安祿山之後數人，僭為偽王，殺害黎元，當須速之，無令殺人過多，以傷上帝心慮，罪及我府。事行之日，當速止之。』朱衣奏曰：「唐君紹位，臨御以來，天下之人安居樂業，亦已久矣。據世運推遷之數，天下之人，自合罹亂惶惶；至於廣害黎元，必不至傷上帝心也。』殿上人曰：『宜速舉而行之，無失安祿山之時也。』又謂朱衣曰：『宜便先追取李林甫、楊國忠也。』朱衣曰：『唯。』受命而退。俄又有一朱衣，捧文簿至，奏曰：『大唐第六朝天子復位，乃佐命大臣文簿。』殿上人曰：『可惜大唐世民效力甚苦，方得天下治，到今日復亂也！雖嗣主復位，乃至於末代，終不治也。』謂朱衣曰：『但速行之。』朱衣奏訖，又退。及將日夕，忽殿上有一小兒，急喚蒼璧，令對見。蒼璧匍匐上殿，見殿上一人坐碧玉床，衣道服，戴白玉冠，謂蒼璧曰：『當即回，寄語林甫，速來歸我紫府，應知人間之苦也。』放蒼璧回陽。

林甫聞言，知不久於人世，從此精神懊喪，語言恍惚。林甫私黨吉溫，知李丞相勢且倒，急投國忠，謀奪林甫政。林甫知之，大怒傷肝，嘔血數升。玄宗知之，猶以馬輿從御醫，珍膳繼至，詔旨存問，中官護起居。病劇，巫者視疾雲：「見天子當少間。」

玄宗聞之，欲往丞相宅視這，左右諫止；乃詔林甫出廷中，帝登降聖閣，舉紅巾招之，林甫已不能興，左右代拜。楊國忠適使蜀回，謁李丞相。林甫下床垂涕，託後事，曰：『死矣！公且不食而死。玄宗拜楊國忠為右丞相，兼文部尚書集賢院大學士，監修史崇玄館大學士，太清太微宮使，更兼舊時節度使、採訪使、判度支，一人領四十要職，皆貴妃在旁前為之說項。一時國忠權侵中外，便窮追李林甫生前奸事，毀林甫家。帝以為功，封衛國公。

國忠與虢國夫人兄妹通姦，路人皆知。虢國夫人居宣陽坊左，國忠在其南。國忠自宮廷出，即還虢國夫人第，郎官御史白事者，皆隨以至。兄妹居同第，出並騎，互相調笑，施施若禽獸然，不以為羞，道路恥駭。每遇大選，就虢國夫人第唱補；堂上雜坐女兄弟觀之，士之醜野蹇傴者，呼其名，輒笑於堂，聲徹諸外。

士大夫詬恥之，恬不為怪。此時玄宗皇帝時臨幸楊丞相家，銛、錡二兄弟，韓國、虢國、秦國三姊妹宅第，連綿相望，玄宗幸國忠第，必遍幸五家。在虢國夫人第中，歡宴最久；皇帝第一次臨幸，便賞賜不計其數。駕出有賜，名日餞路；駕返有勞，稱日軟腳。遠近饋遺閹稚、歌兒、狗馬、金貝，門如山積，賄賂公行，毫無顧忌。國忠盛氣驕愎，百官莫敢相向。

此時滿朝唯安祿山仗貴妃寵愛，驕傲不相讓。國忠原與祿山互通聲氣，祿山未得幸前，因兵敗押至京師，幾至處死，幸投國忠門下，得以身免；故林甫擅權之時，國忠常與祿山同謀傾軋。及林甫卒，國忠氣焰日甚，祿山在朝，有兩虎不相容之勢。國忠常在玄宗前毀祿山，玄宗因祿山為貴妃所親暱，心懷疑忌，亦急欲為調虎離山之計。

林甫在日，亦曾上計，謂以陛下雄才，國家富強，而夷狄未滅者，因用文吏為將，畏矢石，不身先士卒；不如用蕃將，彼生而雄偉，馬上長行，誠天性然也。若陛下感而用之，使必死，夷狄不足圖也。

今因國忠時時不滿意於祿山，將相不和，是國家的大患，便與貴妃言之，欲遣安祿山領兵邊防；那安祿山自得孫孝哲母，重續前緣，恩情顛倒，便亦不甚思念貴妃。祿山身軀日胖，兩臂垂肉，終日張臂而行；入宮每多顧忌，深以為苦。非妃子宣召，亦少入宮廷。

貴妃念之雖甚切，然亦不便形諸辭色；見皇帝問，亦只得唯唯承諾，卻暗暗使人與祿山通訊息。

祿山見國忠與己相仇，便有謀反之意，每過朝堂龍尾道，必向南北睥睨，良久方去。又築城於范陽北，號稱雄武城；招兵積穀，養蓄中子弟八千人，為假子。教家奴善弓矢者數百人，畜大馬三萬，牛羊五萬，汲引同類，各據要津。私與胡人往還，諸道歲輸財百萬，大會群胡，祿山踞重床，燎香陳怪珍，胡人數百，侍左右，引見諸賈，陳犧牲，女巫鼓舞於前以自神。陰令群賈市錦彩朱紫服數萬為叛資。月進牛、駱駝、鷹、狗、奇禽異物以蠱帝心，而人不知。自以無功而貴，見天子盛開邊，乃紿契丹諸酋，大置酒毒焉。既酣，悉斬其首，先後殺數千人，獻馘闕下；帝不知，賜鐵券封柳城郡公，又進樂平郡王。祿山生子十一人，玄宗以其長子慶宗為太僕卿，慶緒為鴻臚卿，慶長為祕書監。但安祿山的行為，卻一天跋扈似一天。

當時有一位武將，名郭子儀的，本是華州鄭縣人氏，學得滿腹韜略，秉性忠正，以武舉出身，進京謁選。眼見楊國忠竊弄威權，安祿山濫膺寵眷，把一個朝廷，弄得個不成模樣，因此他懷著滿腹義憤，無處發洩。欲知後事如何，且聽下回分解。

賜御香明駝私發　辱寵臣內殿憤爭

郭子儀閒住京師地方候選，每日悶坐無聊，滿街聽人談論的，儘是楊國忠納賄，安祿山謀反的話。他常常獨自一人，向空嘆息，自言自語地說道：「似俺郭子儀，未得一官半職；不知何時，方能替朝廷出力？」

他到萬分無聊的時候，便走向長安市上新豐館酒樓中沽飲三杯，以遣客愁。他飲到半醉的時候，便提筆向那粉牆上寫著兩首詞兒道：「向天街徐步，暫遣牢騷，聊寬逆旅。俺則見來往紛如，鬧昏昏似醉漢難扶，哪裡有獨醒行吟楚大夫？待覓個同心伴侶，悵釣魚人去，射虎人遙，屠狗人無！」

第二首詞兒道：「俺非是愛酒的閒陶令，也不學使酒的莽灌夫，一謎價痛飲一豪粗；撐著這醒眼兒誰瞅睬？問醉鄉深可容得吾？所街市恁喳呼，偏冷落高陽酒徒！」

郭子儀每天到這酒家飲酒，也走慣了。這一天，他向大街上走時，只見車馬喧闐，十分熱鬧；他抓住一個酒保，問道：「咱這樓前那些官員，是往何處去來？」

那酒保道：「客官，你一面吃酒，我一面告訴你聽。只為國舅楊丞相，並韓國、虢國、秦國三位夫人，萬歲爺各賜造新第，在這宣陽裡中；四家府門相連，具照大內一般造法。這一家造來要勝似那一家的，那一家造來要賽過這一家的；若見那家造得華麗，這家便拆毀了，重新再造，定要與那一家一樣，方才住手。一座廳堂，足費了上千貫銀鈔。今日完工，因此合朝大小官員，都備了羊酒禮物，前往各家稱賀。那各家的官役，都要打從這樓下經過，因此十分熱鬧。」

郭子儀聽了，不覺把手向桌子上一拍，嘆著氣道：「唉，外威寵盛到這個地位，如何是了也！」他眼中看不進去，急回頭向四壁閒看，只見那壁上也寫上數行細字。郭子儀忙湊近身去看時，見是一首絕詩，便念道：「燕市人皆去，幽關馬不歸；若逢山下鬼，環上系羅衣。」下面寫著李遐周題。這李遐周，是唐朝一個術士，能知過去未來。這首詩中，顯藏著國家隱事。郭子儀正逐句猜詐著，忽聽得樓下又起了一陣喧譁之聲，忙問酒保，樓下為何又這般熱鬧？那酒保拉郭子儀至窗前道：「客官靠著這窗兒往下看去，便知。」

那郭子儀向下看時，只見一個胖大漢子，頭戴金冠，身披紫袍，一群衙役簇擁著，張牙舞爪地過去。郭子儀忙問：「這又是何人？」

那酒保道：「客官，你不見他的大肚皮麼？這便是安祿山，萬歲爺十分寵愛他，把御座的金雞步障，都賜與他坐過；把貴妃的鳳池溫泉，也賜與他洗過浴哩。今日聽說封他做東平郡王，方才謝恩出朝，賜歸東華門，打從這裡經過，是以這般威武。」

郭子儀聽了酒保的話，半晌說道：「呀，這便是安祿山麼？他有何功勞，遽封王爵？我看這廝，面有反相，亂天下者，必此人也！你看他蜂目豺聲，又是犬羊雜種，如今天子引狼入室，將來做出事來，人民塗炭，怕不與這題壁詩上的話相符事。」

郭子儀長吁短嘆，那酒保在一旁看了，十分詫異，便說道：「客官請息怒，再與我消一壺酒去。」那郭子儀這時，滿腹的憂國憂民，如何再吃得下這酒去，便把酒壺一推道：「縱叫俺吃了千盞，盡了百壺，也難把這擔兒消除！」

說著，付過了酒錢，便跑回下處去。一見朝報已到，兵部一本奉旨授郭子儀為天德軍使。郭子儀看了朝報，卻自言自語道地：「俺郭子儀雖則官卑職小，便可從此報效朝廷。」

他自從那日在酒樓上見過安祿山，便心中念念不忘，每日在兵部盡心供職。那楊國忠只因安祿山在四方收羅英才，儲為己用，楊國忠也託人在京師內地物色英雄，兵部尚書把郭子儀推薦上去，楊國忠初見郭子儀之日，郭子儀便說須防安祿山謀反。這一句話，深深中了楊丞相之意。當下楊丞相告以天子亦防安祿山肘脅之患，已遣之出外，率河東兵討契丹去矣。郭子儀聽了，連連跌足說道：「大事去矣！」

楊國忠問是何故，子儀道：「祿山面有反骨，此去重兵在握，宛如縱虎歸山，反中原必矣！」

楊國忠聽了子儀的話，亦不覺恍然大悟。一面表奏郭子儀為衛尉卿，統兵保衛京師；一面入宮面奏天子，說安祿山有反意，不可使久留在外。玄宗疑信參半，國忠再三言之，玄宗始下詔召祿山還朝。

安祿山在京師時，知楊丞相不能相容，便入宮與貴妃密議；楊貴妃勸祿山出外建立奇勳，再回朝來，替他在皇帝跟前進言，退去楊國忠，便可立祿山為相。祿山聽了貴妃的話，又想到將來功成回朝，身為丞相，大權在握，那時出入宮廷，與貴妃早夕想見，誰也奈何他不得。因此他辭別玄宗，一意圖功去。這時適值契丹弄兵，玄宗便命祿山率河東兵討契丹。

貴妃自祿山去後，寂處宮中，時時想念；適有交趾貢龍腦香，有蟬蠶形狀的五十枚，波斯人言老龍腦樹節上方有，宮中呼為瑞在腦。玄宗賜貴妃十枚，貴妃私發明駝史，持三枚贈與安祿山。後又私賜金平脫裝具玉合，金平脫鐵面碗。祿山在軍中，也時與貴妃通訊息。明駝是一種駝鳥，腹下有毛，夜發光明，日行五百里；唯帝王有軍國要事，可遣發明駝。今貴妃因愛祿山甚切，亦私發明駝，玄宗卻不知道。

那祿山受貴妃寵愛，便力求立功戰場；兵至土護真河，祿山傳令，每兵持一繩，欲盡縛契丹兵，連夜進兵三百里，直上天門嶺。忽遇大雨，弓軟箭脫，敗壞不可用，祿山在後催逼前進，不肯停留。大將何思德勸道：「兵士疲於奔命，宜少息，待天晴再行。」

祿山大怒，欲斬思德；思德大懼，便帶領士卒，奮勇下山殺敵。何思德面貌與安祿山相同，那敵營中箭如飛蝗，齊向何思德射來，可憐何思德死於亂箭之下，手下數千兵士，盡向四處逃命。祿山見勢不佳，忙撥轉馬頭，落荒而走，後面契丹兵乘勝長驅。

正危急時候，只聽得空中嗚嗚一聲響，一枝箭飛來，正中安祿山肩窩，頓時馬仰人翻，滾下山澗去。幸他兒子慶宗，養子孫孝哲，緊隨在後，忙下澗去，把祿山扶起，乘夜逃竄。看看到了平盧地界，有安祿山部將史定方，統兵十萬把守著。

這時朔方節度使阿思布，統帥雄兵，鎮守邊關；安祿山這時地位狹小，無可立足，見阿思布兵多地廣，便令史定方帶領大兵，出其不意，直攻阿思布。口稱：「奉天子之命，取叛將阿思布首級。」

那阿思布一時驚慌無措，便單騎出走，奔葛羅祿。安祿山便坐得數千里地方，領兵四十餘萬，聲勢甚大。葛羅祿酋長，畏唐皇加罪，便活捉阿思布，送安祿山營。當時祿山報入朝廷，說阿思布謀反，已將叛臣擒住。玄宗下旨，令安祿山解送京師。那時楊國忠和太子已知道安祿山兵敗，和併吞阿思布的實情；便同進宮去，奏明皇上，玄宗不信，說且看祿山來京形狀如何。

那祿山到京，已有他的心腹人告訴他，丞相和太子在天子跟前說的話。安祿山便至華清宮朝見天子，那時楊貴妃也侍坐在旁，一見祿山回朝，芳心不禁喜悅；祿山卻做出一副可憐的樣子來，哭拜在地。口稱：「臣兒生長蕃中，不識上國文字，蒙陛下寵愛過甚，使臣兒統兵在外；朝內楊丞相，因妒生恨，必欲置臣兒於死地，求陛下見憐！」

玄宗見他這副可憐的樣子，便竭力拿好話安慰他。楊貴妃忙命看酒，賜吾兒洗塵。這一天，安祿山吃得醺醺大醉，從宮中出來，回到府中，自有孫孝哲母子二人伺候。

孫孝哲見安祿山奸汙了他的母親，不但心中不憤怒，而且又百般承迎著，得安祿山的歡心。孫孝哲面貌既長得俊美，皮膚又生成白淨；兼之語言伶俐，舉動輕巧，祿山常常玩弄著他，拿他消愁解悶。孫孝哲的母親作主，命孝哲拜祿山做義爺，孝哲每見義爺出外回家，總是寸步不離的。便是眼看著他母親被祿山擁抱戲弄著，他也毫不覺得羞恥，反在一旁歡笑助興。

有一天，安祿山在朝門候旨，忽然衣帶中斷，正進退兩難，孫孝哲在一旁，他衣袋中原帶著針線的，便跪近身去，替他把衣帶縫好。祿山大喜，回得府來，便把一個絕美的姬人，賞與孝哲做妻子。好今因孝哲在天門嶺求了祿山的性命，回得認來，愈加把個孝哲寵上天去了。孝哲在祿山府中，出入內室，毫不避忌。祿山原有姬妾數十人，都和孝哲調笑無忌，漸漸地都和孝哲勾搭上手了。祿山卻昏昏沉沉地睡在鼓中。

這一次，祿山進京來原來探聽訊息；他也曾幾次偷進宮去，和楊貴妃相會。安祿山便悄悄把自己的意思對楊貴妃說了。在安祿山的意思，因貴妃深居宮闈，每次相會，頗不方便；此次祿山有兵四十餘萬，駐紮在邊境，他想把妃子劫出宮去，同至邊境，一雙兩好地過著日子，因此早已把府中的細軟人口，陸續搬運出京，送至邊境安頓。可笑滿朝文武數千人，把守京城的兵士餘萬人，竟沒有一人發覺安祿山的奸謀。這安祿山看看諸事停妥，便又偷進宮去，勸楊貴妃逃出宮去，圖個天長地久。

楊貴妃聽了這祿山的話，便笑說道：「痴兒！人皆為天子，汝獨不能為天子乎？我大唐妃子也，不能學村婦私奔。」

一句話提醒了安祿山，忙叩著頭說道：「孩兒領娘娘旨意。兒去矣，娘娘珍重！」

說著，便出宮來。

那楊國忠卻略探知安祿山的行動，便又急急進宮去，報說安祿山謀反。這時貴妃在旁，便低低地說道：「將相不和，是朝廷之大患，願陛下乾綱獨斷，明察萬里。」

玄宗被楊貴妃一句話，便又把疑心去了。命楊丞相且退，朕自有後命。當即下旨，拜安祿山為尚書左僕射，賜實封三千戶，又賜奴婢第宅；又拜為總閒廄，掌管隴右群馬。祿山奉旨入朝謝恩，又保舉心腹吉溫為副將軍。此外封將軍的五百人，拜中郎將的二千人，聲勢大震。

祿山出京的時候，玄宗親御望亭餞行，又脫御服，親自替祿山披在肩上。祿山大驚，急急率領他的護衛兵馬，匆匆告辭，奔出了淇門，駕著百餘號大船，順流而下。召募萬餘人規章，挽縴而行。日三百里，至范陽，奪去張文儼馬牧，便占駐了范陽城。地方官把安祿山謀反的情形，雪片也似報上朝廷；那玄宗卻只是不信，反把報信的人，捆送至范陽，交祿山監禁起來。

楊國忠打聽得安祿山在外招兵買馬，聲勢一天大似一天，便屢次入宮去勸諫，收回安祿山的兵權；玄宗又經太子幾次勸諫，才稍有覺悟。欲召安祿山回京，拜同中書門下平章國事官。

太子勸暫把拜官的旨意留住，先打發黃門官璆琳，假著賜柑子為名，到范陽檢視安祿山的情形。那祿山早知道來意，忙備下盛大筵席，款待那位黃門官；又賜璆琳黃金一千兩，求他在天子跟前包瞞一二。那璆琳得了安祿山的好處，便回朝來奏知玄宗，說安祿山在范陽地方，甚是安分，並無謀反形跡。

誰知這情形，早已被楊國忠打聽得明白，悄悄地去奏明玄宗，說：「安祿山如何強占范陽城池，那璆琳又如何受安祿山的賄賂。」

玄宗聽了，十分動怒，把璆琳傳進宮去，嚴刑審問，那璆琳受刑不過，只得把安祿山如何謀反，如何行賄的情形，招認出來。玄宗和楊國忠商議，便推說璆琳忤逆聖上，命武士推出午朝門外，斬首。從此，玄宗心中，便時時防著安祿山，常常派遣使臣到范陽去檢視祿山的動靜；安祿山心中虛怯，每見朝廷使臣到來，就推病不出。那使臣奉了天子的命令，一定要見；安祿山沒奈何，在堂上四壁埋伏下刀兵，才肯與使臣想見。玄宗又遣黜陟使裴士淹，到范陽去檢視安祿山；守候了十多天，不得一見。裴士淹回朝去，不敢把這情形奏明，只說安祿山十分畏罪。

玄宗雖明知安祿山有反叛之意，但每日在宮中，聽了楊貴妃勸諫的話，還是想望祿山迴心轉意；特下旨，賜祿山次子慶宗，娶宗室女為妻，宣安祿山進京觀禮。那安祿山滿肚子包藏著反叛的心思，如何敢再進京去；便上表推說病重，不能奉召。

又獻馬三千匹，車五百乘；每一輛車上，坐御卒三人。在安祿山的意思，便令這一千五百御卒，混進京師去，作為內應，暗襲京師；卻被河南尹達奚珣，上了一本，說外臣兵馬，非奉天子召命，不能擅入京城。玄宗便下諭，把安祿山車馬留在京城外，又給安祿山手書，說道：「朕已為卿別治湯邑，十月，朕當待卿於華清宮想見。」

安祿山見天子另賜他湯沐邑，得宗室女下嫁，愈覺榮寵，從此舉動更是驕傲，越發不把眾文武放在眼中。到了十月之期，安祿山帶領十萬大兵，駐紮在驪山下；自己進華清宮去，朝見天子。

玄宗留心檢視安祿山的舉動，依舊是十分依戀，口口聲聲，自稱臣兒；玄宗便也不去疑心他，一般地在宮中擺下筵席，賜安祿山飲宴。那楊貴妃便把安祿山悄悄地喚到無人之處，切切地勸他，不可謀反。又說：「萬歲爺待你我恩情不薄，我兒縱有心事，也須忍耐著，候皇上千秋萬歲以後，那時任憑你去胡作妄為，俺再也不來阻止你了。」

楊貴妃說著，不覺淌下眼淚來；安祿山見貴妃這可憐形狀，便也跪著，口口聲聲說：「孩兒敬遵娘娘的旨意，守候著罷了！」

說罷，重複入席。祿山酒飲到半醉，因有事在心頭，便辭別出宮來。安祿山因得皇帝的寵愛，便是進宮來，也是擺著全副執事，劍戟旌旗，在禁地上也喝著道進出著。

今日領罷宴出來，卻巧遇到楊國忠，也進宮來。那楊國忠在宮門過道兒上，遇到了老公公高力士，兩人談起安祿山的跋扈都十分痛恨。那楊國忠道：「俺楊國忠外憑右相之尊，內恃貴妃之寵；不是說一句自尊的話，滿朝文武，誰不趨承？獨有安祿山這廝，外面假作痴愚，腹中暗藏狡詐；不知聖上因甚愛他，加封王爵，另賜湯邑。那廝竟忘了下宮救命之恩，遇事欺淩，出言頂撞，好生可恨！俺前日曾面奏聖上，說他狼子野心，面有反相，恐防日後有變，怎奈未蒙聖上聽從！今日又賜安祿山這廝在內廷領宴，待俺也闖將進去，須索要當面說破，必要皇上黜退了這廝，方快吾心頭之願也！」

高力士正聽楊國忠說著，遠遠地卻聽得宮內有喝道的聲兒，兩人十分詫異。高力士急進宮去看時，見安祿山高據鞍馬，左右喝道出來；高力士怕惹禍，便急急向別路中避去。

那楊國忠進來，兩個正碰個著。楊國忠忍不住說道：「這是九重禁地，你怎敢在此大聲兒呵殿？」

安祿山聽了，卻冷笑道：「老楊！且聽俺念出四句詞兒來：脫下御衣親賜著，進來龍馬每教騎；常承密旨趨朝數，獨奏邊機出殿遲。俺做貴妃娘娘兒子的，又做郡王的，便呵殿這麼一聲兒，也不妨！比似你做右丞相的，要在禁地上喝道，卻還早呢！」

楊國忠聽了，把個鬍鬚氣得倒豎，氣喘吁吁地說道：「好好！好個不妨！安祿山，我且問你：這般大模大樣，是幾時起的？」

安祿山卻大笑道：「下官從來如此大模大樣的，卻誰能管得我！」

楊國忠道：「祿山，你也還該自去想想，你只想，當日來見我的時候，可是這個模樣的？」

安祿山把手一搖，說道：「彼一時，此一時，說他怎的。」

楊國忠拿手指著安祿山說道：「安祿山，安祿山！你本來已是刀頭之鬼，死罪難逃；那時候長跪在階前，哀求著俺，保全你的性命，是何等一副面孔來？」

安祿山也怒沖沖地說道：「赦罪加官，出自聖恩，與你何干？」

楊國忠冷笑著道：「你聽他倒也說得乾淨，可惜你全把良心昧了，把俺一番恩義，全付與流水飄萍。」

安祿山說道：「唉，楊國忠！你道我失機之罪，可也記得你賣官鬻爵之罪嗎？」

楊國忠道：「住了，你道我賣官鬻爵，且問你今日的富貴，從哪裡來的？」

說著，便回顧左右道：「你們快把當年一個邊關犯弁失意的模樣，扮演出來與王爺看看。」

說著，便有兩人跟隨，搬兩張坐椅過來，請楊丞相和安郡王坐下。走過一個跟隨，把帽兒壓在眉心，做出一副失意落魄的樣子，站在當地，唱道：

「腹垂過膝力千鈞，足智多謀膽絕倫；誰道孽龍甘蠖屈，翻江攪海便驚人。」

接著自己表白道：「自家安祿山，營州柳城人也。俺母親阿史德，求子軋犖山中，歸家生俺，因名祿山。那時光滿帳房，鳥獸盡多鳴竄。後隨母改嫁安延偃，遂冒姓安氏。在節度使張守珪帳下投軍，他道我生有異相，養為義子，授我討擊使之職。去征討西契丹，一時恃勇輕進，殺得大敗逃回；幸得張節度寬恩不殺，解京請旨。昨日到京，吉凶未保。且喜有個結義弟兄，喚作張千；原是楊丞相府中幹辦，昨已買囑解官，暫時鬆放，尋他通個關節，把禮物收去了，著我今日到相府中候示，不免前去走遭。」

扮安祿山的那個親隨，表白完畢，又唱著詞兒道：「莽龍蛇本待將河翻海決，反做了失水甕中鱉。恨樊籠霎時困了豪傑！早知道失軍機要遭斧鉞，倒不知喪沙場免受縲紲。驀地裡雙腳跌，全憑仗金投暮夜，把一身離阱穴；算有意天生吾，也不爭待半路枉摧折！」

這詞兒唱畢，楊丞相身後閃出一個真的張千來，唱道：「君王舅子三公位，宰相家人七品官。」

兩人作想見的樣子，那張千道：「安大哥來了？俺丞相爺已將禮物全收著，你進府想見。」

那親隨作著揖道：「多謝兄弟周旋。」

張千道：「丞相爺尚未出堂，且到班房少待。」

說著，轉身便至楊丞相跟前跪倒，口稱：「張千稟事。安祿山在外伺候。」

楊國忠道：「著他進來。」

張千應一聲領鈞旨，轉身去把那扮安祿山的親隨，帶至楊國忠面前；那親隨噗地跪倒在地，拿膝蓋走著路，口稱：「犯弁安祿山，叩見丞相爺。」

那楊國忠裝作大模大樣道地：「起來！」

那親隨叩著頭道：「犯弁是應死的囚徒，理當跪稟。」

國忠道：「你的來意，張千已講過了；且把犯罪情由，細說一番。」

那親隨應了一聲遵命，便唱著道：「恃勇銳衝鋒出戰，指征途所向無前；不提防番兵夜來圍合，轉臨白刃剩空拳。」

楊國忠故意問道：「後來你卻怎得脫身？」

那親隨接著表白道：「那時犯弁殺條血路，奔出重圍，單槍匹馬身倖免；只指望鑒錄微功折罪愆，誰想今日啊，當刑憲。」

那親隨唱著，又叩著頭唱道：「望高抬貴手，曲賜矜憐。」

那楊國忠在上面，拿腔作勢道：「安祿山，你的罪名，刑書已定，老夫卻無力迴天。」

那親隨又再三叩頭求道：「丞相爺若肯救授，犯弁就得生了。可憐我這條狗命，全仗丞相爺作主！」

那安祿山坐在一旁，看他主僕三人就在殿廊下演唱了半天；又聽罵他狗命，叫他如何忍耐得，早跳下座來，過去一把拉住楊國忠的袍袖，狠狠地說道：「你這老賊！裝神弄鬼的半天，句句憑虛捏造，汙衊小王。俺如今與你同去萬歲前講一去。」

原來這一番做作，這幾句詞兒，在楊國忠早已編練純熟；如今打聽得安祿山進宮領宴，便故意帶領親隨，跟進宮來，原要當面搬演給安祿山看，羞辱著他。安祿山看了，果然不可當。

楊國忠聽安祿山說要拉他去面聖上，那楊國忠仗著自己是一代權貴，便也大聲說道：「去見萬歲爺，誰怕你來，同去同去！」

當時，他將相二人，互扭著衣帶，闖進後宮。玄宗和楊娘娘尚未能罷演。欲知後事如何，且聽下回分解。

賜婚姻楊家極寵　討奸佞張氏遺裔

楊國忠和安祿山二人，氣沖沖的，互相扭打，直闖到玄宗筵前。楊丞相先跪倒，氣喘吁吁地奏道：「臣楊國忠謹奏：安祿山辜負聖恩，久藏異志，在外招兵買馬，蓄意謀反；望陛下立賜罷斥，早除凶殘，朝廷幸甚，百姓幸甚！」

接著，安祿山跪下，一面抹著眼淚哭訴道：「臣安祿山謹稟：微臣謬荷主恩，觸怒權貴；可憐臣勢孤力弱，縱有赤心，丞相不能相容，也是枉然！求陛下免臣官職，放歸田裡，使苟全性命，皆陛下天高地厚之恩也！」

說著，他又向楊貴妃叩著頭哭訴道：「孩兒承娘娘恩寵，只因楊丞相不能相容，可憐孩兒不能久依膝下了！」

楊貴妃眼看著一個哥哥一個義兒，各爭寵愛，心中既丟不下哥，又丟不下義子；當下便也向萬歲爺跪奏道：「將相不和，非國家之福，望陛下明察調處。」

這幾句話，楊貴妃原是關切著安祿山，只怕安祿山吃了楊丞相的虧。當下玄宗一面把貴妃扶起，一面傳諭，楊國忠和安祿山二人，且退在朝門外候旨。

那楊國忠和安祿山二人，沒奈何垂頭喪氣地一前一後，退出宮外支。在朝門口，各人背著臉兒站著，候著旨意。

停了一會，只見高力士傳下聖旨來道：「楊國忠、安祿山，互相訐奏，將相不和，難以同朝理政；特命安祿山為范陽節度使，剋期赴鎮。」

安祿山對朝門謝過聖旨；起來向楊國忠拱一拱手道：「老丞相，下官今日去了，你再休怪我大模大樣！朝門內，一任你張牙舞爪；朝門外，卻由得我快樂消遙。」

說著，他大搖大擺地向玉墀下走去；在到庭心中，又回過臉兒來，高聲說道：「楊丞相，下官還有一句話兒：今日小王出鎮范陽，想也是仗著丞相之力嗎？」

接著，冷笑了幾聲，走出宮門，跨上玉驄兒，一群家將，簇擁著去了。

這裡楊國忠看他去遠，半晌，才嘆著氣道：「這明是放虎歸山，縱蛟入海！天下有這等事，叫老夫滿腔塊壘，怎生消得！

今日滿想滅那廝威風，誰知道反給他添了榮耀。但願祿山此去，早早做出事來，到那時萬歲爺方知俺有先見之明。」

楊國忠一人在朝門口嘆一會，說一會，裡面高力士又傳出諭旨來，大叫：「楊國忠聽旨！楊國忠長男楊暄，授為銀青光祿大夫太常卿，兼戶部侍郎；又賜楊暄尚延和郡主，賜楊國忠幼男楊朏尚孟春公主。」

這是楊國忠幾次在玄宗跟前懇求的，如今玄宗授安祿山為范陽節度使，深恐楊國忠心中不服，便下這道旨意，安慰安慰楊國忠的意思。楊國忠謝過聖恩，果然十分高興，回家去便分派府中總管，分頭去召驀募伕役，大興土木，建造兩府駙馬府第，在宮東門前，與丞相府第相連線著。皇帝又下旨賜楊國忠第祕書少監楊鑒尚承榮郡主，又建築高在的駙馬府第，在丞相府左面一帶。連韓國、虢國、秦國等姊妹弟兄五家，共有十座府第，樓閣崇宏，夾道相對；門前十馬前行，踏直如矢，地平如鏡。各有執戟武士，把守門戶，平常百姓，見了這氣派，早已嚇得遠遠躲避出去。那三座宅第完工，楊國忠又派遣家院們，分頭到淮揚蘇杭一帶去採辦珍寶器皿。

一公主二郡主下嫁之日，皇上和貴妃親自送嫁，臨幸楊丞相府第。朝廷文武大臣，齊至丞相府中道賀。楊國忠以盛筵款待，又另設一席，請皇上和貴妃入座；便有韓國、虢國、秦國三夫人，相陪勸酒。門內笙歌聒耳，門外車馬喧闐。玄宗舉杯笑對楊國忠道：「丞相一門富貴，位極人臣；朕今浮一大白，為丞相賀。」

楊國忠忙親自斟上酒去，陪著皇上飲乾一杯。笑說道：「此皆聖天子天高地厚之恩，愚臣一生庸碌，只怕無福承當。」

說罷，便跪下地去謝恩。玄宗又笑對楊貴妃道：「你楊家一門，已有一貴妃，二公主，三郡主，三夫人；那男子高官厚爵，不計其數，豈非榮寵極矣？」

楊貴妃也忙躬身謝恩道：「臣妾託庇聖光，已懼殞越，何堪一門恩寵，臣妾實不勝惶恐感激之至！」

玄宗這時，酒吃到高興，便拉住貴妃的手，哈哈大笑道：「妃子有如此謙德，何患無福承當？朕如今只索加恩卿家。」

便當筵傳諭：「加楊國忠為司空，重贈貴妃父楊元琰為太尉，封齊國公，母為梁國夫人；著工部為齊國公造廟，御書碑額。拜國忠叔父元珪，為工部尚書；拜韓國夫人婿崔珣，為祕書少監；秦國夫人婿柳澄，為禮部侍郎。

這時韓國、虢國、秦國三夫人，肩下都有面貌姣好的小兒女陪坐著。玄宗獨愛那韓國夫人的女兒，小字芹姑的，長得明眸皓齒，苗條身材。玄宗向芹姑招著手兒，韓國夫人推著她上前去；小小女兒，居然參拜如儀。玄宗大喜，把她攬在懷中，問她：「多少年紀？」

韓國夫人代奏說：「十二歲。」

玄宗笑說道：「卻與朕家俶孫同年。朕今便面求韓國夫人，給與朕家做了孫媳婦兒吧。」說著，便傳旨至宮中，把長皇孫接來，與芹姑想見。那芹姑卻嬌羞靦腆在奔在她母親懷中躲著，玄宗便命長皇孫過去，拜見韓國夫人；韓國夫人忙拉著他手看時，只見這長皇孫眉目俊秀身材英挺，也不覺大喜。原來玄宗皇帝，有孫兒百餘，獨愛此兒孫俶兒。這時年才十五歲，便拜為廣平王。平日常養在宮中，玄宗每宴大臣，便令長皇孫坐在御案前，玄宗每對左右大臣說道：「此兒甚有異相，他日亦是吾家一有福天子也。」

左右大臣，齊稱萬歲。這時適有罽賓國進貢上清珠一雙，珠光明亮，入放映照一室；看那珠面，有仙人玉女，乘雲跨鶴之相。玄宗便取一粒，賜與長皇孫，用紅紗包裹，掛在頸上。這時當筵玄宗取長皇孫頸上明珠，與眾夫人傳觀。果然奇彩四射，光照一室。玄宗立刻傳命，去寶庫又取一粒上清珠來，賜與芹姑。楊國忠見自己甥女配與廣平王為妃子，又得賜上清珠，便與同在府中宴飲的大臣，齊來與皇上和韓國夫人道賀，又與廣平王道賀。

玄宗見眾人高興，又見虢國夫人膝前依著一男一女；便也傳旨，賜虢國夫人子裴徽，尚延光公主，女指配為讓皇帝媳。

虢國夫人見自己子女都得了富貴，便帶了她子女二人離席謝恩。玄宗看虢國夫人，喜得花眉笑眼，平添嫵媚，心中說不出的愛戀；只因礙著眾人的耳目，只喚虢國夫人平身。這時秦國夫人，也攜著一個兒子柳鈞，一個夫弟柳潭，叔侄二人，一般地長得清秀。玄宗問他年紀，一般的十五歲。玄宗笑說道：「朕家的女兒，益發都給了你楊家吧！」

又傳旨，賜柳鈞尚長清公主，賜柳澄尚和政公主。當時楊貴妃見母家的人，都和皇家結了婚姻，心中歡貴，便親自斟酒，獻與玄宗道：「臣妾進萬歲喜酒一杯。」

玄宗就貴妃手中飲了，又滿斟一杯，與貴妃道：「妃子也喜。」

接著，便有楊丞相領著眾大臣，齊至筵前來勸酒。玄宗命取大觥來，說道：「朕今為諸大臣飲一大杯，願諸大臣也喜。」

一屋子大臣聽了，轟雷也似一齊呼了一聲萬歲。

各人陪飲一杯。玄宗此時頗有醉意，宮女扶上御輦，擺駕回宮。

時已夜午，丞相府中，歌停舞止；五家侍衛，分作五隊，每隊著一色衣這時韓國、虢國、秦國三夫人，各各用細樂吹送著，紅燈照送著回府去。五家合隊，五色相映，如百花之煥發。

一路車馬行去，遺鈿墮舄，沿路可拾。獨楊國忠與虢國夫人，連騎並轡，揮鞭笑謔；一路行去，略無羞恥。這時路旁軍士萬人，手執火炬，照耀如同白晝。如此連綿著三五個月，十家府第中筵宴笙歌，十分熱鬧，才把這各頭婚嫁大禮，料理清楚。

內中算是韓國夫人的女兒，福分最大；那長皇孫，便是將來的正位天子代宗皇帝，芹姑一般地也立為貴妃。此是後話。

再說那日玄宗從廣平王府中飲酒回宮，忽接安北都護使郭子儀奏章一道，內夾著詩箋一紙。那紙上絕好的簪花格字寫著兩首五言絕詩道：

沙場征戍客，苦寒若為眠；
戰袍經手做，知落阿隨邊？
蓄意多添線，含情更著綿；
於今已過也，重結後生緣！

原來這時郭子儀自領一軍，駐紮在邊地木剌山；玄宗念邊軍苦寒，令後宮嬪娥制棉衣萬套，賜與軍士。有一姓趙的軍士，從棉衣領中，得了這張詩箋；知是宮女寫的，不敢隱瞞，便呈上主帥。郭子儀又把這詩箋封奏入朝。玄宗見了詩箋，心中卻也好笑了；便懷著詩箋，踱進後宮來，命高力士去遍示六宮。

又傳著諭道：「誰作此詩，不必隱瞞，朕當成汝好事也。」

傳至興慶宮中，有一宮女，跪下地來，自稱萬歲。高力士便把這個宮女帶去朝見天子，玄宗看那宮女，果然也長得白淨秀美。

問她名姓，那宮女叩著頭，回說：「魏紫雲，父親魏卓卿，原也是士人，自幼兒傳授詩書，頗解文墨。」

玄宗笑道：「汝詩中說後生緣，朕今偏與汝結今生緣！」

便令將此宮女送至邊關，與那得詩籤的軍士成婚。又加恩升那軍士為帳前少校。這軍士名陳回光，後來幫助郭子儀，屢立戰功，官拜衛尉卿。夫妻二人，十分恩愛，留在後世，傳為佳話。

如今再說安祿山離了京師，心中日夜想念楊貴妃；他和楊國忠在天子跟前一番爭執，心中十分憤恨，誓欲報此仇怨，方可與楊貴妃親近。他因玄宗皇帝恩情甚厚，原欲依楊貴妃的囑咐，把這口氣忍在心頭，待皇上千秋萬歲以後，再發作起來。

無奈楊國忠因在皇帝跟前說安祿山必反，欲皇上信他的話，便步步逼著安祿山造反：凡是玄宗賜與安祿山的詔旨，和安祿山所上奏章，都被楊國忠扣住不發。一面打發他的門客何盈蹇昂，在京師安祿山的親友前打聽安祿山謀反的訊息；又指使京兆尹李峴帶領兵馬，圍困安郡王的府第；又捉去安祿山的好友李超、安岱、李方來、王岷，打入死牢裡；買通了牢頭禁子，把這幾人活活地勒死。又打聽得吉溫是安祿山的死黨，便親自帶領兵士，半夜時分，去圍住吉溫的屋子，把吉溫捉至丞相府中，百般拷打，審問安祿山謀反的憑據。那吉溫熬刑不過，暈死過幾次，卻不肯吐出一句話來，楊國忠便把吉溫發配到合浦地方。

從此京師地面，楊國忠的威權大震。

這訊息傳到范陽安祿山耳中，如何忍得，便立即拜表入朝，訴楊國忠有二十條大罪。一面召集大兵二十萬，發令何千年為范陽鎮東路將軍，崔乾佑為范陽鎮西路將軍，高秀巖為范陽鎮南路將軍，史思明為薊陽鎮北路將軍；安祿山手下，原有三十二路人馬，分三十二名將官統帶；本是番人、漢人並用的。自從安祿山為節度使，推說是番漢並用，易起嫌疑，奏請一律改用番將。安祿山自己也是番人，如今同謀造反，自然聽從號令。

又用高尚、嚴莊為隨軍參謀，孫孝哲、高邈、張通儒為參軍。

在范陽西城外，高立將臺；安祿山一身披掛，高坐將臺。二十萬人馬，各路統兵官領帶著，排成陣勢，一隊一隊地在將臺前走過。那一千名將官，全身甲冑，齊站在將臺前參拜。高聲喚道：「末將們參見大元帥！」

安祿山看眾軍士操練已畢，便殺牛宰羊，在校場上擺起千餘桌酒席來，賜將士們痛飲。在飲酒中間，便走出一隊番姬來，打扮得花枝兒似地招展著，在筵前舞著唱道：「紫韁輕挽，雙手把紫韁輕挽，驅上馬，將盔纓低按。閃旗影雲殷沒，揣的動龍蛇一直地通霄漢。按奇門布下了九連環，覷定了這小中原在眼，消不得俺眾路強蕃。這一員身材慓悍，那一員結束牢拴；這一員莽兀喇拳毛高鼻，那一員惡支沙雕目胡顏；這一員會急迸格邦弓開月滿，那一員會滴溜撲碌的錘落星寒；這一員會咭叱克嚓的槍風閃爍，那一員會悉力颯剌的劍雨澎灘。端的是人如猛虎離澗，顯英雄天可汗！」

番姬唱到此處，那滿場數十萬兵士，齊聲接唱道：「振軍威撲通通鼓鳴，驚魂破膽；排陣勢韻悠悠角聲，人習馬閒。抵多少雷轟電轉，可正是海沸也那河翻；折末的銅做壁鐵做壘，有什麼攻不破攻不破也雄關！」

唱完了詞兒，接著一陣角聲嗚嗚，鼓聲通通，鑼聲堂堂，將臺上砍下一個人頭來，正中間豎起一面大纛旗，二十萬人馬，拔腳齊起，浩浩蕩蕩，殺奔靈武關來。

就中再說那位范陽鎮北路將官史思明，原是突厥種人；長成長頸駝背，深目斜鼻，生性狡猾。和安祿山自幼兒生同鄉里，早祿山一日生，祿山稱他為兄。通六番言語，亦為互市郎。欠了官錢，無力償還，逃走，被契丹國的巡查兵捉住；見他容貌奇怪，要殺死他。史思明頗有急智，哄著巡查兵說道：「我是大唐朝使臣，誰敢殺我。你們快送我去見大可汗，便有大功；若殺唐天子使臣，汝國旦夕便有大禍。」

那契丹兵聽了，果然十分害怕，便送他到契丹王前。史思明直立不拜，大聲道：「天子使見小國君不拜，禮也。」

契丹王疑是真使者，便收拾廬帳，安頓他住下；殺牛宰羊，好好地看待他。

史思明打聽得契丹國有一位大將，名瑣高的，頗能用兵，中國常受他的兵禍；便思活捉瑣高回中國去，將功贖罪。他心生一計，一日，見契丹王，說欲迴天朝，可汗亦應當遣使報聘。

契丹王果然派一大臣，並番兵三百，備下牛羊禮物，欲隨史思明去大唐朝見天子。史思明故意笑道：「此大臣無足與見天子者，唯瑣高大名，久聞於中國，可與見天子。」

那瑣高在一旁聽了，十分喜悅，便自請欲與史思明同去朝見唐國天子。這瑣高是契丹王十分親信的大臣，一刻也不能離開左右的；當時不許，無奈瑣高再三自告奮勇，契丹王不得已，著他隨史思明一同到唐朝去。一隊人馬，走到平盧關外；史思明又生一計，約定三百名番兵和瑣高大將，在關下略候，自己匹馬先闖進關去。

見了平盧節度使，又打著誑道：「番兵數百，直逼關外，口稱入朝，心實有變；請大將軍設下埋伏，待小人去誘他進來，伏兵齊起，可殺盡番人也。」

平盧節度使信了史思明的話，在府中伏下數千兵士；史思明去把瑣高和三百番兵，一齊迎接進府來。堂中盛設筵席，瑣高正要就席，忽然兩廊伏兵齊起，史思明率武士二十人，奮勇當先，把瑣高活活擒住，打入囚籠，送至幽州節度使張守珪處。

張節度甚愛史思明驍通多謀，便留在帳下，表奏入朝，官拜史思明為將軍。後來屢立戰功，加官為平盧軍事。玄宗宣召進宮，賜坐，問：「年幾何？」

史思明答稱：「四十歲矣。」

玄宗親撫其背道：「汝貴在晚年，好自為之！」

後又拜為大將軍，任為北平太守。史思明自幼貧賤，欲娶妻子，無人肯嫁他。

思明鄉中有一豪富辛氏，膝下只生一女，長得甚是嬌美四方大族，求親的朝暮不絕，女均不願嫁，獨願嫁史思明。辛氏父大怒，辛女啼哭不休，必欲嫁思明；史思明聞之，大喜，在市井中召集無賴數十人，深夜時打入辛家，劫女去，遠至師州，為夫婦。入年，生男兒六人，日見富貴。他任北平太守時，夫婦二人，衣錦榮歸；辛氏父母，都拜倒在門外迎接。此時范陽節度使安祿山造反，史思明大喜，說道：「此正大丈夫有為之時！」

便統帥本部人馬，去投入安祿山。安祿山拜他為北路將軍，一齊殺奔靈武關來。

當時張通儒為安祿山作成一大篇檄文，說受天子密詔，特舉義師，討國賊楊國忠，列舉國忠大罪二十條；又說楊國忠並非貴妃弟兄，乃是逆臣張易之孽種。原來武則天女皇，當時最寵愛張易之；易之每次入宮，常留住宮中十餘日，不放他回家。

張易之當時在京師，雖一般也建造著高大府第；但因女皇帝耳目甚長，管束甚嚴，易之在府中，不許召幸姬妾。武則天為張易之在府中造一座望恩樓，樓高無梯。易之每回府，武則天便派人監視著，用山梯度易之上樓，樓上一切飲食供應，童男僕役俱全，待張易之一上樓，便立刻把樓梯撤去，把荊棘滿堆樓下，令人不能走遠。四面又用禁兵守衛著，真是圍得水洩不通。

張易之母親，見此情形，深怕張氏絕後，便拿銀錢買通僕役，俟張易之在宮中的時候，選了一個絕色的女奴，扮著童男，送上樓去，藏在夾幕上；待張易之回府來，幽居在高樓上，心中正煩悶無聊，忽見此絕色女奴，便十分寵愛，日夜繾綣。誰知不多幾日，張易之失勢，家破人亡；這女奴在慌亂時候，逃出府來，投入楊家。楊國忠父親，納為姬人；不久，便生楊國忠。

所以安祿山把檄文騰榜郡縣，說楊國忠是逆臣遺種，汙辱貴妃門楣，誓欲殺此奸賊。

飛馬報到靈武城，那靈武太守，正是郭子儀；他秉一片忠心，兼管文武兩職。當時他一見探子，便吩咐把門兒掩起，悄悄地盤問，那探子便細細地報說。說安祿山馳繳各郡，欲清君側；現在兵馬，已直扣靈武關。郭子儀聽了，不覺大驚失色；忙全身披掛，出至大堂，點齊人馬，星夜出城，馳上關去，把守得如同鐵桶。第二天，果然蕃兵大至；關外箭如飛蝗，關上石如雨下，兩下里死力攻打了三天三夜。

郭子儀也曾帶領一千名校刀手，衝殺出關去；無奈那邊安祿山的兵，愈來愈眾，足有十萬人馬，把這小小關城，圍困得水洩不通。郭子儀在關內身先士卒，竭力防守；安祿山督同軍士，幾次上關攻打，關上矢石齊下，終是不能得手。看看攻打了十天，安祿山便與史思明在帳中商議。史思明獻議，此去西北路潼關，是入京師第一捷徑，打聽得把守潼關的，是一員老將，名哥舒翰。年已八十，雖說有萬夫不當之勇，但因他生性剛強，部下十分怨恨；如今之計，王爺可統兵一半，前去攻打潼關，用計破了關隘，末將領兵五萬，在靈武關遙為聲勢，使郭子儀不敢離關救應哥舒翰。

一旦潼關打破，這靈武關也不攻自破了。安祿山聽了，連說：「妙計，妙計！」

當夜分兵五萬，安祿山統領著，悄悄地離開了靈武關，殺奔潼關而來。

那潼關守將哥舒翰，果然年老昏聵；每在關中無事，便飲酒消愁。每至酒醉，便拷打士兵，為醒酒之用。那兵士們人人怨恨，每日有逃生的；待安祿山一到，打聽得關中兵士稀少。

又知道哥舒翰手下軍心怨恨，便令張通儒寫成勸降書，在半夜時分，把書信綁在箭頭上，射進城去。那軍士們見書信上寫著，獻了城關自有重賞，當下便各自暗地裡商量獻關之法。內有一個監軍內侍，平素與哥舒翰極不相能；今見報仇的機會已到，當時進帳去見哥舒翰，探聽主帥的口氣。哥舒翰自知將寡兵少，不願出戰；這監軍內侍，卻竭力慫恿開關迎戰。又說：「敵至不戰，朝廷養我們將士何用？」

今天也催逼，明天也催逼；哥舒翰被部下催逼不過，便開關迎敵去。誰知主帥才走出關門，只聽得門裡一聲號炮響亮，那關中軍士，倒過戈來，生擒了自己的主帥，獻進安祿山營中。那安祿山竟不費一矢一卒之勞，安然得了潼關。當夜進了關城，犒賞士卒已畢，他心中念念不忘楊貴妃的恩情和楊國忠的仇恨；打聽得此去西京，旦夕可至，便催動大小三軍，連宵殺奔京師而來。

這時玄宗皇帝，正與楊貴妃在御花園中小宴；酒到半酣，玄宗對貴妃說道：「妃子，朕與卿清遊小飲，那些梨園舊曲，都不耐煩聽它；朕記得那年與妃子在沉香亭上賞牡丹花，召學士李白草《清平調》三章，令李龜年度成新譜，其詞甚佳，不知妃子還記得嗎？」

楊貴妃便奏稱臣妾還記得。玄宗便吩咐內侍，取過玉笛來，親自吹玉笛，貴妃嬌聲唱著。欲知後事如何，且聽下回分解。

安祿山驚破霓裳曲　楊貴妃醉戲小黃門

楊貴妃提著嬌脆的聲音唱道：

「花繁濃豔想容顏，雲想衣裳，光璨新裝，誰似可憐飛燕？嬌懶名花國色，笑微微，常得君主看；向春風，解釋春愁，沉香亭同依欄杆。」

玄宗聽畢，大喜，命左右獻上玉杯，進葡萄酒。正嬉笑的時候，高力士頭頂著冰盤，獻上滿盤紅豔的荔枝；貴妃見了荔枝，不覺嫣然一笑。合殿宮娥，齊聲嬌呼萬歲。玄宗又傳諭：命小部樂隊奏曲。小部，是梨園法部所置。共小兒女三十人，年皆在十五歲以下；當日所奏新曲，因未有曲名，玄宗便賜名《荔枝香》。楊貴妃這時酒醉腰軟，便向萬歲告辭；宮女捧著荔枝，退回後宮去。

這裡楊國忠見皇帝罷宴，便從袖中拿出邊報來，奏明安祿山四路人馬，打向中原來。玄宗看了，不覺大驚。說道：「這孩兒竟做出這等大逆來！此去范陽，逼近潼關；潼關有失，京師便不能保。如今事已危急，非朕親去招降不可。」

楊國忠站在一旁，滿臉露著得意之色，冷冷地說道：「陛下當初不信臣言，至有今日之變。」

玄宗立刻傳命，宣召太子進宮；又把幾位親信大臣，召進宮來。玄宗說明欲使皇太子監國，御駕親征去。楊國忠聽了，不覺大驚失色，忙向眾大臣暗暗地遞過眼色去，誰不是看著楊國忠的臉色說話的，當時眾大臣一齊奏勸：「祿山小兒，諒也無什大力，陛下只須下詔與靈武太守郭子儀，潼關將軍哥舒翰，命他二人併力殺賊，堅守關隘，必無大患。」

那皇太子也奏說：「父親年高，不宜勞苦。」

高力士和楊國忠二人也竭力勸阻，玄宗才把心放下。當夜下詔，著郭子儀、哥舒翰二人，力守關隘，速平賊寇。但玄宗有事在心，回到後宮去，一連幾天，酒也不飲，歌舞也消沉。楊貴妃陪侍在一旁，各有各的心事，自然也減少歡笑。頓時把熱鬧的唐宮，冷靜下來。

玄宗在宮中一連一個多月，不見邊報，心頭愈是焦急，又悄悄地去把皇太子宣召進宮來，商量欲御駕親征，令太子留守京師。這訊息傳在楊貴妃耳中，便暗地裡打發高力士出宮去，報與楊丞相知道。那楊國忠得了訊息，便大起恐慌，立刻去把秦國、虢國、韓國三夫人，和兩位哥哥請到府中來商議。大家齊聲說：「皇太子若一朝掌大權，我姊妹弟兄，便死無葬身之地矣！」

姊妹們商量了半天，也商量不出一個主意來。還是韓國夫人說道：「俺們進宮求貴妃去。」

於是姊妹三人，乘坐著車馬，一清早趕進宮去，打聽得萬歲爺正坐在早朝，貴妃一人在宮中。她姊妹三人，便去見了貴妃，一字兒跪倒在娘娘跟前說道：「皇太子若一旦握了國家大權，莫說俺姊妹弟兄，從此休矣；便是娘娘，也有許多不便之處。還求娘娘看在俺姊妹們份上，在萬歲前勸諫，不可使太子監國；保住俺姊妹們的性命，也便是保住娘娘的恩寵。」

韓國夫人說著，哭著，拜著。

正慌張的時候，忽宮女一疊連聲報進來說：「萬歲爺退朝回宮，娘娘快接駕去！」

韓國夫人聽了，急忙搶步到院子裡，在地上抓了一塊泥土在手中，回轉身來，把泥土向貴妃嘴裡一送；貴妃也會意，口中銜著泥土，急急走出宮去。那玄宗正從甬道上走來，見了妃子，正要上去攙扶；忽見妃子走到跟前，噗地跪倒在地，把那塊泥土吐出，哀聲奏道：「臣妾楊玉環冒死上奏：萬歲年事已高，不宜輕冒鋒鏑；祿山小兒，不足為患。如陛下為策萬全之計，可使太子監軍，陛下萬不可捨去臣妾輩遠離京師！」

說著，不覺落下淚來。玄宗伸手把貴妃扶起，看她滿面淚光，珠唇上滿塗泥土，雲鬢不整，嬌喘欲絕；心中大是不忍，忙把袍袖替她拭去嘴邊泥土。攙住了貴妃玉臂，並肩兒走進宮去。三位夫人見了萬歲，也齊齊地低頭跪倒。宮女們上去，忙服侍貴妃重整雲鬢，重勻粉靨。玄宗皇帝坐在一旁，默默地看著；直待貴妃梳洗完畢，換上一件鮮豔的衣服，皇帝便吩咐擺上筵席，韓國、虢國、秦國三夫人，在一旁侍宴。

酒過三巡，玄宗看眾人淡淡的神情；看虢國夫人時，蛾眉雙鎖，粉頸低垂，尤覺得可憐的模樣，玄宗便微微嘆道：「朕每日在深宮伴著美人，飲酒尋樂，何等自在？莫說美人們捨不得朕，叫朕也如何捨得美人。方才早朝時候，滿朝文武，也齊勸朕不宜勞苦；如今朕細細想來，實實也是舍不下美人。大家放心吧，朕意已決，不去親征了。夫人切莫愁苦壞了身子，快飲了這一杯歡喜酒兒！」

玄宗說著便舉起玉杯，勸貴妃和三位夫人滿飲了一杯。

三位夫人便告辭出宮來，把天子不去親征的話，對楊國忠說了。楊國忠當下便去和常侍璆琳商議，二人直商議了一夜，便得了主意。第二天，國忠便把一家細軟珍寶，裝了二十輛柴車，又使府中姬妾子女，面上塗著泥炭，扮作趕車的模樣，分坐在柴車上。又派一隊家將，個個身藏利器，扎縛成鄉村男子，一般押著柴車，偷偷地運出了西城，向劍南大道奔去。又悄悄地去通知韓國、虢國、秦國三夫人，和諸位楊氏王府中，各各如法炮製。車底裝著珍寶，車面上堆著柴草，混出了京師，先在劍南郡中住下守候。只因當時楊國忠兼拜劍南節度使，那梁州、益州一帶，都有楊丞相置下的田地產業；那劍南的大小地方官，誰不是楊丞相的心腹，見有丞相的姬妾到來，便竭力招呼看護。此時獨有那虢國夫人，因與阿兄情重，不肯離開京城；楊國忠索興把她搬進府來，兄妹二人，一屋子住著。

楊國忠又把璆琳假造的邊報，藏在懷中，走進宮去；打聽得萬歲爺和貴妃在長生殿中遊玩，便一路向長生殿走來；見萬歲正和楊娘娘在棋亭上對局，國忠上去朝見過，起來屏息靜氣地站在一旁看著。玄宗和楊貴妃爭一個犄角兒，看看貴妃快要輸了。兩個纖指，夾著一粒棋子，看她雙眉微蹙，正在苦思的時候，玄宗便把袍袖兒在棋盤上一拂，滿盤棋子攪亂了。推著棋盤起身來，笑著說道：「是朕輸了，罰朕為妃子戴花如何？」

說著，早有一個宮女，獻上金盆，盆中一朵牡丹花，十分濃豔。玄宗伸手去取過花朵兒來，向貴妃招手兒；貴妃一笑，走近天子懷裡，低著粉頸。玄宗把花兒替貴妃插在寶髻上，貴妃跪下去謝過恩，玄宗攙住貴妃的纖手，並肩兒走下亭子來；楊國忠默默地跟在身後，玄宗在草地上閒步著。忽然停步，回過脖子來問道：「丞相可得有邊報？」

楊國忠趁機上去拜賀，口稱萬歲。接著把那封假邊報獻了上去。玄宗接在手中看時，說：「靈武、潼關兩路兵馬，大獲全勝；安祿山兵敗逃遁，不知去向。現由郭子儀統領十萬大兵，出關追擒。」

玄宗看了，不覺掀髯大笑，口稱：「好快人意也！朕因邊事，鬱悶多日；今得捷報，當與諸大臣作長日痛飲。」

說著，傳諭文武百官，在興慶宮作慶功筵宴。一時興慶宮中，笙歌飲宴，十分熱鬧；文武百官，俱在外殿領宴，天子和諸宮妃嬪，在內殿歡宴。當時只有虢國夫人陪宴，玄宗問：「秦國、韓國二夫人何以不見？」

虢國夫人代奏說：「有小病，不能進宮領宴。」

玄宗見有虢國夫人在座，便也十分快樂。當下傳小部樂隊，在筵前更舞迭奏。

玄宗酒飲到半酣，便親自打羯鼓，殿下齊呼萬歲。玄宗笑道：「久不觀霓裳舞，聆羽衣曲，今日國家有大喜，不可不觀此妙舞，聆此妙曲。」

當下高力士便傳天子意旨去，有大部樂隊，引著全班梨園子弟，進宮來參拜過天子，就當筵歌舞起來。玄宗看了，倍覺有興，只開著笑口，連聲稱妙。楊貴妃見萬歲如此有興，便奏道：「臣妾也有俚歌助興。」

玄宗見妃子獻歌，便越覺歡喜；忙命取玉笛來，玄宗親自吹著。這時殿上下寂靜無聲，只聽得楊貴妃提著嬌脆的喉嚨唱道：

攜天樂花叢斗拈，拂霓裳露沾；回隔斷紅塵荏苒，直寫出瑤臺清豔。縱吹彈舌尖，玉纖韻添；驚不醒人間夢魘，停不住天宮漏簽。一枕遊仙，曲終聞鹽，付知音重翻檢。

一曲唱罷，殿上下齊呼：「吾皇萬歲！娘娘千歲！」

玄宗連說：「看酒。待朕親勸妃子一杯。」

高力士上去斟了酒，貴妃滿滿地飲了一杯；接著虢國夫人也上去敬了一杯，楊國忠也上去進了一杯。楊貴妃酒飲多了，便覺粉腮紅暈，星眼朦朧起來；玄宗見了，萬分憐惜。說：「妃子醉了，宮娥們快扶娘娘上鳳輦回宮睡去。」

貴妃謝過恩，上去扶住永清、念奴肩頭，辭了萬歲，上車回宮去。李龜年上來奏稱：「有《貴妃醉酒麴》，獻與萬歲。」

玄宗聽說大喜，便道：「快唱來朕聽！」

李龜年便打鼓板，樂工吹著笙簫，謝阿蠻作沉醉舞。那小部樂隊，齊聲唱道：

「態懨懨輕雲軟四肢，影濛濛空花亂雙眼，
嬌怯怯柳腰膚難起，困沉沉強抬嬌腕，
軟設設金蓮倒退，亂鬆鬆香肩軃雲鬟，
美甘甘思尋鳳枕，步遲遲倩宮娥攙入繡幃間。」

玄宗正聽歌出神時候，忽聽得外面景陽鐘鼓齊鳴，把殿上下文武大臣，嚇得臉色齊變，大家面面相覷。玄宗正手中擎著玉杯，不覺手指一鬆，哐啷啷一聲，玉杯打碎在地；接著一個宮門常侍，急匆匆闖上殿來，伏身在地。氣喘吁吁奏道：「萬歲爺不好了！方才邊報到來，安祿山起兵造反，殺過潼關，不日就到長安了！」

玄宗「啊」地喊了一聲，急得雙目圓睜，身子直立起來。口中連連說道：「有這等事！有這等事！」

楊國忠見事已敗露，忙跪倒在地，不住地叩頭；滿殿的大臣，一齊跪倒。玄宗看了，跺腳道：「這不是講禮節的時候，諸大臣快想一條免禍之計！」

玄宗說了這一句話，滿殿一百多官員，都目瞪口呆，想不出一個主意來：大家都鴉鵲無聲地站著。玄宗看了，不覺大怒說道：「平日高官厚祿，養著爾等，誰知臨時一無用處！」

高力士卻戰戰兢兢地上來，跪奏道：「如今賊勢逼迫，京師震驚；萬歲爺玉體為重，宜出狩萬全之地，再圖善後之道。」

接著楊國忠也跪奏說：「愚臣之意，也以暫避賊鋒為是。」

玄宗低頭思索了一會，嘆道：「事到如此，也是無法；只不知遷避何處為宜？」

楊國忠不假思索，立即奏道：「蜀中現有行宮，此去蜀中，離賊氛甚遠；陛下幸蜀，可保萬安。」

玄宗說道：「事起倉促，量蜀便了。」

滿殿的大臣，齊齊答應一聲：「領旨！」

和潮水一般地退出宮去。玄宗又回頭對高力士道：「快傳諭出去，速備車馬。傳旨右龍武將軍陳元禮，統領御林軍士三千，護駕前行。」

高力士應了一聲領旨，急急出宮傳旨去。這時眾夫人和各妃嬪，俱已驚散；獨有楊國忠，隨侍在一旁。奏道：「當日臣曾三次啟奏，祿山必返；陛下不聽，今日果應臣言。」

玄宗把袍袖一捽，說道：「事到如今，還說它作甚！丞相快回府去收拾細軟，安頓家小，與朕同行；朕亦欲回宮休息片刻，且待明早五鼓，再議大事。」

楊國忠當即告辭出宮。

玄宗也回後宮去，永清、念奴出來接駕。玄宗問道：「娘娘可曾安寢？」念奴奏道：「娘娘已睡熟了。萬歲爺有何吩咐？待婢子去喚娘娘起來。」

玄宗忙搖著手道：「不要驚她，待朕自己看去。」

說著，便放輕了腳步，走進了寢宮去。宮女們上去揭起羅帳，只見楊貴妃斜依繡枕，雙眼矇朧，正好睡呢。

玄宗反背著兩手，走近床前去，細細地端詳了一會；忙吩咐宮女嗾下羅帳。說：「怕妃子睡裡吹了風。」

說著，又退出房來，有小黃門跟隨著。玄宗走在廊下，見天上月色甚明，仰面對天嘆了一口氣，低低地說道：「天哪！寡人不幸遭此播遷，眼見得累她玉貌花容，驅馳道路，好不痛心也？」

說著，高力士進宮來，回說已傳旨出去，車馬軍士，均已備齊。

玄宗也不說話，只低著頭，向宮門外走去。看看離了長生殿，來到花萼相輝樓，回頭命高力士快請諸王來。原來這花萼相輝樓，在興慶宮的西南牆外；玄宗平日與諸弟兄十分友愛，每日朝罷，便至花萼相輝樓，與諸兄弟想見；有時帶著楊貴妃，與諸王雜坐，飲酒笑樂。如今玄宗想起明日播遷，弟兄便要分散，便乘著月色，來到這個花萼相輝樓，與諸兄弟再圖一見。

諸王奉召，便齊集樓頭。玄宗登樓一望，四顧淒然，便命取玉環來。這玉環，是睿宗皇帝遺傳下來的琵琶；當時皇太子也隨侍在一旁，玄宗命太子撥著琵琶，自己唱道：「穩穩的宮廷宴安，擾擾的邊廷造反，咚咚的鼙鼓喧，騰騰的烽火煙。滴溜撲碌臣民兒逃散，黑漫漫乾坤覆翻，慘磕磕社稷摧殘，慘磕社稷摧殘！當不得蕭蕭颯颯西風送晚，黯黯的一輪落日冷長安！」

玄宗唱畢，四座靜悄悄的，黯然魂銷；案上有現成筆硯，玄宗上去，提筆寫著：「皇太子與諸王留守京師。」幾字，交與太子，匆匆下樓回去。

這時六宮的妃嬪，都已知道萬歲明天要幸蜀，頓時恐慌起來；最是那班宮女，各各收拾細軟預備，隨駕逃難。那永清和念奴二宮女，也打聽得訊息明白；見貴妃睡興正濃，便各各回到私室去收拾衣飾。貴妃從夢中醒來，只覺舌上苦澀；便嬌聲喚著永清，這時廊下，卻有一個小黃門守候著。聽娘娘在裡面叫喚，永清、念奴出屋子去的時候，也曾囑託這小黃門，留心娘娘醒來聲喚。這時他看左右無人，便應聲進屋子去。見貴妃袒露著酥胸，矇朧著睡眼，倚著繡枕兒臥著。珠唇微微動著，含糊說道：「湯來！」

那玉幾上原燉著醒酒湯兒，小黃門去倒了一杯擎在手中，走至床前，口稱：「娘娘用湯。」

連喚了幾聲，那貴妃一側著粉脖子，又沉沉睡去了。小黃門卻不敢離開，只是靜靜地站著；見貴妃在睡夢中，一側身兒，把那繡被兒推在半邊，露出那半彎玉臂，一鉤羅襪來。她酥胸一起一落，十分急迫；粉靨上兩朵紅雲，尚未退盡，鼻管中吐出一陣陣香息，還夾著酒味。一會兒貴妃又微微睜開眼來，見有人擎著杯兒，候在床前。貴妃把玉臂兒一伸，珠唇一噘，意思是要飲醒酒湯兒。小黃門看看貴妃，依舊把雙眼緊緊地閉著，也不見她把身兒坐起來；嘴裡只是低低地喚著：「拿湯來！」

小黃門便大著膽上去，把娘娘的粉頸兒扶起，把杯兒送在娘娘的珠唇邊；那貴妃從小黃門手中飲著醒酒湯兒，她慢慢地把睡眼微啟，才認出那送湯的，並不是宮婢，卻是一個小黃門。再看那小黃門，眉目長得十分俊秀，年紀望去也有十六七歲了；又見自己把粉頸兒依在小黃門的臂上，不禁噗哧一笑，伸手把小黃門的臂兒推開。那小黃門忙低著頭，離開繡榻；正要退出屋子去，忽聽娘娘又低聲喚著：「來！」

小黃門回過臉去，只見那妃子擁著被兒，在床上坐著含笑招著手兒。

小黃門才走到床前，只見貴妃霍地把繡被揭去，露出一身嬌豔的襯衣來；小黃門忙低下頭去，跪倒在床前。猛地娘娘把一雙潔白的纖足，送在小黃門懷裡；小黃門急把袍幅兒遮掩著，楊貴妃只是喜孜孜地笑。忽而把一隻腳兒擱在小黃門的肩上，忽而又擱在他膝上。小黃門一眼見床欄上掛著一雙羅襪，四周繡著雲鳳；小黃門取過羅襪來，替貴妃套在腳上。一眼見那襪底上，還繡著「臣李林甫敬獻」的一行小字。小黃門又替娘娘套上睡鞋。

楊貴妃一手搭在小黃門肩頭，站下地來；只覺得眼眩頭昏，一個立腳不定，便軟軟坐在小黃門懷中。小黃門看娘娘只穿著單綢衫兒，雖說天氣和暖，但時已二鼓，夜氣甚涼；一眼見那衣架上掛著一件繡衫，小黃門去拿來給貴妃披在肩上。那貴妃披著繡衫，便在榻前舞起來。只見她一搦腰兒，彎得好似弓背兒；那粉腮幾乎貼著地面，卻側過臉兒來，水盈盈的兩道目光，看著那小黃門笑著。小黃門怕妃子傾跌，便上去跪著一膝，扶住貴妃的腰肢。貴妃趁勢在小黃門膝蓋上一坐，又伸手把小黃門頭上戴的冠兒，捧下來，套在自己雲髻上。只見她一抹帽沿，壓住了眉心，卻愈添嫵媚。

楊貴妃兩道眼光，注定在小黃門臉上，半晌半晌；貴妃忍不住了，把兩手捧住小黃門臉兒，不停地揉搓著，又貼近臉去，鼻尖和鼻尖接著；一雙星眸，不住地在小黃門眉眼間亂轉。噗的一聲，楊貴妃在小黃門嘴上接了一個吻；慌得那小黃門只爬在地上，不住地叩頭，一邊把雙手搖著。那貴妃忽然惱怒起來，看她柳眉微蹙，星眼圓睜，啪的一聲，一掌打在小黃門臉兒上；接著又是啪啪十幾下，十分清脆的聲音，打在小黃門兩面腮兒上。那小黃門只抬高臉兒，動也不敢動；看那腮兒愈覺紅潤起來。

忽見貴妃又露著笑容，捧過小黃門的臉兒來，不住地聞著香，又把粉腮兒貼著小黃門的臉兒。正在不可開交的時候，忽聽得一聲叱吒，貴妃吃了一驚，把手鬆了。那小黃門一溜煙似地從永清、念奴二人肋下衝出去，逃得無影無蹤。那永清、念奴，走進房來，不曾看得清楚，認做是小黃門欺負了娘娘，所以叱吒著。楊貴妃這時酒也漸漸地醒了，想起調戲小太監的事，臉上覺得沒有意思，便裝做倦態，命永清、念奴伺候上床安睡。

正朦朧的時候，忽聽得宮門口雲板不住點噹噹地敲著；楊貴妃頓時從夢中驚醒過來，可憐嚇得她玉容失色，嬌軀打戰。

口口聲聲說：「怎不見萬歲爺到來！」

接著，聽得宮門外一片號哭的聲音，楊貴妃也不由地摟住永清、念奴二人，撲簌簌落下眼淚來。

正慌張的時候，只見玄宗皇帝，一面搖著手，走進屋子來，口中連說：「莫驚壞了妃子！莫驚壞了妃子！」

貴妃也從床上直跳下地來，倒在玄宗懷裡，口中不住地喊：「萬歲救我！」

玄宗一邊吩咐永清、念奴，快替妃子穿戴起來。一邊拉住貴妃的手，柔聲下氣地說道：「原來安祿山起兵造反，如今已殺過潼關，向長安打來；朕當即與楊丞相及諸王的皇太子商議，直商議了三個更次，眾人意思，都勸朕向蜀中遷避。朕已下詔，令太子監國，陳元禮保駕；只因妃子酒醉未醒，不忍驚愛卿的好夢，特令俟明早五更鼓啟程。誰知那賊兵來得好快，方才驛馬報進宮來，說安祿山人馬，離京師只一百里地；朕沒奈何，便傳旨令各宮打動雲板，叫他們快隨朕出宮逃生去。可憐妃子平日住在深宮，嬌生慣養，如何經得這蜀道艱難！但如今也說不得了，拼著朕天子之力，保護妃子一人。妃子切莫愁苦，放心隨朕出宮去吧！」

這時楊貴妃已穿戴舒齊，那宮門口打著雲板的聲音，一陣緊似一陣的，貴妃禁不住索索亂抖，玄宗親自扶著她出宮來。一到宮門外看時，只見那班妃嬪宮娥，愁容淚眼，衣履零亂，黑壓壓地坐了一地，東一聲嬌啼，西一陣慘號。

玄宗皇帝也顧不得這許多了，自己和貴妃坐了一輛御苑中的黃蓋車，一隊御林軍士，在車兒四周擁護著；那高力士在半夜裡去開啟車店的門僱車，誰知京師地方的百姓，家家逃難，一時都把車馬僱完了。那高力士張羅了半天，整個京師地方的車店都搜查遍了，只僱得十二輛敝敝車。車上略略蓋些聲席，撿一輛略結實些的，先請虢國夫人抱著兒子坐了。

其餘十一輛，趕進宮來；各宮妃嬪坐了七輛，只剩下四輛車兒，那宮女們人人要命，見有空車兒，一擁上前，攀轅附撤，你爭我奪；有扯破衣裙的，有拉散髮髻的，頓時又起了片慘號聲。那時皇帝傳下令來，喊一聲啟駕，頓時車馬齊動；看看還有一大群宮女，未曾找得車兒坐，便是坐在車上的，也是二三十人擠著一輛車。

那車輪子輾動著，兩旁還有宮女伸著粉也似的臂膀，攀住車轅兒，不肯放的。可憐這班女孩，能有多大的氣力，只聽得一聲聲慘叫，一個個嬌軀，輾死在車輪子下面；連那車輪軸子，也染著一片腥紅的鮮血。此外還有許多妃嬪宮女，坐不著車兒的，只是互相攙扶著，啼啼哭哭，跟著一大隊車馬走去。個個走得嬌喘細細，珠淚紛紛。後面三千御林軍士，押著隊；有幾個腳小的宮女，實在趕不上前隊，落在後面，只見紅粉朱顏，與金戈鐵馬混亂走著。欲知後事如何，且聽下回分解。

長生殿梅妃受辱　馬嵬驛國忠喪生

月移梅影，萬籟無聲；這時翠華東閣上，獨倚著一個梅妃。

可憐她遠隔宮闈，如今大禍臨頭，六宮妃嬪，走得一個也不留，梅妃卻好似睡在鼓中。長門靜寂，無事早眠。她乘著絕世聰明，絕世姿容，貶入冷宮，年年歲歲，度此無聊的朝暮，叫她如何能入睡。在這月明人靜時，她兀自倚遍欄杆，對月長吁，望影自憐；忽聽得遠遠地起了一片喧擾，接著火光燭天，起自南內。

梅妃不禁一聲長嘆，自言自語道：「你看那班妖姬，徹夜笙歌，只圖自身的寵愛，也不知體惜萬歲爺的精神。」

原來唐宮中往往深夜歌舞著，又在御苑夜遊，高燒庭燎，照徹霄漢；梅妃在冷宮東閣上，時時望見。有時一派歌，傳到枕上；由不得梅妃落下幾縷傷心淚來，把枕函兒也溼透了。如今合宮妃嬪，隨著車駕，連夜逃出京去，起了一陣紛擾；在梅妃聽了，還是誤認做深宮歌舞。

直到次日清晨，那服侍梅妃的一個老宮女，慌慌張張地奔上閣來，口中連聲嚷道：「不不不好了！」

梅妃忙問：「何事？」

那老宮女說道：「只因安祿山造反，殺進潼關，直逼京師；萬歲爺已於昨夜率領六宮妃嬪，由右龍武將軍陳元禮，帶領三千御林軍士保駕，遷幸西蜀去了。如今偌大一座宮殿，花鳥寂寞，宮娥大半逃亡；只留下奴婢和娘娘二人，一旦賊至，如何是好！」

梅妃聽了，只喊得一聲：「萬歲爺！」

珠淚雙拋，一闔眼暈倒在地。宮女上去摟住梅妃的身軀，哭著嚷著，半晌，才見妃子雙目轉動，哇的一聲哭出來。嘴裡只嚷著：「我的爺爺！我的媽媽！我的萬歲！」

那宮女勸說道：「娘娘快打主意，這不是哭的時候，俺們也須逃性命為是。」

梅妃搖著頭道：「想我這薄命人，父母遠在海南，入得宮來，承萬歲爺百般寵愛，滿望恩情到頭，不料來了這不要臉的楊玉環淫婢，他媳婦兒勾搭上了公公，生生地離間了俺和萬歲的恩愛。如今身入長門，早已沒有生人趣味，又遭離亂，還要貪什麼殘生，還不如早早尋個自盡，保住了俺清白身子，死去也有面目見俺父母。」

梅妃一邊說著，淌眼抹淚的，十分淒涼，又連連催著宮女：「快逃生去吧！」

宮女哭著，說道：「萬歲爺忍心抛得娘娘，奴婢卻不忍心抛得娘娘去。奴婢這大年紀，死也死得了；況且生成薄命，空守冷宮一世，便是逃得性命出去，還是貪圖什麼來！著娘娘看待奴婢恩寵深厚，奴婢今日便拼一死守著娘娘！」

正說著，忽聽得風送來一陣喧嚷，接著一陣號哭；梅妃嚇得珠唇失色，一把拉住那宮女的手，顫聲說道：「敢是賊人到也！」

接著，她霍地推開了宮女，轉身飛也似地向樓視窗撲去。看她一聳身，正要跳下閣去，卻被宮女搶上來，緊緊地把她的纖腰兒抱住，嘴裡勸著說道：「娘娘且免煩惱，螻蟻尚且貪生，娘娘秉著絕世容顏，還當珍重。若一旦輕了生，萬歲爺有一旦迴心轉意，那時想念娘娘，何以為情？」

幾句話說得梅妃珠淚和潮水一般地直湧出來。兩人對摟著，對哭著，聽那外面哭喊的聲音，一陣緊似一陣，十分悽慘。

忽然那宮女心生一計，對梅妃說道：「奴婢有一舅家，在京師南城門外；此處打從興慶宮南便門出去，甚是近便。娘娘快隨奴婢逃出宮去，暫到舅家躲避幾時，再找萬歲爺去。」

梅妃只是搖著手說道：「萬歲爺忍心拋下我在此遭難，我也只拼此殘生結果在賊人手中，絕不再想逃避的了。姐姐既有舅家在此，正當快去。」

說著，又連連推著宮女下樓去。宮女卻站住身軀，動也不動，口中只說：「奴婢只守著娘娘，活也同活，死也同死！」

梅妃見宮女如此忠心，倒不覺感動了，忙說：「既承姐姐一番好意，俺便和姐姐一同逃生去。」

宮女聽了，才歡喜起來；急急去收拾了一些細軟，打成一小包挾著，一手扶住梅娘娘，走下東閣去。聽東北角上哭聲震地，由不得兩人兩條腿兒索索地抖動。宮女把手指著西南角上一條小徑，說道：「俺們打此路奔去，花萼相輝樓一帶，都是幽僻地方；繞過長生殿西角，出了南便門，便沒事了。」

說著，她主婢二人，向花徑疾忙行去；一路上亭臺冷落，池館蕭條，梅妃又無心去憑弔。宮女扶著她，彎彎曲曲，經過十數重門牆，卻見不到一個人影；看看走到花萼樓下，只見那窗戶洞開，簾幕隨風飄蕩著。

樓下一片草地，一頭花鹿，伸長了頸子。慌慌張張左顧右盼地走去。宮女攙住梅妃，走過九曲湖橋，迎面一座穹門；走出門去，便是長生殿西角。只見一幅輕紗，委棄塵埃，望去甚是豔膩。宮女指著那輕紗道：「這是楊娘娘的浴紗，如何拋棄在此？」

正說時，忽見西牆角下，跳出一群強人來；各各手執雪亮的鋼刀，餓虎撲羊似的，向她主婢兩人奔來。那宮女忙擎著衣袖，遮住梅妃的粉臉，急急轉身逃時，如何逃得脫身，早被四五個強人，上來捉住臂兒，動不得了。一個大漢，伸手向梅妃的粉腮兒上摸著，梅妃早嚇得暈絕過去。那宮女嚷著道：「這是一位娘娘，萬歲最寵愛的，你們須汙辱她不得！」

接著罵了幾聲賊人。那強人怒起，拾起地上那幅輕紗，活活地把那宮女勒死在東殿角上。只因這宮女說了一聲娘娘，眾賊漢把梅妃認做是楊貴妃。大家都說，俺們在邊關時，常聽得說楊貴妃長得一身好白嫩肌膚；如今果然不差，快送她到溫泉洗浴去。脫乾淨了她身上的衣裙，讓俺弟兄們也賞識賞識；究竟是怎麼一個寶物兒，害得老昏君如此為她顛倒。說著，眾人不覺大笑。內中一個大漢，上去把梅妃的身軀，好似抱嬰兒的，輕輕一抱，掮在肩頭，大腳步向華清宮走去，後面一群賊漢跟隨著。這賊漢原是安祿山的急先鋒，他們打進宮來，好似虎入平陽，四處吃人。當時各處宮殿中，原也留下逃不盡的宮女、太監，拋下拿不盡的金銀財帛；這班賊兵，見金銀便搶，見太監便殺，見宮女便奸汙。把錦繡似的三宮六院，攪得山崩海嘯，鬼哭神嚎。

只見那階頭屋角，拋棄了許多紅衫綠襖；水面樹下，浮蕩著無數女體男屍。如今這一小股強人，遭到這千嬌百媚的梅妃，如何肯幹休。可憐這梅妃暈絕過去，醒來見自己身軀被賊人掮在肩頭走著，她便倔強啼哭，那賊人一路揑弄笑謔著；看看到了華清池邊，那賊人擎刀威逼著梅妃，要她脫去衣裙，下池洗浴去。梅妃如何肯依，賊人見梅妃哭罵著，抵死不肯脫衣；便惱怒起來，親自上去，要剝梅妃的衣服。嚇得梅妃慘聲呼號著，又求著說：「大王饒命，待妾身自己脫衣。」

那賊人信以為真，便也放了手，梅妃趁勢，一轉身驚鴻一瞥，逃進錦屏去，把那門環兒反扣住了，賊人急切打不進門來。梅妃見前面一座院落，種著梅樹數十株；心想這是我歸命之所，聽那賊人，把門打得應天價響，梅妃急解下白羅帶，向梅樹下上吊去。只聽山崩似的一聲響亮，那一帶錦屏門，已被賊人打倒；趕先一個賊人，追出院子來，梅妃欲轉身逃時，腿已軟了，一跤倒在蒼苔上。

那賊人趕上前來，手起刀落；可憐梅妃脅下，已深深被砍了一刀，頓時一聲慘號，兩眼一翻，死去了。

第二天，安祿山擺駕進城，自然有一班不要臉的官員出城去迎接，遞上手本，口稱萬歲。一群文武簇擁著安祿山進宮來，在長生殿上坐朝。眾文武參拜畢，便有手下軍士，一批一批把捉住的官眷太監，和不願投降的文武官員樂工人等獻上殿去。

安祿山一一審問過了，該留的留，該殺的殺；分發已畢，便在長生殿上，大開筵宴，賜眾文武在華清池洗浴。安祿山自己在龍泉中沐浴，孫孝哲的母親，在鳳池中沐浴；兩人一邊洗浴，一邊調笑著。安祿山忽然記得梅妃，忙命人到冷宮去宣召，早已不知下落。這一晚，安祿山選了十個絕色的宮女，便在楊貴妃寢宮中睡宿；又傳命把韓國、虢國、秦國三夫人府第，楊國忠和楊家諸王府第，放一把火燒著。可憐傑閣崇樓，化為焦土；十六座府第，直燒了七天七夜。

安祿山在宮中搜颳了許多金銀財帛，用大車五百輛裝載著，遷都到洛陽地方去。安祿山從前隨侍玄宗在宮中游宴的時候，見李太白做詩，樂工奏樂，甚是有味；待玄宗遷避，樂工大半星散，便是一班學士文人，也嚇得深山中逃避。安祿山便便諭，搜尋樂工和文人；眾軍人向各處深山荒僻守方去捉捕，在十日裡面，捕捉得舊日樂工和梨園子弟數百人。安祿山便在凝碧池頭，大開筵宴；把宮中搜刮來的金銀珍寶，在殿上四周陳列起來。酒至半酣，傳諭樂工奏樂。

玄宗時候，原養有舞馬四百頭；天子避難出宮，那舞馬也逃散在人間。安祿山進京，在百姓家中，搜捉得數十頭。這時樂聲一動，好舞馬便奮鬣鼓尾，縱橫跳躍起來。眾樂工聽了舊時的樂聲，又見那舞馬被軍士鞭打著舞著，不覺想起了舊主。傷心起來，大家相看著淌下眼淚來。那音樂也彈不成調，舞馬一時亂舞起來。安祿山大怒，命軍士手執大刀，在樂工身後督看著；稍有疏忽，便用刀尖在肩背上刮刺。有一樂工名喚雷海青的，一時耐不住悲憤，便把手中琵琶，向階石上一摔，打得粉碎。

他噗的向西跪倒，放聲大哭，口中嚷：「萬歲爺！」

安祿山看了，愈是怒不可當，立喝令軍士，把雷海青揪去，綁在戲馬殿柱上，把他手腳砍去，再把他的心肝挖出來。雷海青到死還是罵不絕口的。那時有一位詩人，名王維的，也被軍士捉去，監禁在菩提寺中；聞得雷海青慘死的情形，便作一首詩道：

「萬戶傷心生野煙，百官何日更朝天？
秋槐落葉空宮裡，凝碧池頭奏管絃！」

如今再說楊貴妃與楊國忠，未出京以前遇見神鬼的事，早已預伏今日的大變。這時貴妃在長生殿中晝寢，醒來，見簾外有雲氣濛濛，罩住屋子；便令宮人走出屋子去檢視，忽見一頭白鳳，口銜天書，從空中飛下院子來，站在庭心裡。宮女十分詫怪，忙去報與貴妃知道。貴妃親自走到庭心去，命永清、念奴，設下香案拜著，把天書接來，那白鳳一伸翅，向天空飛去了。

看那天書上寫道：「敕謫仙子楊氏，爾居玉闕之時，常多傲慢；謫居塵寰之後，轉復驕矜。以聲色惑人君，以寵愛庇族屬；內則韓虢蠹政，外則國忠兼權。殊無知過之心，顯有亂時之跡。比當限滿，合議復歸；其如罪更愈深，法不可貸，專茲告示，且與沉淪。宜令死於人世。」

貴妃讀畢，心中老大一個不樂；囑令宮女守著祕密，莫說與萬歲知道。把那天書收藏在玉匣中，隔著三天，開啟玉匣看時，已不知去向了。不多幾天，那楊國忠宅門外，忽然來了一箇中年婦人，指名要拜見丞相。那看守宅門的家院，如何肯替她通報，吆著鞭子趕著打她。

那婦人大叫起來，說：「我有緊要機密大事，須面見丞相，爾等何得無禮？若不放我進去見丞相，我即刻能令宅中發火，把丞相府第燒個乾淨。那時爾等才知我的厲害呢！」

那門公聽她說出這個話來，便慌慌張張地進去，報與丞相知道。楊國忠聽了，也很是詫異，便命召那婦人進見。那婦人見了楊國忠，便正顏厲色地說道：「公身為相國，何不知否泰之道？公位極人臣，又聯國戚，名動區宇，亦已久唉。奢佚不節，德義不修，壅塞賢路，諂媚君上；年深月久，略不效法前朝房、杜之蹤跡，以社稷為念。賢愚不別，但納賄於門者爵而祿之；才德之士，伏於林泉，不一顧錄。以恩付兵柄，以愛使民牧。噫，欲社稷安而保家族，必不可也！」

國忠大怒，便喝問：「妖婦何來？何得觸犯丞相？何不畏死耶？」

婦人聽了，卻仰天哈哈大笑道：「公自不知有死罪，奈何反以我為死罪！」

國忠奴極，喝令左右：「斬下這妖婦的頭來！」

一轉顧間，這婦人忽隨地而滅。眾人見了，一齊驚惶起來。一轉眼，那婦人又笑吟吟地站在面前。國忠喝問：「是何妖婦，膽敢戲弄丞相？」

那婦人長嘆一聲，說道：「我實惜高祖、太宗之社稷，將被一匹夫傾覆；公不解為宰相，雖處輔佐之位，無輔佐之功。公一死小事耳，可痛者，國自此弱，幾不保其宗廟，亂將至矣！」

她說完了話，大笑著，出門而去。如今果然鬧得京師亡破，皇室播遷。

那玄宗帶著眾宮眷，西出長安，一路風餐露宿，關山跋涉。

將軍陳元禮，統領三千御林軍，一路保護著聖駕，在前面逢山開路，遇水填橋。忽而在前面領路，忽而在後面押隊，兵士們奔波得十分辛苦；到晚來，還要在行宮四周宿衛，通宵不得睡眠。那軍士們心中，已是萬分怨恨。那時因長途跋涉，後面輸送糧食，十分困難；只留下一二擔白米，專供應皇上御膳用的。

便是那文武大臣，都吃著糙米飯，軍士們吃的更是粗黑的麥粉，每人還不得吃飽。原是每人領一升麥粉的，這一日到了益州驛，軍士們在驛店中打尖，上面發下麥粉來，每人只有六合。軍士們大嘩起來，圍住軍糧官，聲勢凶凶的，幾至動武。那軍糧民對眾軍士道：「這是楊丞相吩咐的，只因糧食不敷，每人減去四合麥粉。」

內中有一個胖大的軍漢，跳起身來，大聲喝道：「什麼楊丞相，俺們若沒有這奸賊，也不吃這一趟辛苦了！這奸賊總有一天叫他知道俺弟兄們的厲害！」

他一句話也沒說完，便有一個軍尉，在一旁喝住他；那軍士們非但不服號令，反大家鼓譟起來，說軍尉欺壓軍士。正擾亂的時候，那大將陳元禮恰從行宮中出來，見了這情形，便喝一聲：「砍下腦袋來。」

便有校刀手上去，咯嗒一聲，把那胖大軍漢的頭斬下，便在行營號令，才把軍心震服。

看看夜靜更深，官店裡忽然並頭兒踱出兩頭馬來。在店門口執戟守衛的軍士，認得騎在馬上的，一個是楊丞相，一個卻是虢國夫人，身上披著黑色斗篷，騎在馬上，愈覺得嫵媚動人。

他兄妹二人，雖在逃難時候，卻還是互相調笑著，一路踏月行去；清風吹來，那守衛兵隱約從風中聽得楊國忠說道：「明日在陳倉官店相候吾妹。」

以下的話，便模糊聽不清了。他兄妹二人，偷著並騎出去，在野外月下偷情。直到三更向盡，還不見楊丞相回店來。守衛兵直立在門外守候著。他日間跑了一天路，已是萬分疲倦了，如今夜深，還不得安眠，冷清清一個人站在門外，由不得那身軀東搖西擺地打起瞌睡來了。看他兩眼朧著，實在支撐不住，便摟住戟桿兒，將身倚定了門欄，沉沉睡去。正入夢的時候，猛不防楊丞相從外面回來；他見這守衛兵睡倒在門檻上，便趕上去，擎著馬鞭子，颼颼幾聲，打在那軍士面頰上。一鞭一條血，打得那軍士爬在地上，天皇爺爺地直號。直打得楊丞相手痠，才喚過自己的親兵來，喝令把軍士捆綁起來，送去右龍武將軍斬首。

那陳元禮明知這軍士不至犯死罪，但丞相的命令，如何敢違，便推出轅門；正要開刀，只見將士們進帳來跪求，口口聲聲求大將軍寄下人頭。待到得蜀中，再殺未遲。看看擠滿了一屋子的將軍，陳元禮深恐軍心有變，便吩咐看在眾將士面上，暫時寄下那軍士的腦袋。那軍士鬆了綁，進來叩頭，謝過元帥不殺之恩；陳元禮吩咐打入軍牢，自有他弟兄輪流到牢中去送茶送飯，勸慰探望。

這一夜，御林軍士便藉著探望為由，軍牢中擠滿的是軍士，商量大事，十分熱鬧。第二天，萬歲啟駕，御林軍也拔隊齊起，從辰牌時分，走到午牌時分；走的全是山路，崎嶇曲折，軍士們走著，甚是辛苦。看看走到馬嵬坡，前面一座小驛，玄宗吩咐駐駕，令軍士們休息造飯，飯後再行。

楊貴妃在車中顛頓了半天，只覺筋骨痠痛，便也隨著皇帝下車，進驛門去休息。略進茶湯。玄宗攜住楊貴妃的纖手，踱出庭心，閒望一回，只見屋宇低小，牆垣坍敗。不覺嘆著氣道：「寡人不道，誤寵賊臣，致此播遷，悔之無及！妃子，只是累你勞頓，如之奈何！」

楊貴妃答道：「臣妾自應隨駕，焉敢辭勞？只願早早破賊，大駕還都便好。」

楊貴妃說著，一舉目，只見隔院露出一帶紅牆，殿角金鈴，風吹作響。便問高力士道：「巷中走去，有一門可通。」

楊貴妃便欲去拜佛，玄宗便伴著她，從夾巷中走去；到得佛院看時，卻也甚是清潔。殿中間塑著莊嚴佛像，楊貴妃見了，不由得上去參拜，口中默默祝禱著：「早平賊難，早回京師。」拜罷起身，向院中看時，只見一樹梨花，狼藉滿地。楊貴妃不禁嘆道：「一樹好花，在風雨中自開自落，甚覺可憐！」

說著，又從夾巷中回至驛店。

玄宗傳諭，命六軍齊發，今夜須趕至陳倉官店投宿。高力士便傳旨出去，右龍武將軍陳元禮，奉了聖旨，便發下號令去，令六軍齊起。誰知連發三次號令，那軍士們非但不肯奉令，卻反而大聲鼓譟起來。陳元禮全身披甲，出至門外，喝問：「眾軍為何吶喊？」

那三千軍士，齊聲說道：「祿山造反，聖駕播遷，都是楊國忠弄權，激成變亂；若不斬此賊，我等死不護駕！」

那聲音愈喊愈響，震動山谷。陳元禮正顏厲聲地喝道：「眾兵何得如此無禮！楊丞相是國家大臣，天子國舅，誰敢輕侮？」

誰知陳元禮這句話不曾說完，只見那三千桿長槍，一齊舉起，槍尖兒映著月光，照耀得人眼花。便有隨營參軍，上去悄悄地拉著陳元禮的袍袖，陳元禮才改著口氣，大聲道：「眾軍不必鼓譟，暫且安營，待我奏過聖上，自有定奪。」

眾兵士正要散去，只見那楊國忠，騎著高頭大馬，後隨著一個吐蕃使臣，遠遠地向驛店中行來。這來的，原是吐蕃和好使；國忠正要帶他去朝見天子，給眾軍士瞥見了，便齊聲喊道：「楊國忠專權誤國，今又欲與蕃人謀反。我等誓不與此賊俱生！要殺楊國忠的，快隨我等前來」

說著，三千軍士，把槍一舉，拍馬向楊國忠趕去。楊國忠見勢不佳，便撥轉馬頭，向坡下逃去。誰知山坡下早已埋伏下一隊軍士，一聲吶喊，跳出來攔住去路；楊國忠見不是路，便又向西繞過驛店後面逃去。兩路兵飛也似地追趕上去，看看追近，眾兵士齊聲大喊起來。

楊國忠的坐騎吃了一驚，把後蹄兒向天一頓，卻把個楊國忠直掀下馬來。眾兵趕上，刀槍齊舉，把個楊丞相，立時砍成肉泥；那吐蕃使臣，也死在亂兵之中。眾國士恨楊國忠深入骨髓，便搶著去吃楊國忠的肉，頃刻肉盡，便把腦袋割下來，正要去見天子；只見御史大夫魏方進，從驛店中出來，喝問眾兵道：「何故殺丞相？」

一句話未畢，眾兵大怒，只喊得一聲：「殺！」

魏方進便也被眾人殺死。又從驛店中搜出楊國忠的兩個兒子來：楊暄身中百箭而死，楊朏亦被亂刀殺死。

驛店門外，喊殺聲，號哭聲，嚷成一片。玄宗正在行宮中，只聽得圍牆外喊聲震天，把個楊貴妃嚇得玉貌失色；玄宗也不覺慌張起來。忙問：「高力士，外面為何喧嚷？快宣陳元禮進見！」

高力士急急傳諭出去，只見陳元禮跟著進來，拜倒在地。

口稱：「臣陳元禮見駕。」

玄宗問：「眾軍為何吶喊？」

陳元禮奏道：「臣啟陛下：楊國忠專權召亂，又與吐蕃私通，激怒六軍，竟將國忠殺了。」

玄宗聽了，不覺大驚失色；楊貴妃聽說哥哥被亂兵殺死，忍不住哇地哭了出來。玄宗睜大了雙眼，半天，說道：「呀，有這等事！」

說著，又低下頭去，沉思了半晌，說道：「這也罷了，快傳旨啟駕！」

陳元禮叩了頭，起來，急急出去，對眾兵高叫道：「聖旨道來，赦汝等擅殺之罪，作速起行。」

誰知眾軍士聽了，還是把個驛店團團圍定，三千軍士，直挺挺站著不動。陳元禮看了詫異，忙問：「眾軍士為何還不肯行？」

接著又聽那軍士齊聲叫道：「國忠雖誅，貴妃尚在；不殺貴妃，誓不護駕！」

陳元禮聽了，也不禁嚇了一跳，只喝得一聲：「無禮！」

那軍士個個拔出腰刀來，竟要搶進驛店來了。

慌得陳元禮忙轉進去，見了萬歲，便哭拜在地。口中奏道：「臣治軍無方，罪該萬死！」

玄宗忙問：「眾兵為何不肯起行？」

陳元禮只得奏道：「眾軍士道來：國忠雖誅，貴妃尚在，不殺貴妃，誓不起行。望陛下念大局為重，割愛將貴妃正法。」

接著，只聽得「噗通」一聲，那楊貴妃聽了此言，早已暈倒在地。玄宗忙去扶起，摟在懷中。欲知後事如何，且聽下回分解。

白綾三尺貴妃畢命　短劍一揮夫人輕生

玄宗懷中摟著貴妃，不禁流下淚來，回頭對陳元禮說道：「將軍！楊國忠縱說有罪當誅，如今已被眾兵殺了。妃子日處深宮，不問外事，國忠之事，於她何干？」

陳元禮只是叩著頭道：「聖諭極明，只是軍心已變，如之奈休！」

玄宗面有怒容，說道：「如何將軍也說此話，快去曉諭眾軍士，莫再不知高低，出此狂言。」

陳元禮嚇得低下頭去，喏喏連聲。正要退去，只聽得驛門外軍士們又是一陣鼓譟，喊聲震天，口口聲聲說：「快殺下楊貴妃的頭來！」

陳元禮急跪倒在地，叩著頭道：「聽軍士們如此喧譁，教小臣如何去傳旨！」

楊貴妃也跪倒在一旁，嗚咽著說道：「萬歲呵！事出非常，教臣妾驚嚇死也！妾兄既遭亂兵殺死，如今又波累臣妾；這是妾身和眾軍士前生注定的冤孽，看眾兵如此凶橫，諒來也躲避不得。萬歲爺龍體為重，事到如今，也說不得了，望吾皇拋舍了奴吧！」

楊貴妃話不曾說完，止不住嚶嚶啜泣。玄宗看了，心如刀割，一手拉住貴妃的手，只是頓足嘆氣。猛可地見有七八個兵士，衝進驛門來，大喊道：「不殺貴妃，死不護駕！」

陳元禮急拔佩劍上去，砍倒了一個，其餘的兵士才退出去。楊貴妃看了，只喊得一聲：「萬歲！」早又暈絕地去。陳元禮又說道：「臣啟陛下，貴妃雖說無罪，國忠實其親兄。今在陛下左右，軍心難安；若軍心安，則陛下安矣。願陛下三思。」

玄宗也不及聽陳元禮的話，只摟抱著楊貴妃，一聲一聲「妃子」喚著；楊貴妃「哇」的一聲哭著，醒來又止不住悲悲切切地嗚咽著。忽見高力士慌慌張張地進來，說道：「啟萬歲爺，外廂軍士已把守門武士打死；若再遲延，恐有他變，這怎麼處！」

玄宗道：「陳元禮快去安撫六軍，朕自有道理。」

陳元禮就了一聲：「領旨！」

急急轉身出去。

玄宗只聽那驛門外又起了一片吶喊之聲，高力士又急忙進來，奏道：「萬歲爺不好了！那陳將軍奉旨出去，不曾說得半句話，軍士們鼓譟起來，齊說快拿貴妃頭來，不必囉唆！竟有一隊軍士，要衝進門來；陳將軍沒奈何，拔刀親自殺死了幾個。

誰知軍士們大怒，三千人一齊向陳將軍擁來，陳將軍力難支架。

萬歲爺快傳諭去禁止！」

玄宗聽了，忙把貴妃交給永清、念奴扶持著，大跳步親自向驛門外走去。一眼見陳將軍滿面流血，頭盔倒掛，一手擎劍，向眾兵士支架著。那軍士們來勢甚凶，陳元禮且戰戰退；看看退進驛門來，一眼見玄宗皇帝直立在門中，眾軍士立刻如潮水一般直向門外退去，口稱「萬歲」，一齊拜倒在地。口稱：「萬歲爺快打發貴妃登天！」

陳元禮也高叫道：「萬歲爺自有道理，眾軍士不得喧譁。」

說著，兩眼不住地望著玄宗。當時有京兆司錄韋鍔隨駕在側，低聲奏道：「乞陛下割恩忍愛，以寧國家。」

那軍士們不見皇帝下旨，人人變了臉色，大家拿手去摸著刀槍，陳元禮看了，急站在當門，高叫道：「眾兵不得無禮，萬歲爺快要降旨了！」

說著，保護著玄宗，退進院子去。

玄宗走至馬道北牆口，便站住腳，嘆道：「堂堂天子，不能庇一婦人，教朕有何面目去見妃子！」

說著，那永清、念奴扶著楊貴妃，從馬道迎接出來，跪下地去，奏道：「臣妾受皇上深恩，殺身難報；今事勢危急，望賜臣妾自盡，以定軍心。

陛下得安穩至蜀，妾魂魄當隨陛下，雖死猶生也！」

玄宗一見楊貴妃這可憐樣子，心中又不忍起來，扶住貴妃，說道：「妃子，說哪裡的話，你若死了啊，朕雖有九重之尊，四海之富，要他則甚？寧可國破家亡，絕不願拋棄你也！」

說著，把靴尖兒一頓，扶住了貴妃，轉身欲進屋子去；正在這時候，忽聽得門外震天價唿喇喇的一聲響，接著地面也震動起來。玄宗和楊貴妃臉上都變了色，高力士奔進來，氣喘吁吁地說道：「外面兵士，不見聖旨，便耐不住一擁擠，把門外照牆推倒了。情勢萬分危急，望萬歲爺快傳諭旨，立賜娘娘自盡，實國家之福也！」

接著左右大臣，及陳元禮，也齊身跪倒，口稱：「萬歲爺聰明神智，當機立斷，不可再緩。」

楊貴妃也哭著說道：「事已至此，無路求生；若再留戀，倘玉石俱焚，益增妾罪。望陛下舍妾之身，以保國家。」

接著，眾大臣也說道：「娘娘既慷慨捐生，望萬歲爺以社稷為重，勉強割恩吧！」

玄宗到此時，弄得左右為難，眼向左右看著，半晌，一頓足，說道：「罷罷！妃子既執意如此，眾臣工又相逼而來，朕也做不得主了。高力士，只得但憑娘娘吧！」

說著，舉手把袍袖遮著臉，那淚珠直向衣襟上灑下來。

玄宗一放手，貴妃倒在地下，捧住玄宗的靴尖，嗚咽痛哭。

那左右大臣見皇帝下了旨，便齊呼：「萬歲！」

陳元禮便急急走出驛門去，對眾軍士大聲說道：「眾軍聽著，萬歲爺已有旨，賜楊娘娘自盡了。」

那三千軍士，又齊聲高呼：「萬歲，萬歲，萬萬歲！」

裡面高力士，去把楊貴妃扶起。貴妃向眾大臣說道：「願大家好住，善護陛下；妾誠負國恩，死無恨矣！」

高力士遞過一幅白羅巾去，楊貴妃接在手中。玄宗嗚咽著說道：「願妃子善地受生！」

楊貴妃也說道：「望萬歲爺勿忘七夕之誓。」

永清、念奴，扶著拜謝過聖恩，高力士上去，扶過來，說道：「那邊有一座佛堂，正是娘娘的善地。」

楊貴妃也說道：「待我先去禮拜過佛爺。」

回過臉兒去對玄宗說了一句：「萬歲珍重！」

便倚住高力士肩頭，向佛堂行去。玄宗眼眶中滿包著淚珠，望著貴妃去遠，不見影兒了。永清、念奴二人上去扶住，回進屋子去。

那高力士扶楊貴妃進了佛堂，跪倒在蒲團上，口中祝禱著道：「佛爺，佛爺！念俺楊玉環罪孽深重，望賜度脫！」

高力士也在一旁跪下祝禱著道：「願佛爺保佑俺娘娘，好處生天。」

禱畢，去把貴妃扶起；自己跪下，說道：「娘娘有甚話兒？快吩咐奴婢幾句。」

楊貴妃道：「高力士！聖上春秋已高，我死之後，只有你是舊人，能體聖意，須索要小心奉侍；再為我轉奏聖上，今後休要念我這薄命人了！」

說著，不禁又嗚咽起來。高力士道：「奴婢把娘娘的話切記在心。」

楊貴妃住了悲聲，又說道：「高力士！我還有一言。」

說著，從懷中拿出鈿盒來，從髻上除下金釵來，交與高力士道：「這金釵一對，鈿盒一枚，是聖上定情時所賜，你可將來與我殉葬，萬不可遺忘！」

高力士接過釵盒，口稱：「奴婢曉得。」

貴妃還想囑咐幾句話，鐵聽那佛堂門外又有一群軍士，高叫道：「楊妃既奉旨賜死，何得停留，稽遲聖駕！」

接著唿唧唧一聲，眾軍士把廟門開啟，蜂擁進來；高力士急上前攔住，大聲說道：「眾軍士不得近前，楊娘娘即刻歸天了！」

楊貴妃在佛堂上，聽得眾軍士鼓譟，便也不敢延挨，急急走出院子來，向四處尋找；一眼見院中一株梨花樹，便嘆道：「罷罷，這一枝梨花樹，便是我楊玉環結果之處了！」

說著，跪下，向空叩謝聖恩，口稱：「臣妾楊玉環，叩謝聖恩！從今再也不得想見了！」

高力士上去，只說得一句：「奴婢罪該萬死！」

便幫著貴妃，把羅巾套在粉頸子上，向空中一吊，便氣絕身死。那門外的軍士，還是一聲聲地催逼著；高力士解下貴妃頸上的羅巾來，擎在手中，拿出去給軍士們看。說道：「楊妃已死，眾軍速退！」

那軍士們卻仍是兀立著不動，高力士去把陳元禮請來，陳元禮問眾軍士道：「眾軍士為何不退？」

那軍士們齊聲說：「未見楊妃屍體，軍心未安。」

陳元禮便率領數十名軍士，走進院子來；高力士把楊貴妃的屍身，陳設在庭心裡，上用錦被覆著。

那軍士們繞成一個圈兒，圍定了楊妃的屍體，陳元禮上去，用手臂挽起楊妃的頸子來，軍士們見楊妃果然死了，便齊喊一聲萬歲！退出門去，立刻解了圍。

那高力士拿了那幅白羅巾，和金釵鈿盒去見皇帝，跪奏道：「啟萬歲爺，楊娘娘歸天了！」那玄宗靠定在案頭，怔怔地出神。高力士跪在一旁，候了半天，玄宗好似不曾看見。高力士又奏道：「楊娘娘歸天了！有自縊的白羅巾在此，還有金釵鈿盒在此。」

玄宗才跳起身來，接過羅巾去，大哭道：「妃子！妃子！兀地不痛煞寡人也！」

高力士忙勸道：「萬歲且免悲哀，收拾娘娘遺體要緊。」

玄宗道：「倉卒之間，怎生整備棺槨？也罷！權將錦褥包裹，須要埋好，記明，以待日後改葬。這釵盒就與娘娘殉葬吧。」

高力士答應一聲：「領旨！」

正要起去，忽見小黃門頭頂冰盤，獻進荔枝來。玄宗見了，又是一場嚎啕大哭；吩咐高力士，拿荔枝去祭著妃子。高力士祭殮已畢，抱著妃子屍身，去在馬嵬西郊外一里許道北坎下埋葬下。楊妃死時，年只三十八歲，鑾駕駐紮在馬嵬驛中，初因軍士要殺貴妃，不肯護駕，如今已殺了貴妃，只因玄宗皇帝哭念貴妃，也不肯啟駕。一連在驛店中住下了五天五夜，陳元禮和高力士二人，天天勸皇上啟駕，玄宗頓足說道：「咳！我不去四川也值什麼！」

陳元禮與高力士商議，取美酒置在皇帝案頭；皇帝終日兀坐案頭，悶悶地不說一句話，見有美酒，便一杯一杯飲著。直把個皇帝吃得醉醺醺的，高力士悄悄拉馬過來，扶皇帝上馬。眾軍士一聲吶喊，掌起大旗，浩浩蕩蕩，投奔陳倉大路而來。

這陳倉原是一個熱鬧去處，人民殷富，市煙繁盛；楊國忠在這地方，置有田產房屋。如今時局變亂，楊國忠早把一家姬妾，珍寶細軟，搬運在陳倉別業中，不料自己在馬嵬坡被亂兵殺死，丟下心愛的姬妾財帛，都孝敬與陳倉縣令薛景仙一人享用。

那薛景仙，原是楊丞相的心腹，做了十年相府家人；只因楊國忠有產業置在陳倉地方，特派薛景仙放到此處來，做一位縣令，藉便可以照管楊丞相的財產。這楊丞相何處置有田莊，何處造著房屋，何處藏有銀錢，別人都不甚清楚，只有薛景仙一人知道；又哪一位姬人最是年輕，哪一位姬人最是美貌，哪一位姬人最是風騷，薛景仙在相府中日子伺候得最久，也只有薛景仙一人知道。

楊國忠的正夫人裴氏，名柔，原是蜀中的妓女，長得白淨肌膚，嫵媚容貌。薛景仙已久看在眼中，記在心頭；如今天從人願，楊國忠把一家細弱，都寄託給薛景仙。虢國夫人和裴氏，事住著一個院子。那虢國夫人的輕盈姿態，風騷性格，又是叫這薛景仙魂夢顛倒的。到這時候，一聽說楊丞相被亂兵殺死，他便老實不客氣，把楊國忠一生辛苦積蓄下的財帛田屋，和姬妾奴婢，他便一齊霸占了去。一面打發一隊兵士，來取裴氏和虢國夫人二人。

虢國夫人正在妝樓上淡掃蛾眉，忽見她的幼子名徽的，慌慌張張跑上樓來，哭嚷道：「強盜殺進來了」

那虢國夫人住在這別院，只因自己長得美貌，卻時時怕有強人來欺侮她；如今聽說果然強盜來了，她便擲下畫眉筆，一手拉她兒子，一手拉住她女兒，急急奔下樓去。只聽那前面院子裡吶喊聲一陣緊一陣，便知大事不好，急轉身向後花園奔去，走過那西書房，只見夫人裴氏，一手扶著小姐，站在書房門口發怔。一見了虢國夫人，兩人便對拉著手，對哭著。虢國夫人說道：「快逃生要緊！這不是啼哭的時候。」裴氏把兩只小腳兒，連連頓著，哭道：「叫我何處去逃生！」虢國夫人把手指著那後門，拉著裴氏的手，走出了書房，向後園門奔去。這座後門，遠隔著一片湖水，湖面上架著九曲長橋，她姑嫂二人，向橋上奔去。看看奔到跟前，忽聽得喫喇一聲響亮，那兩扇後門，一齊倒地；一大群強人，各各手執刀劍，殺進門來。虢國夫人喊一聲不好，帶著她女兒，轉身又向湖對岸逃去。

看看奔進了一座大竹林中，那裴氏一蹲身，坐在地下，只有哭泣的份兒。虢國夫人到此時，也不覺淒然淚下。耳中只聽得一陣陣喊殺，夾著牆坍壁倒的地聲音。裴氏說道：「想我們年輕女子，一旦落在賊人手中，還有什麼好事；倒不如俺們趁賊人不見，早尋個自盡吧。」

一句話不曾說完，只見虢國夫人從裙帶下解下一柄羊角尖刀來，一閉眼，向粉脖子上抹去。她兒子、女兒眼快，急上去攀住他母親的手臂，哭嚷道：「母親若死了，卻叫孩兒去靠誰？」

一句話，觸動了她的心事。母子三人，抱頭艱哭了一回，忽見虢國夫人含著一眶眼淚，睜大了眼睛，咬一咬牙齒，只把刀尖向她兒子胸前一送，又向她女兒咽喉上一抹，接著兩聲「啊喲」，這一對玉雪也似的兒女，一齊倒下地去死了。裴氏在一旁，看了這形狀，嚇得腿也軟了。

一蹲身坐在地上，哭著說道：「夫人慈悲，快把俺這薄命的女兒，也送她上天去吧！」

一句話未了，虢國夫人竟也搶上去，一刀戳在腰眼裡；只見一個粉脂嬌娃，倒下地去，只嚷了一聲：「媽！」

兩眼一番，死過去了，裴氏看了，心如刀割，一縱身上去，抱住女兒的屍身，嚎啕大哭。這時虢國夫人，好似害了癲狂病一般，兩眼直射，雲髻散亂；看著地下倒著的屍身，只是哈哈大笑，笑夠多時，她忽然仰天一聲大叫，拿刀子用力向自己頸子上抹去。那鮮紅的血，和泉水似的，直湧出來。接著虢國夫人的嬌軀，倒在地下，那泥土也染著一大灘血。裴氏看了，便也不哭；急上去從虢國夫人手中搶得那柄尖刀，回手向自己酥胸口刺去。只見竹林子外奔進一群強人來，把她手中尖刀奪去；一人一條玉臂，拉著便走。可憐裴柔原也是一個絕世美人，竟不能免強人之手，送去充作薛景仙的姬妾；那虢國夫人，因氣管尚未斷，一時痛醒過來，血流滿頸，直延挨到第二天，才氣絕身死。薛景仙吩咐，將她子女的身體，一併抬出東郭十餘里道北白楊樹下埋葬。

第三日，陳元禮御林軍趕到，又從深山中搜尋出楊國忠的第三子楊晞來殺死，又殺楊國忠的同黨翰林學士張漸、竇華、中書舍人宋昱、吏部郎中鄭昂，都是逃在深山中，被鄉民搜出來的。那楊國忠的四子楊曉，逃去漢中地方，被漢中王瑀捉住，活活打死。楊氏一門俱已殺盡，軍心大快。

獨是玄宗皇帝心中淒涼萬狀，三千御林軍士，簇擁著勉強上道，騎在馬上，長吁短嘆。高力士在一旁，故意指點著遠山近水，玄宗如何有心賞玩。勉強又行了一程，到了扶風地面，駐蹕在鳳儀宮內。高力士收拾寢枕，玄宗只是怔怔地忘了睡眠；又獻上酒餚，玄宗也是沉沉的忘了飲食。整日裡淌眼抹淚，廢寢忘餐。高力士看了，心中也是愁悶；也曾勸過幾次，玄宗終是唸著妃子，少也要喚三百遍，常常自言自語地說道：「空做一朝天子，竟成千古罪人！」

一個人不停步地在屋子裡踱來踱去。

忽然有一個農人，名郭從謹的，煮得一盂麥飯，獻進宮來。

高力士見皇上終日愁眉不解，正無可勸慰；今見有野老獻飯，便欲藉此分解萬歲的愁懷。便傳進話去，奏道：「扶風農人郭從謹特煮一盂麥飯，特欲進獻萬歲。」

玄宗聽了，卻不覺歡喜起來，忙傳旨召扶風鄉老郭從謹進宮來。那郭從謹頭頂麥飯，進宮來跪倒在當殿。口稱：「草莽小臣郭從謹見駕。」

玄宗便問：「你是何處人氏？」

那郭從謹奏道：「小臣生長在扶風地方，如今六十歲年紀了，託聖天子庇宇，年年風調雨順，國泰年豐；如今聽得御駕出巡，來到扶風地面，小臣特備得一盂麥飯，匍匐奉獻。野人一點忠心，望吾君莫嫌粗糲。」

玄宗笑說道：「寡人晏處深宮，從不曾嘗得此味；難得汝一片忠心，如今生受你了！高力士，快取上來。」

玄宗就那瓦盂吃了幾口麥飯，連稱：「好香甜的飯兒！」

那郭從謹在一旁又奏道：「陛下今日顛波，可知為誰而起？」

玄宗也問道：「你道為著誰來？」

郭從謹奏道：「陛下若赦臣無罪，願當冒死直言。」

玄宗命高力士扶此老人起來，又傳諭老人：「從直說來。」

那郭從謹便高聲說道：「都只為楊國忠，依勢猖狂，招權納賄；他與安祿山朋比為奸，流毒十年，天怒神怨。」

玄宗嘆道：「國忠弄權，祿山謀反，教寡人如何知道？」

郭從謹奏道：「這安祿山久已包藏禍心，路人皆知，去年有人上書告祿山謀反，誰知陛下反賜誅戮，從此言路盡塞，誰肯冒死上言？」

玄宗嘆著氣道：「此皆朕之不明，以致於此！從來說的，斟量明目達聰，原是為君的當虛心察訪。朕記得姚崇、宋璟為相的時候，屢把直言進諫，使萬里民情，如在同堂。不料姚、宋亡後，滿朝臣宰，一味貪位取榮。郭從謹呵！倒不如你草野之臣，心懷忠直，能指出叛臣奸相。」

郭從謹奏道：「若不是陛下巡幸到此，小臣如何得見天顏。如今話已說多了，陛下暫息龍體，小臣告退。」

玄宗便在衣帶上解下一方佩璧，賜與郭從謹說：「拿去做個紀念吧！」

郭從謹得了璧，連連叩頭謝恩。

郭從謹退去，高力士又上去奏稱：「現有成都節度使差遣使臣，解送春彩十萬疋，來得行宮，候萬歲爺發落。」

玄宗傳旨道：「春彩照數收明，打發使臣回去。」

玄宗和郭從謹談論一番，心中略覺寬舒；內侍獻上御膳，玄宗也略略進了半盞。

起身閒行到宮門口，忽記得那春彩十萬疋，如今嬪嬙散盡，歌舞停息，要這春彩何用？便喚高力士：「可召集御林軍將士，來宮口聽朕面諭。」

高力士便在宮門外高聲叫道：「萬歲爺宣召龍武軍將士聽旨。不須一刻工夫，那班將士，全身甲冑，齊集在宮門口，口稱：「龍武將軍叩見萬歲爺！」

玄宗對眾將士道：「將士們聽朕傳諭，如今變出非常，勞爾等宵行露宿，遠涉關山。今日大難已脫，奸相已除，爾等遠離故鄉，誰沒有個父母妻兒之念？此去蜀道難如登天，朕不忍累爾等抛妻撇子，就今日便可各自回家。朕待獨與子孫輩慢慢地捱到蜀中。高力士可將使臣進來的春彩，分給將士，以為回鄉盤費。」

眾將士聽了萬歲諭旨，不覺一起落下淚來，同聲說道：「萬歲爺聖諭及此，臣等寸心如割！自古道，養軍千日，用在一朝；臣等不能預滅奸賊，使陛下有蒙塵之難，已是罪該萬死。如今臣等護從陛下至此，便死也願從行。從來說的，軍聲壯天威，這春彩臣等斷不敢受，請留待他日記功行賞。」

玄宗道：「爾等忠義雖深，但朕心實有不忍，還是各回家鄉去吧。」

當時陳元禮在一旁，便忍不住說道：「呀！萬歲爺如此厭棄臣等，莫不因貴妃娘娘之死，有些疑惑麼？」

玄宗道：「非也。只因朕此次蒙塵，長安父老，頗多懸望；你們回去呵，煩為傳說，只道是朕躬無恙。」

眾軍士聽了，齊聲說道：「萬歲爺休出此言，臣等情願隨駕，誓無二心！」

玄宗點頭嘆息道：「難得眾軍一片忠義，只今天色已晚，今夜就此權駐，明日早行便了。」眾軍士齊稱領旨，退去。

第二天，高力士依舊扶玄宗上馬，軍士排隊先行。玄宗在馬上，看著四面山色，不住地嘆著氣說道：「對此鳥啼花落，水綠山青，無非助朕悲懷，如何是好！」

高力士奏道：「萬歲爺途路風霜，十分勞頓，請自排遣，勿致過傷。」

玄宗嘆道：「高力士，朕與妃子坐則並幾，行則隨肩，今日倉猝西巡，斷送她這般結果，教寡人如何撇得下也！」

說著，不禁把袍袖抹著眼淚。一隊旌旗槍戟，緩緩向山腰棧道行來。玄宗皇帝騎在馬上，好似酒醉的一般，痴痴迷迷，歪歪斜斜，馬蹄兒一腳高一腳低走著。高力士見了，忙趕上前去，攏住萬歲的轡頭，奏道：「前面已是棧道了，請萬歲爺挽定絲韁，緩緩前進。」

才走到半山上，忽然一陣風來，挾著雨點，向玄宗皇帝迎面撲來。

看那雨勢，愈下愈大了。恰巧前面一座高閣，依著山壁造成。

高力士看看萬歲爺鬚眉上都掛著雨點，淋淋漓漓地溼滿了衣襟，他好似毫不覺得，只是愁眉淚眼地冒雨行去。高力士跳下馬來，向前去挽住轡頭，奏道：「雨來了，請萬歲暫登劍閣避雨。」

玄宗如夢初醒一般，抬起頭來，向空中一望，兀自驚詫著道：「怎麼好好的天，卻下起雨來了。快吩咐軍士們，暫且駐紮，雨住再行。」

軍士們聽了，齊呼一聲萬歲。滿山峽上支起篷帳來躲雨。欲知後事如何，且聽下回分解。

蜀道中玄宗讓位　新殿上龜年罵賊

玄宗避雨，走上劍閣去；登高一望，只覺山風削面，冷雨敲窗，景象十分淒楚。耳中又聽得一陣陣鈴聲嗚咽，便問高力士道：「你聽那壁廂不住的聲響，聒的人好不耐煩，高力士，看是什麼東西？」

高力士忙奏道：「那是樹林中的雨聲，和著簷前鈴鐸，隨風而響。」

玄宗道：「呀，這鈴聲鉤得人心碎，這雨聲打得人腸斷，好不做美也！高力士，拿著玉簫來吹著，待朕歌一曲解悶兒。」

高力士便從靴統中拿出一支玉簫來，吹著。玄宗依聲唱道：

「梟梟旗旌背，殘日風搖影；匹馬崎嶇怎暫停。只見烏雲黯淡無昏暝，哀猿斷腸，子規叫血，好叫人怕聽。兀的不慘殺人也麼哥！兀的不苦殺人也麼哥！蕭條恁生，峨嵋山下少人行；雨冷斜風撲面迎。」

玄宗唱完這第一闋，不覺喉中悲哽，略停了一停。高力士簫聲又吹著第二折，玄宗接著唱道：

「淅淅零零，一片淒然心暗驚，遙聽隔山隔樹戰，合風雨高響低鳴。一點一滴又一聲，一點一滴又一聲；和愁人血淚交相迸！對這傷情處，轉自憶荒塋；白楊蕭瑟雨縱橫，此際孤魂淒冷，鬼火光寒，草間溼亂螢。只悔倉皇負了卿！負了卿，我獨在人間，委實地不願生。語娉婷，相將早晚伴幽冥。一慟空山寂，鈴聲相應，閣道峻嶒，似我迴腸恨怎平。」

玄宗唱到末一句，心中萬分淒涼，便止不住掩面嗚咽起來。

高力士拋下玉簫，急上前勸慰。玄宗一時勾起了傷心，如何止得住，慌得那文武百官，都上閣來，跪求萬歲爺暫免悲哀。

好容易勸住了玄宗的傷心，忽見遞到太子的奏本，說太子率領諸親貴，避難在靈武關。反賊安祿山，攻破京師，大掠宮廷；建設偽都於洛陽，自稱天子。現由靈武郡太守郭子儀統帶十萬雄兵，收復京師，進逼洛陽，殺平賊寇，在指顧間事。請父皇迴鑾，早視朝政。玄宗看了這道奏章，略略開顏；便把太子奏本遞與群臣觀看，百官齊呼萬歲。玄宗便與眾大臣商議，京師不可一日無君，如今朕決意傳位與太子，先在靈武設朝，俟郭子儀殺平賊寇，再回京師。

文武官員聽說玄宗欲退位，卻齊聲勸諫；無奈玄宗因死了貴妃，萬事灰心。他看這天子之位，有如敝屣，一任百官如何勸說，玄宗便親自寫下詔書；當日遣發使臣，捧了傳國璽冊令，文武官員，一齊隨同使臣回靈武關去，侍奉新天子登位。一面又下詔：拜郭子儀為朔方節度使，即率本軍人馬，火速進剿。眾文武見勸不轉玄宗的心意，只得辭別太上皇，回靈武去。玄宗親自下閣，送眾文武登程。這時風息雨止，高力士傳諭軍士們，前面起駕，一隊人馬簇擁著玄宗皇帝，依舊向萬山叢杳中行去。

不多幾天，便到了成都。玄宗太上皇，在行宮住下，依舊朝朝暮暮，想著楊貴妃，淌眼抹淚，長吁短嘆地過著日子。這晚，玄宗在行宮中哭念貴妃，耳中聽那風吹鐵馬，雨打梧桐，哭倦了不覺伏案睡去。恍恍惚惚，又到了那馬嵬坡下。只見那楊貴妃，頸上掛著白色羅巾，飄飄蕩蕩地從那座佛堂中出來；玄宗急搶上去，跟在後面。聽楊貴妃一邊走著，一邊說道：「我楊玉環隨駕西行，剛到馬嵬驛內，不料六軍變亂，立逼投繯。」

說著，止不住嚶嚶啜泣。玄宗看了，心中萬分憐惜，欲上去拉住妃子的衣袖勸慰一番；說也奇怪，任你如何奔跑，只見楊妃飄飄蕩蕩地走在前面，總是趕不上的。看楊妃哭泣一回，又追趕一回；走在一片荒野地方，她便站住了，望著前面煙樹蒼茫，貴妃又不禁淒苦起來。哭道：「不知聖駕此時到何處了！我一靈渺渺，飛出驛中，不免望著塵頭，追隨前去。」

看楊貴妃在一條崎嶇山路上，正一顛一蹶地趕著；轉過山坡，前面樹梢上露出一簇翠旗尖兒來，楊妃口中說道：「呀，好了，望見大駕，就在前面了！」

不免疾忙趕上去。看貴妃拽著翠裙兒，又趕了一陣；忽見迎面起了一陣黑風，風過處，把眼前的道路遮斷了，那翠蓋旌旗都不見了。楊貴妃不由得大哭一聲，坐倒在地，喊一聲：「好苦啊！」

便一聲「天」一聲「萬歲」地哭嚷著。玄宗在一旁看著，好似萬箭穿心，只苦得不能近身去勸慰，只遠遠地站著，高聲喊道：「妃子，莫苦壞了身兒，有朕在此看管著你。」

一任玄宗如何叫喊，那貴妃兀自不曾聽得。

一轉眼，見那邊愁雲苦霧之中又有個女子，躲躲閃閃地行來；待走近身旁看時，原來便是虢國夫人。只見她滿臉血汙，後面追上兩上鬼卒來，喝道：「哪裡去！」便上去一把揪住。

那虢國夫人便哀聲求告道：「奴家便是虢國夫人，當年萬歲爺的阿姨。」

那鬼卒大笑道：「原來就是你，你生前也忒受用了，如今且隨我到枉死城中去！」

說著，便不由分說，上去揪住一把雲髻，玄宗看了，想起從前在曲江召幸的恩情，便撲身上前去救護，口中高喊：「大唐天子在此，不得無禮！」

一轉眼，那虢國夫人和二鬼卒，都失去了形跡。急向四面看時，那邊又來一個男子，滿身鮮血。飛奔前來，後面一群鬼卒，追打著那男子，跑到玄宗跟前，跪翻在地，不住地磕頭求救道：「萬歲爺，快救臣性命！」

玄宗看時，原來便是楊國忠。正慌張的時候，那鬼卒趕上來，一把揪住楊國忠的衣領，大聲喝道：「楊國忠，哪裡走！」

楊國忠用手抵抗著道：「呀，我是當朝宰相，方才被亂兵所害，你們做甚又來攔我？」

那鬼卒罵道：「奸賊！俺奉閻王之命，特來拿你，還不快走！」

楊國忠道：「你們趕我到那裡去？」

那鬼卒冷笑著道：「向酆都城，教你劍樹刀山上尋快活去！」

正紛爭著，那楊貴妃到了跟前，一見了楊國忠，便嚷道：「這不是我的哥哥，好可憐人也！」

楊國忠見了自家妹子，正要撲上前去招呼，那鬼卒如何容得，早用撾打著，腳踢著推推搡搡地去了。

那楊貴妃見捉了國忠去，便自言自語道：「想我哥哥如此，奴家豈能無罪。雖承聖上隆恩，賜我自盡，怕也不能消滅我的罪孽。且住，前途茫茫，一望無路，不如仍舊回馬嵬驛中去，暫避幾時。」說著，便轉身找舊路行去。玄宗見貴妃在前面獨自行走著，便在後面追趕著，口中高叫道：「妃子，快隨朕回行宮去。」

那楊妃卻不曾聽得，兀自在前面走著。玄宗如何肯舍，便一步一步地在後面跟著；看看走到馬嵬西郊道北坎下，白楊樹上，用刀尖兒挖著一行字道：「貴妃楊娘娘葬此。」

玄宗看了，也止不住眼淚潮水似一般直湧出來。那楊貴妃的魂兒，見了樹下一堆新土，也不禁悲悲切切地說道：「原來把我就埋在此處了！唉，玉環，玉環！這冷土荒塋，便是你的下場頭了！且慢，我記得臨死之時，曾吩咐高力士將金釵鈿盒，與我殉葬，不知曾埋下否？就是果然埋下呵，還只怕這殘屍敗蛻，抱不牢這同心結兒！待我來對她叫喚一聲，看是如何。楊玉環！楊玉環！你的魂靈兒在此，我如今叫喚著你，你知也不知。可知道在世的時候，你原是我，我原是你。呀，你如今直怎地這般推眠裝臥！」

玄宗站在楊貴妃身後，也撐不住頻頻把袍袖兒提著淚珠。正淒惶的時候，只見一個白髯老者，拄著枴杖行來。玄宗上去拉住問道：「你是何人？敢近俺妃子的葬地。」

那老人見問，便道：「小神是此間馬嵬坡土地，因奉西嶽帝君之命，道貴妃楊玉環，原系蓬萊仙子，今死在吾神界內，特命將她肉身保護，魂魄安頓，以候玉旨。」

說著，便上去，擎著手中的拂塵帚，向楊貴妃肩上一拂道：「兀那啼哭的，可是貴妃楊玉環鬼魂麼？」

楊妃答道：「奴家正是，老丈是何尊神？」

那土地神說道：「吾神乃馬嵬坡土地。」

楊妃斂衽說道：「望神與奴做主。」

土地神點著頭道：「貴妃聽我道來，你本是蓬萊一仙子，因微過謫落凡塵；今雖限滿，但因生前罪孽深重，一時不得昇仙。吾今奉嶽帝敕旨，一來保護貴妃肉身，二來與貴妃解去冤結。」

那土地神說著，伸手把楊貴妃頸子上的白羅巾解去。

楊貴妃又向土地神道著萬福，說：「多謝尊神！只不知奴與皇上，還有想見之日麼？」

土地神便搖著頭道：「此事非小神所知，貴妃且在馬嵬驛佛堂中暫住幽魂，待小神復旨去也。」

那土地神一轉身，便不見了。

玄宗看楊貴妃一人獨立在白楊樹下，便趕上前去，向她招手兒，口稱：「妃子快隨朕回行宮去，莫再在此淒涼驛店中棲身。」

那楊妃卻睬也不睬，一低頭，向馬嵬驛佛堂中走去。玄宗也跟進佛堂去，一閃眼，卻失了妃子所在，抬頭看時，只見滿天星斗，寒月十分光輝。那楊貴妃又從屋子裡轉出來，走在庭心裡，抬頭望著，自言自地說道：「你看月淡星寒，又到黃昏時分，好不淒涼煞人！我想生前與皇上，在西宮行樂，何等榮寵；今一旦紅顏斷送，白骨冤沉，冷驛荒垣，魂淹滯，有誰來憐惜奴身！」

說著，從袖中拿出金釵鈿盒來，在月光下把玩一回。只聽楊貴妃淒淒地唱著《涼州曲》調道：「看了這金釵兒雙頭比並，更鈿盒同心相映；只指望兩情堅，如金似鈿，又怎知翻做斷綆。若早知為斷綆，枉自去將他留下了這傷心把柄。記得盒底夜香清，釵邊曉鏡明，有多少歡承愛領；但提起那恩情，怎教我重泉目瞑？苦只為釵和盒那夕的綢繆，翻成做楊玉環這些時的悲哽！」

玄宗聽了，點頭嘆息道：「想朕在長生殿中，最愛聽宮女們唱《涼州曲》調；不想如今聽妃子唱出這淒涼聲音來。」

接著，又聽楊貴妃嘆道：「咳，我楊玉環生遭慘毒，死抱沉冤，或者能悔前愆，得有超拔之日，也未可知。且住，只想我在生所為，那一樁不是罪案。況且兄弟姊妹，挾勢弄權，罪惡滔天，總皆由我，如何懺悔得盡。不免趁此星月之下，對天哀禱一番。」

說著，她便在當庭撲地跪倒，對著那星月，深深下拜。口中祝告著道：「皇天皇天！念俺楊玉環呵，生前重重罪孽，折罰俺遭白綾之難；今夜俺對天懺悔，自知罪戾，望皇天宥我。只有那一點痴情，做鬼也未曾醒悟；想生前那萬歲爺待我的一番恩愛，到如今縱令白骨不能重生，也拼著不願投生。在九泉之下等待俺萬歲到來，重證前盟。那土地神說我原是蓬萊仙子譴謫人間，天呵，只是奴家如何這般業重。不敢望重列仙班，只願還我楊玉環舊日的婚姻。」

玄宗聽貴妃聲聲記唸著萬歲爺舊日的恩情，心中起了無限的感慨；又見楊貴妃一個人冷冷清清地跪在庭心裡，左右不見一個宮女伺候他，心中萬分不捨。便撲向庭心去，想把楊貴妃抱在懷中安慰一番。

忽見那土地神又從門外進來，向楊玉環說道：「貴妃，吾神在此！」

楊貴妃便道：「尊神命吾守在馬嵬驛中，但此寂寞荒亭，又不見我那萬歲爺，卻叫我冷清清地一人守著，好怕煞人！」

土地神說道：「貴妃不必悲傷，我今給發路引一紙，千里之內，任你魂遊罷了。」

貴妃接了路引，道聲萬福。土地神轉身別去。楊貴妃得了路引，不覺喜道：「今番我得了路引，千里之內，任我遊行，好不喜也！且住，我得了路引，此去成都不遠，待我看萬歲爺去。」

說著，便提著裙幅兒，向門外行去。玄宗見楊貴妃在前面走著，便急急追趕上去，口中高喊道：「妃子且慢走，待朕扶著你同行。」

腳下愈跑愈快，口愈喊愈高，那楊貴妃卻終是不能聽得，獨自一人，看她一顛一蹶地向荒山野路中行去。玄宗如何肯舍，便飛也似地趕去；忽被腳下石塊一絆，一個倒栽蔥，啊喲一聲，睜開眼來一看，原來是一場大夢。

那高力士正拿手拍著自己肩頭，一聲一聲「萬歲萬歲」地喚著。玄宗也不去睬他，只吩咐快開門兒，快迎接妃子去。說著，從被窩裡直跳起來。高力士拿一襲龍袍，替萬歲爺披在身上扶著，急急去開著房門看時，只見一片涼月，萬籟無聲，那一陣一陣冷風，吹在身上，令人打戰。玄宗痴痴地望了半天，不覺哭道：「我那可憐的妃子！」

高力士扶著，回至床上去睡倒，又是一番搗枕捶床的痛哭。高力士百般勸慰著，玄宗說：「妃子的魂兒，一定來在朕身旁了。」

第二天下敕成都府，在行宮旁建造貴妃廟一座，招募高手匠人，用檀香木雕成楊貴妃生像一座。完工之日，先把生像送進宮了，由玄宗親自送入廟來。

如今再說安祿山破了京師，得了許多美女財帛，便遷都到洛陽城中，大興土木，建造宮殿。這一日，新宮落成，便大集文武百官在新宮中，大開筵宴。那官員大半都是唐室的舊臣，如今見了安祿山，一般地也齊聲高呼著「皇上萬歲，萬萬歲！」

安祿山高坐殿上，見了眾官員，不覺哈哈大笑，說一聲：「眾卿平身！想孤家安祿山，自從范陽起兵，所向無敵，長驅直入，到得長安，那唐家皇帝，已逃入蜀中去了。眼看這錦繡江山，歸吾掌握，好不快活！今日新宮落成，特設宴殿上，與眾卿共樂太平。」

接著，殿下轟雷似一聲喚著：「萬歲！」各自就坐，吃喝起來。酒至半酣，安祿山便傳諭喚梨園子弟奏樂。

那班梨園子弟，當殿奏著樂器，齊聲唱道：「當筵眾樂奏鈞天，舊日霓裳重按；歌遍，半入雲中，半吹落風前。希見，除卻了清虛洞府，只有那沉香亭院；今日個仙音法曲，不數大唐年！」

安祿山聽罷曲子，不禁讚道：「奏得好！」

便有張通儒出席奏道：「臣想天玉皇帝，不知費了多少心力，教成此曲，今日卻留與主上受用，真用齊天之福也！」

安祿山聽了，又不禁哈哈大笑道：「卿真言之有理，再上酒來。」

殿上殿下，正在歡飲的時候，忽聽得殿角上發出一縷冷冷的琵琶聲音來，接著帶哭的聲兒唱道：「幽州鼙鼓喧，萬戶蓬蒿，四野烽煙；葉墮空宮，忽驚聞歌弦。奇變，真個是天翻地覆，真個是人愁鬼怨。」

接著又大聲哭唱道：「我那天寶皇帝呵，金鑾上百官拜舞，何日再朝天！」

這一聲唱，把合殿的人都聽了停杯垂淚。安祿山不覺大怒道：「呀，什麼人啼哭？好奇怪！」

孫孝哲出立當殿道：「是樂工李龜年。」

安祿山喝一聲：「拿上來！」

當有值殿禁軍，把李家龜年、彭年、鶴年弟兄三人，一齊揪在當殿。安祿山大聲喝問道：「李龜年，孤家在此飲太平筵宴，你敢擅自啼哭，好生可惡！」

李龜年到此時，卻也面無懼色，厲聲說道：「唉，安祿山，你本是失機邊將，罪應斬首；幸蒙聖恩不殺，拜將封王。你不思報效朝廷，反敢稱兵作亂，穢汙神京，逼走聖駕，這罪惡貫盈，指日天兵到來，看你死無葬身之地！還說什麼太平筵宴。」

安祿山被李龜年罵得拍案大怒，大聲說道：「有這等事！這狗賊，罵得孤家如此凶殘，好惱好惱！孤家入登大位，臣下無不順從；量你這狗樂工怎敢如此無禮！」

說著，在殿上不住地拍案頓足，慌得左右大臣齊跪在當殿，奏道：「主上息怒，無知樂工，何足介意。如今命他重唱一折好的《涼州》曲子，贖過罪來。」

李龜年也稱願唱一折新詞兒，為諸位新貴人勸酒。合殿的官員，聽李龜年說願唱新曲，便大家替他求著，說：「看李龜年的新詞唱得如何，倘再有冒犯，便當重罰。」

安祿山被眾官面求著，緩下氣來，便對李龜年說道：「孤家念你是先朝的舊臣，寬恕你一二；如今眾文武既替你求饒，看在眾文武面上，這一個死罪，且寄在你身上。倘有不是，定當殺卻。你可知道朕殺死雷海青之事麼？那便是不敬孤家的模樣。」

李龜年聽了，也不說話，便有值殿太監，替他送過琵琶來。

李龜年接在手裡，琤琤瑽瑽地彈了一套，聽他提高著嗓子，唱道：「怪伊忒負恩，獸心假人面，怒發上衝冠！我雖是伶工微賤，也不似他朝臣靦腆！安祿山，你竊神器上逆皇天，少不了頃刻間屍橫血濺。我擲琵琶將賊臣碎首報開元！」

他唱到這一句，猛不防擎起琵琶，向孫孝哲夾臉地打將過去；只聽得一聲慘叫，孫孝哲頭也打破了，死在地下。那琵琶也打得粉也似碎，滿殿的人齊聲喝道：「這狗奴才該死該死，他辱罵俺們聖君賢臣不算，還敢當殿打死萬歲的寵臣。」

安祿山也高叫：「武士何在，快拉這賤奴出去看刀！」

便有一隊武士，應聲上殿來，把這李龜年、彭年、鶴年三弟兄，橫拽著拖下殿來。安祿山被李龜年罵了一場，酒也罵醒了，興子也沒有了，便站起身來，說道：「孤家心上不快，眾卿且退。」

眾官員齊聲答道：「領旨。」

臣等恭送主上次宮。合殿的人，一齊跪倒；安祿山氣憤憤地退進宮去。那孫孝哲的屍身，便有太監領去棺殮。眾官員乘興而來，沒興而返，紛紛退出殿去。一路上議論著道：「真是好笑，一個樂工，思量做起忠臣來了！難道我們吃太平筵宴的，倒吃差了不成。李龜年！李龜年！你畢竟是一個樂工，見識尚淺。」

誰知這李龜年弟兄三人，雖被武士揪出午門去，正要斬首，忽見那李豬兒手捧小黃旗，飛也似地趕出午門來，高叫：「刀下留人！主上吩咐，暫把李氏弟兄，寄在監中，好好看守著。」

那武士們見李豬兒有小黃旗在手，便信以為真；又把龜年、彭年、鶴年三人，推入刑部大牢中去關著。到半夜時分，便有一個短小身材的人，從屋簷上跳進大牢去，把李氏弟兄三人，一齊救出；拿繩子捆住身子，一一縋出城外去。龜年、彭年、鶴年三人，得了性命，星夜向江南一路逃去。這救李龜年性命的人，便是李豬兒。李龜年原與豬兒不認識的，但豬兒為什麼卻要一力救龜年三人性命呢？這其中卻另有一層緣故：李龜年雖得了性命，卻做夢也想不到這救命恩人，究竟為的是什麼。

原來這孫孝哲的母親孫氏，在安祿山後宮多年；只因生性淫蕩，深得安祿山寵愛。後來安祿山反進潼關，又得了一個民間婦人李氏。那天安祿山在行營中，左右不曾帶得婦人，十分寂寞；便有手下軍士，在民間搜得這婦人李氏，獻進來。李氏長得嬌豔面貌，白淨身體，安祿山得了滋味，也十分寵愛起來。

李氏前夫，生有一子，便是這李豬兒；安祿山因寵愛他母親，便也收豬兒為義子。見他人材俊美，性格聰明，與自己兒子一般看待。一日，祿山酒醉，忽然現出豬頭龍身；自道是個豬龍，必有天子之分，因把李氏兒子的名字，順口喚作豬兒。現在果然做了皇帝，那孫孝哲的母親，早已替安祿山生了兒子，取名慶恩；這慶恩卻長成聰明秀美，安祿山歡喜得和希世活寶一般。從來說的，母以子貴；這安祿山既寵愛幼子，便把孫氏立做皇后，李氏立做貴妃。李豬兒見自己母親，只做了一位貴妃，心中不甘；又加那孫孝哲因母親做了皇后，便十分驕傲起來。二人常在宮中出入，大家不肯服氣，見了面不是冷嘲熱罵，便是相扭相打。

安祿山雖立孫氏做了皇后，但心中卻甚是寵愛李氏；見孫孝哲和李豬兒兩個拖油瓶，時常打吵，卻也無法可治。李豬兒把這孫孝哲恨入骨髓，卻暗暗地去與安祿山長子慶緒溝通一氣。那慶緒現拜為大將軍，手下有十萬雄兵，幫著父親東征西殺，功勞實是不小。滿意此番父親稱帝，這太子的位份，總穩穩是自己的了；誰知安祿山因寵愛慶恩，頗有立慶恩為太子之意。那孫孝哲見主上欲立慶恩為太子，這慶恩和自己原是同母弟兄，將來弟弟做了皇帝，那哥哥總也逃不了封王進爵；因此極力替慶恩在外面拉攏一班大臣，要他們幫著慶恩，在安祿山跟前進言，早早立慶恩為太子。

這大將軍慶緒，打聽得這訊息，心中如何不恨？李豬兒正也恨孫孝哲，便與慶緒溝通一氣，一面也替慶緒在外面拉攏諸大臣，要他們幫著慶緒說話，勸安祿山立慶緒為太子；一來因慶緒年長，二來因慶緒有功。他們兩家結黨營私，正在相持不下的時候，忽然見這不共戴天的仇家孫孝哲，被李龜年打死了，慶緒心中，如何不喜，李豬兒見無意中報了此仇，便一心要救李龜年弟兄三人的性命。他母親正在後宮得寵，便由李氏偷得這小黃旗出來，救了李龜年的性命。

李豬兒又自幼兒學得一身縱跳的本領，飛簷走壁，如履平地；當夜李豬兒便親自跳進刑部大牢去，把龜年、彭年、鶴年三人劫出牢來，偷偷地放他出城逃命去。欲知後事如何，且聽下回分解。

李謩題詞看錦襪　杲卿割舌殉孤城

李龜年、李彭年、李鶴年弟兄三人，在玄宗宮中，充當樂工，不獨俸給富厚，又因妙制《渭州》樂曲，深得天子的寵愛。

在開元年中，李氏弟兄三人，在東都地方，大起第宅；廣大崇隆，與當時公侯的府第相彷彿。玄宗特賜名通遠裡。龜年感激皇上的恩德，深入骨髓；只因安祿山也愛好音樂，便把梨園子弟，和李氏弟兄，都捉去洛陽宮中，聽候召宣。那日龜年在當殿辱罵安祿山，自問必死；不料被那李豬兒救出大牢，放他弟兄三人，出城逃命。龜年沿路乞食，流落在江南地方；每見良辰美景，士人遊宴，他便手抱琵琶，為人歌一曲《涼州》。聽他歌曲的人，都不禁掩面流淚。打聽得他是宮中樂工，便大家賞他些錢米。當時有一位詩人，名杜甫的，贈李龜年一首詩道：

「岐王宅裡尋常見，崔九堂前幾度聞；
正是江南好風景，落花時節又逢君。」

江南士人看著可憐，便大家湊集了些束脩，請他傳授琵琶；這李龜年弟兄三人，也只得暫在江南地方安身。

如今再說楊貴妃當日倉皇自縊在馬嵬驛佛堂梨樹下，遺落下錦襪一隻；聖駕過去，有一王媽媽，去打掃佛堂，便拾得這錦襪，收藏著，當作寶貝一般。這王媽媽，原在馬嵬坡下，開一個冷酒鋪兒度日；自從她拾得錦襪，被遠近的住戶知道了，都來鋪中沽飲，兼看錦襪。那王媽媽收了人家酒錢，還要收看襪錢，生意頓時熱鬧起來。

當時有一位書生，名李暮的，因被兵馬攔阻，留住在馬嵬坡下；打聽得王媽媽酒店中，藏有楊妃錦襪，便也趕來看襪。這李暮，是富家子弟，打扮得甚是整齊；王媽媽見了，急捧出一個錦盒來，送與李暮觀看。李暮才開啟盒兒，便覺異香撲鼻；拿在手中，又覺滑膩溫柔。由不得連聲讚道：「妙呀！」只見那一彎羅襪，四周繡著雲鳳；翻過襪底來看時，又繡著「臣李林甫恭獻」一行小字。李暮拿在手中，翻來覆去地看著，愛不忍釋。這時一旁走過一個道姑來，看著讚道：「好香豔的襪兒！」

李暮道：「你看錦紋縝緻，制度精工，光豔猶存，異香未散，真非人間之物也！」

他說著，便向酒家要過一副筆硯來，就壁上題著一首詞兒道：「你看薄襯香綿，似一朵仙雲輕又軟；昔在黃金殿，小步無人見憐。今日酒壚邊，等閒攜展。只見線跡針痕，都砌就傷心怨。可惜了絕代佳人絕代冤！空留得千古芳蹤千古傳！」

那道姑接過錦襪去，也細細地看著，不覺嘆著氣，說道：「我想太真娘娘，絕代紅顏，風流頓歇；今日此襪雖存，佳人難再，真可嘆也！」

說著，也提起筆來，在李暮寫的詞兒後面，接著也寫道：「你看璅翠鉤紅，葉子花兒猶自工；不見雙趺瑩，一隻留孤鳳。空流落，恨何窮？馬嵬殘夢，傾國傾城，幻影成何用！莫對殘絲憶舊蹤，須信繁華逐曉風。」

李謩一邊看那道姑在壁上題詞，一面手中把玩著那隻錦襪不釋。忽見走過一個老人來，說道：「唉，官人看它作甚！我想天寶皇帝，只為寵愛了貴妃娘娘，朝歡暮樂，弄壞朝綱。致使干戈四起，生民塗炭。老漢殘年向盡，遭此亂離；今日見那這只錦襪，好痛恨也！」

他說著，奪過道姑手中的筆來，也在壁上寫著一首詞兒道：「想當日一捻新裁，緊貼紅蓮著地開。六幅香裙蓋，行動君先愛。唉！樂極惹非災，萬民遭害。今日裡事去人亡，一物空留在。我驀睹香袎重痛哀，回想顛危淚亂揩！」

那老漢寫畢，擲下筆來，兀自的跌足嘆氣。那王媽媽在一旁說道：「呀，這客官見了錦襪，為何著惱？敢是不肯出看錢麼？」

老漢聽了，跳起來，喝道：「什麼看錢！」

王媽媽冷笑道：「原來是一個村老兒，看錢也不曉得。」

那老漢聽說他是村老兒，不禁咆哮起來，大聲嚷道：「什麼村老兒，俺萬歲也見過來，卻不曾見你這老淫婦！」

王媽媽聽他罵老淫婦，便頓時兩眼直瞪，紅筋直綻，趕上前去，一把揪住老漢的胸襟，要廝打起來。李謩忙上動勸住，說道：「些須小事，不必鬥口，待小生一併算錢與你罷了。」

說著，便拉著老漢，又邀著那道姑去同桌飲酒。李謩動問名姓，那老漢便說是郭從謹，原是扶風野老，萬歲駐蹕鳳儀宮中時，曾進宮去獻過飯來。如今要往華山訪友，經過此馬嵬坡下，走得乏了，特來沽飲三杯。那道姑說，是金陵女貞觀主。彼此對飲著酒。那王媽媽來索回錦襪，道姑說道：「媽媽，我想太真娘娘，原是神仙轉世，欲求喜捨此襪，帶到金陵女貞觀中供養仙真。未知許否？」

那王媽媽笑道：「老身無兒無女，下半世的過活，都在這襪兒上，實難從命。」

李暮接著說道：「小生願出重價買去如何？」

那王媽媽不曾答話，郭從謹卻攔著說道：「這樣遺臭之物，要它何用？」

大家正在說話的時候，忽見一個半老婦人，後面跟定了一個十六七歲的女娃子，懷中抱著琵琶，走進酒店來，向眾酒客道了個萬福，坐下來，把琵琶彈得忒楞楞響。頓開嬌喉唱道：「咳！想起我那妃子呵，是寡人昧了她誓盟深，負了她恩情廣；生拆開比翼鸞凰！說什麼生生世世無拋漾，早不道半路里遭魔障。」

唱完一段，琵琶又忒楞楞地彈了一段過門，接著唱道：

「恨寇逼得慌，促駕起得忙！點三千羽林兵將，出延秋，便沸沸揚揚。甫傷心第一程，到馬嵬驛舍旁。猛地裡炮雷般齊吶起一聲的喊響，早只見鐵桶似密圍住，四下里刀槍。惡噷噷單施逞著他領軍元帥威能大，眼睜睜只逼拶得俺失勢官家氣不長。落可便手腳慌張。恨只恨陳元禮呵。不催他車兒馬兒一謎家延延挨挨的望，硬執著言兒語兒一會裡喧喧騰騰的謗。更排此戈兒戟兒一鬨中重重疊疊的上，生逼個生兒命兒一霎時驚驚惶惶的喪。兀的不痛殺人也麼哥！兀的不痛殺人也麼哥！閃得我形兒影兒這一個孤孤淒淒的樣。寡人如今好不悔恨也，羞殺咱掩面悲傷，救不得月貌花龐，是寡人全無主張。不合呵，將她輕放；我當時若肯將身去抵搪，未必他直犯君王。縱然犯了又何妨？泉臺上，倒博得個永成雙。如今獨自雖無恙，問餘生有甚風光？只落得淚萬行，愁千狀。我那妃子呵！人間天上，此恨怎能償！」

這一段曲子，真唱得一字一咽，聲淚俱下；把滿店堂的酒客，聽得個個停杯拗淚。李謩看那姑娘時，一雙瘦稜稜的腳兒，蔥綠色的散腳褲兒，上身配著桃紅襖兒；身材苗條，腰肢瘦小。鬅髮覆額，雲鬢半偏，越發顯得面龐圓潤，眉樣入時。李謩把這姑娘，從下打量到上，心中不覺暗暗的動了憐惜。聽她唱完曲子，便拍著桌兒，讚歎道：「好哀豔的詞兒！」

那半老婦人，向眾酒客一個一個道過萬福，說：「可憐見，俺娘兒孤苦零丁，請諸位客官破費幾文錢鈔。」

誰知向各酒客哀求過來，竟沒有一個肯給錢鈔的。那婦人愁眉淚眼地走在李謩跟前，李謩隨手從懷中掏出一把散銀來，估量有三兩左右；那婦人千歡萬喜地收了銀子，又喚女兒過來道過萬福。李謩命她母女二人坐下，動問何處人氏？那婦人回說梁氏，女兒紫雲，原是京師士人的妻小，只因安祿山造反，丈夫帶了妻兒逃難出來，到了成都，身染重病，死在客店中。所帶旅費，都作了醫藥棺殮之用。如今聽說京師已定，俺娘兒二人，飄流在外，終不是事；離家千里，欲回家去，又無盤川，幸得近日成都地方，流行得這上皇哭妃的曲子，俺女兒拿它譜在琵琶上，一路賣唱而來。那李謩聽了這婦人的生世，便愈覺可憐，不覺動了俠義之念。

當時對那婦人說道：「女孩兒家廉恥為重，好好士人的妻女，便不應當在外拋頭露面賣唱為生。如今恰巧小生也是要到京師去的，你母女二人的盤川，都有小生照顧。紫雲小姐，從此可不須賣唱了。」

這幾句話，說得她母女二人，真是感恩知已。當下那婦人急急趴在地下拜謝著，便是那紫雲小姐，也抱著琵琶，遮住半邊粉臉兒，露出一隻眼睛，暗暗地向李暮遞過眼光去，表露著無限感謝的神色。李暮給了酒錢和看襪錢，站起身來，帶著她母女二人，離了酒店，向長安大路走去。

如今再說這上皇哭妃的曲子，原是成都地方一個詞人編製出來的；一時因為他詞句兒哀豔，便大家小戶地傳授著唱著。

那玄宗太上皇，在成都行宮旁，為楊貴妃建造一座廟宇；又傳高手匠人，用檀香木雕成貴妃的生像。這一天，用一隊宮女，高力士領導著，幡幡寶蓋，笙簫鼓樂，把楊貴妃的生像，送進行宮來。玄宗已早站在臺階上候著。那宮女們把木像抬至萬歲跟前，扶著，把木像的頭略略低著，高聲說道：「楊娘娘見駕。」

高力士在一旁，也高聲宣旨道：「愛卿平身。」

那玄宗見這楊貴妃的雕像，真似活的一般，不覺流下淚來。喚道：「妃子，妃子！朕和你離別一向，待與你敘述冤情，訴說驚魂，話我愁腸。妃子，妃子！怎不見你回過臉兒來，近過身兒來，轉過笑容來。」

說著，不禁伸手去摸著那木像的臉兒，嘆著道：「呀！原來是檀香木雕成的神像。」

玄宗自言自語地說著，高力士在旁跪奏道：「鑾輿已備，請萬歲爺上馬，送娘娘進廟。」

玄宗傳旨：「馬兒在左，車兒在右，朕與娘娘並行。」

殿下齊呼一聲：「領旨！」

玄宗踱出宮去，高力士扶上馬，一隊隊金瓜傘扇，簇擁著車馬行去，直走進廟來。只見那廟宇建造得金碧輝煌，中間寶座，配著繡幕錦帳；兩旁泥塑的宮娥太監，雙雙分立著。宮女們服侍楊娘娘木像升座，玄宗親自焚香奠酒，便命宮女太監，由高力士帶領著，暫退出殿外。

玄宗端過椅子來，與那楊貴妃的木像對坐著，哭著訴說著。直到天色昏黑，高力士幾次進去請駕，可憐這玄宗兀自迷戀著楊貴妃的生像，不肯走開。後來宮女太監們，一齊進殿去跪求；玄宗看著宮女，放下神帳，才一步一回頭地走出殿去。直到臨走時候，還回過臉去，對神像說道：「寡人今夜，把哭不盡的衷情，和妃子在夢兒裡再細細地談講。」

一句話，引得左右的宮女太監們一齊落下淚來。因此外邊便編出這上皇哭妃的曲子來唱著。

玄宗太上皇在成都過了幾時，又接得郭子儀的奏本，說安祿山在洛陽被刺，逆子安慶緒，亡命在外，洛陽業已收復；天下大定，便請上皇迴鑾。玄宗看了這奏本，不覺心中一喜。原來祿山左右的謀臣，是高尚、嚴莊二人，心腹是孫孝哲、李豬兒二人，戰將是次子安慶緒一人。在祿山起兵之初，統帶大兵二十萬，日行六十里，直撲潼關，打先鋒的，便是他次子慶緒。

這安慶緒，非但驍勇善戰，且是足智多謀；他起兵的前三日，便召集將士，置酒高會，細觀地圖，從燕州到洛陽一帶，山川險要，都畫得詳詳細細。便把這地圖分給眾兵士，又遍賞金帛，傳令不得誤期，違令者斬。安祿山卻率領牙將部曲，一百餘騎，先至城北，祭祀祖先的墳地；行至燕州，有老人攔住祿山的馬頭，勸說不可以臣叛君。祿山命嚴莊用好言辭退老人，說祿山是憂國之危，非有爭國家的私意。賞老人無數金帛，送回鄉里。

從此下令，有敢來勸阻的，便滅三族。祿山第四子慶宗，為駙馬在京師，玄宗命禁軍去搜捕慶宗全家老小，送至西城外斬首。

那榮義郡主，亦賜死。天子下詔，切責祿山，不忠不義，許他自新，來京請罪。祿山答書，十分傲慢。一面遣賊將高邈、臧均，率領蕃兵，打入太原；又令張獻誠守定州。安祿山謀反十餘年，凡有蕃人投降，他都用恩惠收服他；有才學的士人，他便厚給財帛。因此蕃中的情形，他十分明瞭。他起兵的時候，把俘虜的蕃人釋放為戰士，因此人人敢死，所向無敵。

玄宗見時勢危急，便發左藏庫金，大募兵士，拜封常清為范陽平盧節度使，郭子儀為朔方節度關內支度副大使、右羽林大將軍，王承業為太原尹衛尉卿，張介然為汴州刺史、金吾將軍，程千里為潞州長史，以榮王為元帥，高仙芝為副元帥，四路出兵討賊。安祿山行軍至鉅鹿城，便停兵不進，說鹿是吾名，便改道從沙河進兵。把山上樹木砍下來，用長繩穿住，拋在河中，一夜水木冰結，如天然浮橋。便渡河攻入靈昌郡。

又三日，攻下陳留、滎陽一帶地方。在罌子谷遇將軍守瑜，殺死數百人，流矢射中祿山乘輿；便不敢前進，從谷南偷進。守瑜軍士，矢盡力竭，將軍守瑜，躍入河中自盡。封常清兵敗，失去東都，常清逃至陝州，留守李憕被殺。御史中丞盧奕，河南尹達奚珣，都投降祿山。

這時高仙芝屯兵在陝州，聞常清戰敗，便棄甲夜逃至河東。常山太守顏杲卿，殺死安祿山部將李欽湊，生擒高邈、何千年；但這時趙郡、鉅鹿、廣平、清河、河間、景城六郡，都被安祿山占有。

講到顏杲卿這人，真是唐朝數一數二的忠義之士：他原是安祿山識拔的，表奏為常山太守。待到安祿山起兵謀反，軍馬過處，顏杲卿與長史袁履謙，出迎道左。祿山賜杲卿紫色袍，賜履謙紅色袍，令與假子李欽湊，領兵七千，屯紮在土門地方。

杲卿退，指所賜衣，對履謙說道：「吾與公何為著此？」

履謙大感悟，便私與真定令賈深，內邱令張通幽定計殺賊。杲卿推病，不為賊任事；暗遣長子泉明，奔走四處，結合太原尹王承業為內應，使平盧節度副使賈循攻取幽州。早有細作報與安祿山知道，祿山便殺死賈循。

杲卿日與處士權渙、郭仲邕定計。這時杲卿同五世祖兄真卿，在平原暗養死士；守臣李憕，被賊兵殺死。祿山使段子光，割下李憕首級，傳示諸郡。到平原，真卿命死士刺殺子光，遣甥盧逖至常山，約期起兵，斷賊北路。杲卿大喜，便假用安祿山命令，召李欽湊回常山議事。欽湊連夜回城，杲卿推說城門不可夜開，便令宿城外客舍。又使履謙和參軍馮虔、郡豪翟萬德一輩人，在客舍中，陪欽湊夜飲，酒醉，殺死欽湊，又殺賊將潘唯慎。用大兵圍困旅舍，欽湊領兵數百人，俱被履謙兵殺死，投屍在滹沱河中。履謙拿欽湊首級，送與顏杲卿，杲卿又喜又泣。前幾日，祿山遣部將高邈，到范陽去招兵未回；顏杲卿便令藁城尉崔安石，用計殺邈。高邈行至蒲城，與虔萬德同住在客店裡；崔安石推說送酒到客店中去，便預先埋伏武士在客店中，安石喝一聲：「武士何在！」

那高邈便立刻被擒。又有祿山大將何千年，從趙州來，亦被虔萬德捉住。杲卿便把欽湊首級和二賊將，令子泉明送至太原。王承業欲據為己功，便厚給金帛，令泉明白回常山，又暗令刺客翟喬候在半路上，刺死泉明。那翟喬見王承業行為奸險，心中不平，便去見泉明，告以王承業的陰謀。玄宗見王承業立功，便升為大將軍。後因袁履謙上奏，始知全是杲卿功勞，便拜杲卿為衛尉卿，兼御史中丞，袁履謙為常山太守。杲卿用計，使先鋒百餘騎，馬尾縛著柴草，在樹林中往來馳驟；遠望塵頭蔽天，使人傳稱王師二十萬南下。祿山部將張獻誠，圍攻饒陽正急，見顏軍大至，便棄甲而走。一日之間，奪回趙州、鉅鹿、廣平、河間一帶地方。

殺各地賊官首級，送至常山。從此杲卿兄弟，兵威大振。

祿山大懼，使史思明等率平盧兵渡河，攻常山；這時顏杲卿坐守城中，遣兵四出。城中兵力單薄，賊兵圍攻甚急，杲卿無奈何，便派人至河東，向王承業求救。那王承業，因從前有奪功的仇恨，便不肯發兵。杲卿晝夜督戰，親自登緘禦敵，力戰六晝夜，箭盡糧絕；城破。杲卿率子侄，猶自巷戰，血流蔽面，刀折被擒，送至敵營。袁履謙也同時被捉。敵將勸杲卿降，杲卿昂頭不應；又取杲卿幼子季明，送至杲卿前，以白刃加季明頸上，大聲道：「杲卿若降，我當赦爾子！」

杲卿閉目不答。

敵將怒，便將幼子季明，與杲卿的甥兒盧逖，一併殺死。將杲卿打入囚籠，送至范陽。

安祿山見了，拍案大怒道：「吾拔爾為太守，有何負爾之處，卻如此反吾？」

杲卿怒目大罵道：「汝本營州一牧羊奴耳！天子洪恩，使汝大富極貴，有何負汝之處，卻如此反天子耶？顏杲卿世為唐臣，力守忠義，恨不能殺汝叛逆，以謝皇上！豈肯從汝反耶？」

祿山急以兩手掩耳，喝令武士拽杲卿出宮，綁在天津橋柱上，用刀碎割，令杲卿自食其肉。杲卿且食且罵，武士以刀鉤斷其舌，猶狂吼而死。其時年已六十五歲。袁履謙亦被武士砍去手足，何千年弟，適在旁，履謙嚼舌出血，噴何弟面，何弟大怒，執刀細割履謙之身而死。一時杲卿的宗子近屬，都被祿山搜捉殺死，屍橫遍地，卻無人來收殮。所有杲卿生前收復的各郡縣，此時又一齊投降了祿山。

當時還有一位守城的勇將，名喚張巡的，為真源令；有譙郡太守楊萬石，降安祿山，逼巡為長史，使起兵接應。張巡便率領部屬，哭於玄元皇帝祠；起兵討賊，有兵二千人。那時宋州、曹州一帶，都已投降祿山，祿山自稱雄武皇帝，改國號為燕。雍邱令令狐潮，為祿山統兵，殺至淮陽，城破，淮陽將吏，俱被縛在庭中，將殺之；忽報城外有一路人馬到來，令狐潮便急急出城去檢視。淮陽城中囚犯，反牢出，解諸將吏縛，殺死守衛的賊兵，迎單父尉賈賁與張巡二人入城。

張巡乃盡殺令狐潮的妻兒，把屍身高懸在城上；令狐潮不得歸城，又見自己妻小被人殺死，心中萬分悲憤，便出死力攻打淮陽城。賈賁首先出城應敵，兩員勇將，戰鬥足足有三個時辰，賈賁力弱，漸漸有些不支，急揮戈退回城來。那部下的兵士，見敵軍來勢凶狠，便各各向淮陽城中逃性命，一時勢如潮湧，門小人多；賈賁喝止不住，便勒馬回頭，站住在城門口，高喊：「軍士們慢進！」

誰知那頭馬被眾人擠得立腳不住，一個翻身，倒在地下，那賈賁一條右腿，壓在馬腹底下，一時不能掙脫，竟被眾踐踏如泥。

張巡看自己兵士已不能支撐，那敵兵卻和猛虎一般地撲來，便大吼一聲，擎著大刀，從城樓上飛奔下來。他在馬上，往來馳驟，刀尖所過，人頭落地。那敵兵見張巡刀法如神，便也不敢追撲，紛紛向後退去。城中兵士，見主帥得了勝仗，頓時膽氣粗壯起來，重複殺出城來。張巡在前面領路，著地捲起一陣塵土，追殺敵兵三十餘里。張巡也身受槍傷，血流鎧甲。

但他毫不畏縮，兀自橫刀躍馬，殺人如搗蒜。部下兵士見了，齊呼：「將軍天人！」

當年淮陽城外這一戰，轉敗為勝，張巡的威名，從此大震。郭子儀便舉張巡為兗東經略使，坐守淮陽。

令狐潮經此大敗，便調集兵馬四萬人，再來圍城。城中兵士大恐，張巡諭諸將士，毋得驚惶。賊知城中虛實，有輕我之心；今出其不意，可驚而使走也。若與鬥力，勢必至敗。諸將齊稱將軍高見。張巡便分一千人在城樓上吶喊，另分十數小隊出城，埋伏在四處荒山野谷裡。東面打鼓，西面吶喊，四處八方，都打著張字的旗號。那敵兵見此情形，心中不由得疑惑起來；正要退去，城門開處，殺出一支人馬來，當選一員大將，便是張巡。看他手舉大刀，見人便殺；近他身的，已經殺翻了數十個。那四山喊聲震地，敵兵便棄甲而走，不敢戀戰。

張巡追過四十里，便鳴金收軍。到第二日，令狐潮到底仗著人眾，又來攻城，四百架百尺雲梯攻打著。張巡便命兵士在城牆上趕造木柵和雲梯一般高低；令數百箭手，爬上木柵去，箭頭上綁著乾草，灌透油質，用火燒著。一齊射將過去。那雲梯見火便著，一時轟轟烈烈，把數百座雲梯，一齊燒去，爬在雲梯上的兵士，燒死的燒死，跌死的跌死。張巡覷著敵兵慌亂的時候，一陣鼓響，便帶領千名勇士，箭也似地衝殺出去，又得了一個全勝，殺得敵兵不敢近城。

張巡死守在城中，前後六十日，經過大小戰爭數百次，城中兵士，人人帶甲而睡，裹傷而戰，精神十分勇猛。令狐潮的兵士，每天被張巡殺死數百人千餘人，看看四萬人馬，逃的逃，死的死。欲知後事如何，且聽下回分解。

許遠計殺敵將　張巡慘烹愛姬

令狐潮奉了安祿山之命，攻打淮陽城，相持六十日，死亡日多。令狐潮沒奈何，只得暫且退兵，一面打發人投書給張巡，勸張巡投降。那書上說道：「本朝危蹙，兵不能出關，天下事去矣。足下以羸兵守危堞，忠無所立，盍相從以苟富貴乎？」

張巡立刻答書道：「古者，父死於君義不報，子乃銜妻孥怨，假力於賊以相圖，吾見君頭懸於通衢，為百世笑，奈何！」

令狐潮得了張巡覆書，心中也覺慚愧，便也不出力攻城。

張巡守此孤城，與京師不通訊息，道路謠傳，說天子已遭弒。當有大將六人，從各處郡縣中來，勸張巡不如降祿山，可得富貴。這六員大將，手下各有兵士，多則數千，少則數百；他們吃了國家的俸祿，一旦有事，便任令軍士逃散，大家合夥兒商量停妥，來勸張巡做降將軍去。

張巡聽了他們一番說話，心中萬分氣憤，便推說此事須與部下將士商議，到了第二日，便在公堂上設著香案，上面高高地掛著一軸天子畫像。張巡全身披掛，率領合城將士，走上堂去，哭拜在地。引得兩廊下將士，高舉劍戟，齊呼萬歲。那六位大將，也分立在堂下；看這情形，知道不妙。正要拔腳逃走，張巡喝一聲：「跪下！」

那六人便齊地向上跪倒。張巡便把這六人來勸降的話，對眾軍士說了，只聽得幾千人轟雷也似齊喊一聲「殺」！這六顆人頭，便在這喊聲裡，一齊落地。

正在這時候，外面敵兵又來攻城；張巡便帶領眾兵，登城禦敵。那軍士們自殺了這六員大將以後，人人都覺精神抖擻，莫不以一當十，以十當百。張巡親自冒矢石，在城上督城，一連三晝夜，不曾闔眼。正在吃緊的時候，忽管糧官前來報告，說：「城中鹽米俱無。」

張巡聽了，頓時氣餒了下去。這一夜，他獨坐在大堂上，愁容滿面，正無可設法的時候，忽然探子報到說：「敵軍有鹽米船數百艘，正沿西河而下。」

張巡聽了，不覺拍案大呼道：「此天與吾也！」

當下，便傳集眾將，上堂來聽令。來朝調三千兵士，在城東挑戰；只須搖旗吶喊，多放火箭，一面由張巡親自率領勇士五百人，偷偷地出了西城，到河邊劫糧去。

第二天，令狐潮在中軍帳中，正進早膳；忽聽得城東面喊聲大起，說是張巡兵欲出城衝陣。令狐潮便調右路兵去，包圍東城；城上見敵兵走近，千萬道火箭齊下。夾著風勢，那令狐潮軍中旗幟車輛，一齊著了火；愈燒愈旺，不可撲滅。令狐潮見此情形，便傾全部兵馬，上去攻打東城；那城中兵士，忽然火箭不放了，只躲在城堆裡搖旗吶喊。城外兵士，爬上城去；忽然城頭上木石齊下，打死了許多兵士。從早到晚，足足廝殺了一天。城中兵士，絲毫不受損傷；城外兵士，卻又死了許多。

看看天色已晚。令狐潮沒奈何，只得鳴金收軍，回到帳中；忽見一個解糧官，垂頭喪氣地跑來。看他身上狼狽不堪，問時，原來這解糧官，從洛陽運糧到此。看看已近河西，忽然水底里鑽出數百個黑衣兵來，一擁上船，各各拔出佩刀，把船上兵丁殺死。那四百艘糧船，盡被黑衣兵劫去。解糧官跳入河中，才得逃了性命。不用說，這黑衣兵，便是張巡的軍士了。當時張巡趁城東廝殺得熱鬧的時候，令狐潮全副精神，注定在東城；這城西地方，卻毫無裝置。

張巡親自帶了這五百名黑水兵，偷偷的出了東城。這五百名兵士，個個識得水性，趕到西河，便一齊跳下水底去躲著；看看糧船到來，那五百黑衣兵，一擁而上，不費氣力，便把五百號大糧船，劫奪過來。果然鹽米十分充足，只可惜張巡手下，只有五百個人，他們用盡氣力，只取得一千斛鹽米；拋在船上的鹽米正多呢。張巡無法可想，只得把剩下的鹽米，放一把火，連船連米，燒得乾乾淨淨。

城中得了這一大批糧食，頓時全軍歡騰起來。正高興的時候，忽見那管軍火的倉官上來報說：「因日間兵士們放火箭過多，如今武庫中已不留一箭。」

張巡聽了，頓時又吃了一大驚，心想兵士沒了箭，叫他明日如何應敵。抬頭向天上一望，忽見月暗星稀，滿空中布著雲霧，立時心生一計，當即傳令軍中，限二鼓以前，扎齊草人一千個候用。此時正是初更時分，眾軍士得了軍令，便一齊動起手來；到二更時分，果然紮成一千個草人，前來交納。張巡便命把草人一齊穿起黑衣來，在頸子上各繫著一條繩子；看看三鼓時候，一千名軍士，抱著一千個草人，走上城頭去，一聲吶喊，把這手中草人，一齊向城牆外面拋去。那軍士們卻躲身在城牆裡面，手中各各把繩子牽動著。

令狐潮的兵士，正在睡夢中，被吶喊聲驚起；這時夜深霧重，遠遠望去，只見城中兵士，沿著城牆，用繩子縋下城來，滿城牆蠢動著，也不知有多少兵士。急急去報與令狐潮，令狐潮親自來檢視，果見無數黑衣兵，在城腰上縋下城來。令狐潮便傳令箭手放箭，頓時箭如飛蝗，萬弩齊發；射了半夜，看看那城上的兵士，只在半空中縋著，也不下來，也不上去，也不聽得城頭上有半點聲息。

令狐潮令住了箭，到天明看時，原來城牆上掛著的，齊是草人；那草人渾身上下密密插滿了箭，正與刺蝟相似。令狐潮到此時，才恍然城中用計借箭的，氣得他命眾軍士一擁而上去搶那草人時，城中兵士，把繩子一牽動，把草人一齊提進城去了。張巡點了一點，足足得了三十萬支利箭，便令軍士登城高呼道：「謝令狐將軍賜箭！」

那令狐潮聽了，又是好氣，又是好笑，便鳴金回營去了。

不料第二夜，城中又鼓譟起來；令狐潮出帳看時，依舊見許多草人披著黑衣，縋出在城牆外，半空中隨風飄蕩著。令狐潮在馬上看了，不覺哈哈大笑。令眾軍士莫去睬他，依舊回帳安睡。令狐潮的兵士，睡在枕上，遠遠地聽城中的兵士，越鼓譟得厲害，他們也越笑得厲害。睡至三鼓，忽然帳外一聲喊起，那城中兵士，如潮湧而至令狐軍從睡夢中驚醒，人不及甲，馬不及鞍，個個赤腳飛逃。城中兵士就帳前放一把火，殺入中軍帳去，一眼見令狐潮把臥被裹在身上，向帳後逃去。

眾軍士看看趕上，舉刀砍去，忽見一個鬍子大漢，一伸手把令狐潮搶在背上，大腳步從後營門出去。營門外另著一匹馬，那大漢子把令狐潮扶上馬背，一鞭打去，那馬便如飛地逃去。城中兵士見捉不得賊帥，便轉身撲入敵兵帳中，混殺一陣。這一戰，令狐潮傷失了無數人馬，又燒去了許多營壘，帶著敗殘兵士，直奔了八十餘里，才住了腳。檢點兵士，已死了一萬餘人。

令狐潮發個狠，便向雍邱重調人馬，前來圍城。此一番，卻不比從前，把個睢陽城圍得水洩不通；從早到晚，卻不住地攻打。張巡在城上晝夜督戰，一連攻打了八日八夜，城中柴草用盡了，張巡心中不覺愁悶起來，便與諸將士商議。內中有一位行軍參軍，便獻計道：「如此如此，包管得了柴草。」

張巡連稱好計。到了次日，張巡站在城樓上，豎起黃旗，令兩軍停戰，高叫：「令狐將軍出陣答話。」

停了一會，果然見敵軍中，陣門開處，令狐潮全身披掛，騎在馬上，左右武士隨著，直至城下。張巡滿臉裝著笑容，在城樓上欠身說道：「將軍請了，俺二人相持日久，勞師靡眾；如今俺這城中糧盡援絕，急欲領眾出走，請將軍領兵，退去二舍之地，使我們從容讓城。」

令狐潮多日攻城不下，心中正是焦急；今聽張巡如此說法，正中心懷，當即傳令，眾軍士退去二舍之地，放張巡兵出城，不得追殺。不消幾個時辰，那令狐軍士，果然拔寨退盡。張巡先打發哨兵出城去打聽虛實，果然四門不見敵兵，張巡便傳令眾軍士，午時出城去砍柴，限申時回城。

頓時四門大開，那軍士們各各腰插利斧，奔出城去，先把四郊的民房拆去，又上山去砍倒許多樹木，捆載著回來。張巡看看柴草十分充足，那近城三十里的樹木房屋，都已搬盡，便吩咐依舊把四門嚴閉起來，日夜用兵看守著。那令狐潮兵退二舍之地，看看過了三日，還不見張巡讓城；便立刻修書一封，打發差官，送進城去，誰知那差官也被張巡扣住在城中不放。

令狐潮不覺大怒，又帶領人馬，前來攻城。張巡親自在城樓上，對令狐潮說話。令狐潮責問：「為何失信？」

張巡不慌不忙地說道：「並非俺家失信，只因城中缺馬，俺將士深恐汝軍追殺，不得乘騎，不能速走；願將軍賜馬三十匹，即當讓城。」

令狐潮便信以為真，即選良馬三十匹，送進城去。張巡早與部下將士約定，選驍勇有膂力的將士三十人，人各得一騎，衝殺出城去，人各取敵軍一將；敵軍無將，則軍心自亂。當日見令狐潮果然把馬送來，張巡令眾將官各各飽餐一頓，開著城門，直衝殺出去。

令狐潮的兵士正待城中兵士出走，猛不防那敵將早已衝殺到跟前；那來將如入無人之境，令狐軍將士一個措手不及，有被砍下首級來的，有被活捉過去的，一時陣腳大亂，令狐潮只得帶領眾軍且戰且退。張巡在城中指揮兵士，如山崩海嘯地掩殺過來。這一戰，張巡軍砍得敵兵首級千餘個，擄得牛馬器械無數。令狐潮屢次中張巡的計，屢次打敗仗，心中又羞又憤，便退回陳留去，堅守不出。

直至是年七月，令狐潮又率領將士瞿伯玉生力軍一萬人，前來攻城；另命四人，假扮著宮中尉官，手捧聖旨，混進城來。

那聖旨令張巡率領本部人馬，前赴行在。張巡設宴款待此四人，席間張巡道：「此去行在千里，道路為梗，教俺如何去得？更不知諸公如何來得？」

一句話，問得這四人面面相覷。張巡喝一聲「拿下！」

帳下健兒，一擁上去，砍下四人的首級來。令狐潮見計策不行，又斬了他的來使，便奮力攻城。張巡自令狐潮軍退去以後，便積聚錢糧，訓練士卒；又與河南節度使虢王巨，遙相呼應，心中也覺毫無恐怖。此番令狐潮再來攻城，足足打了四個月，令狐軍愈來愈多，竟有兵士四萬餘人，而張巡手下的兵士，因戰爭日久，死亡日多，此時只有一千多兵士。

但經過大小二百餘戰，每戰必勝，令狐潮也沒法奈何他。

這時虢王屯兵在彭城地方，拜張巡為先鋒大元帥。接著魯東平地方，被祿山右翼軍隊攻陷，濟陰太守高承義，便獻城投降祿山。虢王不能守彭城，便領兵退守臨淮。張巡困守絕地，外失應援；賊將楊朝宗出兵寧陵，斷張巡糧草之路，張巡大恐，便率領馬三百，兵三千，乘黑夜退出淮陽，投奔睢陽城而來。

睢陽太守許遠，原是一位忠義之士；他部下有大將兩人，一名雷萬春，一名南霽雲，各領兵數千，在寧陵北道，一日之中，斬殺賊將二十，賊兵二萬餘人，投屍在汴河中，河水為之不流。

從此軍威大震。如今許遠與張巡合兵，勢力更是雄厚。這睢陽城是東西往來要道，兵家所必爭之地；安祿山便遣發部將尹子琦，帶領數萬突厥兵，與楊朝宗合兵十餘萬，來攻睢陽城。許遠自知才不及張巡，便讓張巡為主帥，在城中調遣兵士，自己卻專管軍用糧食戰具。張巡分兵守城，自己卻開城出戰，從辰至午，大小二十戰，氣不稍衰。尹子琦大敗。張巡所得車馬牛羊，盡分給士卒，令城中秋毫無犯。

太子即位靈武，下詔拜張巡為御史中丞，許遠為侍御史。

張巡以久困孤城，無異束手待斃，欲乘勝進攻陳留；尹子琦又用大兵圍城，張巡、許遠殺牛大饗士卒，統合城兵士五千人，出城奮戰。子琦望見城中兵少，鼓掌大笑。許遠登城，親自擊鼓，城中兵士出死力與賊戰，子琦兵大敗，張巡窮追數十里而還。

至五月，子琦又領大兵圍城；張巡命城上遍插旌旗，深夜擊鼓吶喊，賊兵大驚，嚴陣待旦，至天明，見城上寂無聲息，偃旗息鼓。子琦兵士，疲倦不堪，便回營休息。張巡便令南霽雲，領五百騎士，隨後刀斧手一千人，含枚疾走，覷賊不備，直衝中軍；一聲喊起，騎兵四突，南霽雲在馬上斬將拔旗，一時敵營大亂，尹子琦只領數十兵士，落荒而走。

南霽雲見得親切，急急拍馬趕上，忽橫路里殺出一員大將來，身披鐵甲，後隨蕃兵千人，各騎高頭大馬，直向南霽雲殺來。南霽雲見自己兵力單薄，怕遭敵人圍困，只得撥轉馬頭，奔回睢陽城來。張巡在城上，見南霽雲被敵兵追趕得緊，便急放下吊橋，把自家兵士接應進城來；待敵兵趕到，已把吊橋高高吊起，城壕邊預埋著箭手，把敵人陣腳射住。

尹子琦見軍士轉敗為勝，便又揮動大兵，前來接應。那大將帶領兵士，幾次爬城，俱被張巡軍士，在城上射退。南霽雲退進城去，重複登城助戰，見尹子琦在城腳下往來督戰；南霽雲躲在張巡身後，搭箭上弦，颼的一聲，飛出城去，那尹子琦左眼上早中了一箭，應聲倒下馬來。敵兵見傷了主將，便頓時嘩亂起來；許遠奮力打鼓，張巡衝殺出去，又奪得敵人軍器車馬，不計其數。子琦兵一時退盡，張巡兵得稍休養。

這睢陽城中原有稻穀三萬斛，足敷一年之食；在春間因鄰郡濮陽、濟陰絕糧，虢王命分糧一半，接濟濮陽、濟陰兩郡，許遠當時也竭力勸阻，虢王不許，濟陰太守高承義，得了糧米，便即投降祿山去，虢王也懊悔不及。到七月時候，尹子琦又帶兵來圍城；這時睢陽城中，糧食已盡；每一兵士，每日只給米一勺，煮著樹皮破紙，吞下肚去充饑。可憐那兵士終日餓著肚子，奮勇殺賊，漸漸有些不支起來；老弱的先行倒斃，日子久了，那強壯的也都活活的餓死，境狀十分悽慘。

但那班兵士，到死也沒有一句怨言。看看城中士兵只剩下了一千多人，便是這一千多人，也個個餓得骨瘦如柴，力不能舉矢。張巡和許遠二人，心中萬分焦灼，日夜盼望救兵不至。張、許二人也商議不出一條好計策來。圍城的兵，打聽得城中糧盡援絕，便死力攻城，用雲梯爬城，四面放箭；那城中兵士，臥地用鉤桿推倒雲梯，又拋下火球去，燒斷雲梯。城外兵又用鉤車木馬，往往被張巡用木石打破；賊兵無法可施，便在四城築柵包圍。

那城上守兵，日有餓死的，張巡命城中百姓，羅雀掘鼠，以享士卒。但城中雀鼠有限，且百姓也日有餓斃的，如何顧得兵士。張巡、許遠，眼看著守城兵士，一天少似一天，便是不死的，也傷氣乏力，慘無人形。張巡一日退入後堂，與愛妾申氏談論；看見申氏肌膚豐潤，便立生一計，出至堂上，傳集眾將士，齊至堂中，大設筵席。眾將士列坐兩旁，只見桌面上排列著空盤空碗；停了一會，抬出一個大行竈來，放在筵前。

張巡吩咐到後堂去請夫人出來，只聽得一陣環珮聲響，兩個丫鬟扶著一位千嬌百媚的申氏出來。眾將士見是主將的愛妾出來，便一齊把頭低下。那申氏走至張巡跟前，深深襝衽著，低聲問道：「老爺喚妾身出來，不知有何吩咐？」

張巡看他愛妾時，越發打扮得齊整了，便指著身旁一個坐椅說道：「你且坐下了，我有話說。」

那申氏半折著纖腰，打偏坐下。眾人見張巡霍地立起身來，一納頭便拜倒在申氏石榴裙下；慌得申氏忙跪下地去，還禮不迭。張巡站起身來，滿面流著淚，說道：「俺今已拚這條性命，做一個忠臣，也願夫人成全了俺的志道，做一個烈婦。你看堂下眾將士，都為俺忍饑耐苦，死守著這座睢陽城；我只因一身關係一城存亡，不能割下肌膚，以享眾士，夫人身體肥嫩其味當比俺的肌肉美，還求夫人替俺殺了身吧！夫人這一死，不獨我做丈夫的感恩不盡，便是萬歲爺也知道夫人的好處呢！」

好個申氏夫人，她聽了張巡一番話，便毫不遲疑，當下用纖手開啟衣襟，露出潔白的酥胸來。兩旁將士看著，其勢不好，便一齊搶上前去；說時遲，那時快，張巡早已拔下佩劍，只一劍，只聽得嬌聲喊：「我的老爺！」

那酥胸上早已搠了一個窟窿。申氏倒下地去，眾將士一齊跪倒在地，嚎啕痛哭。張巡喝令把屍身拖下堂去，洗剝了放在大釜中熬煮起來。正悽慘的時候，忽見那許遠也一手揪住一個已殺死的僮婢，滿面淚痕，走上堂將那僮婢交給左右，一塊兒洗剝熬煮起來。滿堂上將士，齊聲哭喊道：「小人們願隨張大元帥、許大元帥赴湯蹈火，同生共死。」

一刻兒那大釜中已把人肉煮成羹，一碗一碗地盛著，端在眾將士面前。那將士們如何肯吃，大家喊一聲：「謝二位將軍大恩！」

便各各擎著兵器，一擁上城去，依舊和城外敵人對壘。可憐他們都是四五日不吃飯的人了，如何擎得起槍，射得動箭，只是倒在地上乾嚎著罷了。張巡一般的也是腹中饑餓，只扶住城堆子，兩眼不住地向城外望著；見有敵兵爬上城來，便直著嗓子喊起來，放出幾支有氣沒力的箭，把敵人打退了。

那許遠坐在西門城樓上，也饑餓得頭昏眼花，打幾下有氣沒力的鼓，逼著眾軍士出戰。那班兵士，餓得站也站不住，被風一刮，便倒下地去，如何能打得仗，急得許遠只是抱頭向天，大聲喊道：「皇天有靈，救我一城市義士！」

一日，張巡伏在城樓上，見城牆外尹子琦部下大將李懷忠，匹馬在城下經過。

張巡喚住他問道：「君降賊幾何日？」

李答：「已二期矣。」

巡道：「君祖父亦為唐臣乎？」

答曰：「然。」

巡曰：「君世受官，食天子粟，奈何一旦從賊？」

懷忠答道：「非敢叛也，我數死於戰，今竟被擄，亦天也！」

張巡大聲道：「自古悖逆，終至夷滅；一旦賊敗，君父母妻子俱死，汝何忍為此？」

懷忠無言，掩面拍馬而去。當夜二鼓將近，忽聞有扣關聲，巡問：「何人？」

「李懷忠來降。」

許遠疑有詐，勸巡莫納，巡流淚道：「事已至此，成敗聽天。」

便令開城，懷忠率本部兵二百人，負米而入。全城兵士大喜，以米煮粥，飽餐一頓，精神大震。

從此不戰，張巡與許遠二人，各據東西城樓，見有敵將經過城下，即苦口勸降；敵將感二人忠義，陸續有進城投降，並私贈糧食的。城中兵因得稍延時日。忽得報，說朝廷已派遣大將賀蘭進明，進屯臨淮；又有許叔冀、尚衡，進兵彭城。這兩處地方，都離睢陽甚近。張、許二人，日夜望救兵到來；但守候了十多日，毫無影響。

看看城中又是粒米無存了，張巡與許遠商議，修書一封，令南霽雲率領勇士三十人，各騎快馬，衝出城去。城外兵士數千，向霽雲圍來，霽雲令三十人分左右，用強弩射住。一夜趕到彭城，拜見主將許叔冀，把張、許二人求救的書信交上。叔冀看了書信，忙去把賀蘭進明請來；進明素忌張、許二人聲威，恐救之功出己上，便不願救助。又愛南霽雲忠勇，便置酒高會，又盛設音樂。南霽雲登堂問：「賀蘭將軍，已發兵救睢陽乎？」

進明微笑道：「睢陽城亡在旦夕，出師亦無益，將軍只飲酒，莫問睢陽事。」

霽雲大哭道：「昨出睢陽城時，將士已不得粒米入腹，不飽食亦一月餘；今將軍不救此數千義士而廣設聲樂，末將與睢陽城眾義士，有同生死之心，義不獨享！」

進明與叔冀二人，再三勸酒，霽雲勃然大怒，起身道：「今末將奉主帥之命，不得達，請留一指以報我諸義士。他說罷，急拔下佩刀來，砍斷一指，一座大驚。霽雲掉頭不顧，大踏步出門去，躍身上馬，轉身抽箭，射佛寺塔上，射落塔磚及半。霽雲憤憤道：「吾破賊必殺賀蘭，以此箭為信！」

急至真源郡，得李賁助馬百匹；至寧陵，又得城使廉坦助兵三幹。霽雲率兵，星夜奔回睢陽，殺進一條血路。睢陽城外大兵如雲，霽雲且戰且進，四面受敵。追至城下，只得八百人，時值大霧，對面不見人；張巡在城樓上聽得城外喊殺之聲大震，大喜道：「此南將軍之聲也！」

急開城。霽雲入城，已殺得血滿戰袍，面無人色。欲知後事如何，且聽下回分解。

豬兒夜刺祿山　龜年途遇李謩

南霽雲只討得八百個救兵，何濟於事。睢陽城外敵兵越打越凶，到十月癸丑日，許遠正守西城，忽聽得天崩地裂價一聲響亮，睢陽城倒了東北角，敵兵如潮湧而進。張巡見大勢已去，便在城樓上向西哭拜道：「孤城備竭，弗能全，臣生不報陛下，死為鬼以殺賊。」

便與許遠同時被擒。睢陽城中大小將士，共有三十餘人，一齊被綁著去見尹子琦。那三十餘人，見了張巡，不禁失聲大哭。張巡對眾人道：「安心，不要害怕，死是天命。」

子琦對張巡道：「聽說將軍每次督戰，必大呼眥裂血面，嚼齒皆碎，何至於此？」

巡答稱：「我欲氣吞逆賊，苦於力不從心耳。」

子琦聞張巡罵他逆賊，不覺大怒，便拔刀直刺張巡嘴口中，齒盡落，只存三四枚。張巡大罵道：「我為君父而死，雖死猶生！汝甘心附賊，是直犬彘耳！絕不得久活。」

子琦命眾武士拿快刀架在張巡頸子上，逼他投降。張巡只仰天大笑，又令威逼著南霽雲，霽雲低頭無語。張巡在旁大聲呼道：「南八，男兒死耳，不可為不義屈！」

霽雲笑道：「公知我者，豈敢不死。」

子琦見將士都不肯降，便令刀斧手押出轅門去；張巡為首，後面南霽雲、姚闇、雷萬春一班三十六人，一齊斬首。

張巡死時，年四十九歲。此時許遠被囚在獄中，子琦令與三十六人頭一齊押送至洛陽；路中經過偃師，許遠對賊大罵，亦被押解武士殺死。

張巡身長七尺，須長過腹；每至怒時，鬚髯盡張。讀書不過三次，便永久不忘。守淮陽城、睢陽城時，經過大小四百餘戰，殺死敵將三百人，敵兵死十餘萬人。他用兵不依古法，調兵遣將，隨機應變。有人問他：「何以不依兵法？」

張巡答稱：「古時人情樸實，故行軍分左右前後，大將居中，三軍望之，以齊進退。今賊兵乃胡人，胡人烏合之眾，不講兵法，變態百出，故吾人亦須出奇計以應之。只須兵識將意，將識士情，上下相習，人自為戰，便能致勝。」

每戰必親自臨陣，有退縮者，巡便進而代之。對兵士道：「我不去此，為我決戰。」

軍士們感其誠意，便各以一當百。

張巡又能與眾人共甘苦，大寒大暑，雖見廝養賤卒，亦必整衣正容。與許遠二人困守睢陽城中，初糧盡殺馬而食，馬盡則殺婦人老弱而食。守城三月，共食人至三萬口；日殺城中百姓，而百姓無一怨恨者。城破之日，城中只有百姓四百人。後人議論張巡，初守睢陽，有兵六萬人，至糧盡，不知全師而退，另圖再生之路，卒至出於食人，殺人寧若全人？當時朝臣如張澹、李舒、董南史、張建封、樊晃、朱臣川、李翰一班人，都上奏說：「睢陽為江淮咽喉，天下不亡，皆張、許二人守城之功也。」

天子下詔，贈張巡為揚州大都督，許遠為荊州大都督，南霽雲開府儀同三司。張巡子亞夫，拜為金吾大將軍；許遠子玫，拜為婺州司馬。在睢陽城中，建立雙忠祠。

張巡與許遠，同年生而長巡數月，巡因呼遠為兄。後肅宗皇帝大曆年間，張巡的兒子去疾，上書請褫奪許遠官爵。他奏章上說道：「孽胡南侵，父巡與睢陽太守許遠，各守一面；城陷，賊從遠所守處入。巡及將校三十餘人，皆割心剖肌，慘毒備嘗；而遠與麾下無傷。巡臨命嘆曰：『嗟乎，賊有可恨者！』賊曰：『公恨我乎？』巡曰：『恨遠心不可得，誤國家事；若死有知，當不赦於地下。使國威喪失，功業墮敗，則遠之於臣，實不共戴天。』請追奪官爵，以洗冤恥。」

皇帝下詔與百官議，當時朝臣都替許遠抱屈，上章辯道：「去疾證狀最明者，城陷而遠獨生也。且遠本守睢陽，凡屠城以生致主將為功。則遠後巡死，實不足惑。若曰，後死者與賊，其先巡死者，謂巡當叛可乎？當此時，去疾尚幼，事未詳知；且祿山之役，忠烈未有若二人者。事載簡書，若日星，不可妄議輕重。」

後世韓愈也說：「二人者，守死成名，先後異耳。二家子弟材下，不能通知其父志，使世疑遠畏死而服賊，遠誠畏死，何苦守尺寸地，食其所愛之肉抗不降乎？且見授不至，人相食而猶守，甚愚亦知必死矣；然遠之不畏死甚明。至言賊從遠所守處入，此與兒童之見無異；且人之將死，其臟腑必有先受病，引繩而絕之，其絕必有處，今從而罪之，亦不達於理也！」

所以張、許二人守睢陽城，一般地有大功；只因他能出死力守城至三月之久，那郭子儀和李光弼的大兵，才趕得上在江淮一帶收復十三座郡城，賊勢大衰。

那安祿山住在洛陽宮中，只因慶緒和慶恩二人爭立太子的事，兩下里明爭暗鬥，十分激烈。這一天，安祿山在孫孝哲母親房中臨幸，那孫母仗著和安祿山多年的恩情，便立逼著安祿山要他早定了慶恩為太子。安祿山原也愛慶恩的，又念在與孫氏早年患難恩情，便也一口答應了。說：「明日與丞相商定了，下立太子的詔書。」

這訊息傳得真快，那孫氏和安祿山在枕上說的話，早已有人去報與大將軍慶緒知道。慶緒聽了大怒，便去喚李豬兒進府來商議。李豬兒說道：「事已至此，大將軍宜從早下手。」

慶緒問：「如何下手？」

李豬兒在慶緒耳邊，只說了一個「刺」字。慶緒怔怔的半天，說道：「怕與人情上說不過去吧？」

李豬兒冷笑一聲說道：「什麼人情不人情！安祿山受大唐天子那樣大恩，尚且興兵謀反，也怪不得俺們今日反面無情了！」

慶緒點頭稱是。但要行此大事，不宜遲緩，趁今夜深更人靜，便去結果了這老昏君吧。

李豬兒得了慶緒的說話，便回家去，扎縛停當，聽醮樓上打過三鼓，便在黑地裡沿著宮牆走去，一路里樹蔭夾道，涼月窺人。正走著，忽見前面巡軍來了。李豬兒便閃身在大樹背面，聽那巡軍走到跟前，嘴裡嚕嚕唆唆說道：「大哥你看那御河橋樹枝為何這般亂動？」

一個年老的說道：「莫不有什麼奸細在內？」

那第一個說道：「這所在那得有奸細，想是柳樹成精了！」

巡軍頭兒道：「呸！你們不聽得風起嗎？不要管，一起巡去就是了。」

待巡軍去遠了。李豬兒又閃身出來，慢慢地行去。

看看已到後殿，那一帶矮牆，蜿蜒圍繞著，李豬兒一聳身輕輕地跳過牆去，側耳一聽，那後宮中風送出一陣一陣笙歌之聲。

李豬在安祿山宮中，原是熟路，他先悄悄地去爬在寢宮屋簷上候著。直到四鼓向盡；只見兩行宮燈，一簇宮女，扶著安祿山酒吃醉了，東歪西斜地進寢宮來。祿山年老，身體愈是肥笨，那腿彎腋下都長著溼瘡；又因好色過度，把兩隻眼睛也玩瞎了。

每日在宮中出入，須有六個宮女在前後左右扶持著。但安祿山還是日夜與孫氏、李氏縱淫不休；且酷好杯中之物，每飲必醉，每醉必怒。李豬兒和嚴莊二人，終日隨侍在安祿山左右，進出扶脅，又陪侍在床第之間，替他解釦結帶，每值安祿山酒醉，便拿這兩人痛笞醒酒。李豬兒和嚴莊二人，受了這折辱，也是敢怒而不敢言。每一次怒發，必得李氏來勸慰一番，又陪著在床笫間縱樂宣淫。這李氏卻是夏姬轉世，因要討安祿山的好兒，竟日夜與安祿山糾纏不休。安祿山雖愛好風流，但經不得李氏一索再索，竟漸漸地有些精力不濟了。後來安祿山竟常常推託酒醉，獨自一人，睡在寢宮裡躲避著。

這一夜，李豬兒跳進宮去行刺，正是安祿山酒醉，安息在便殿中。李豬兒站在屋簷上，看得親切；見眾宮女扶持著安祿山醉醺醺地進宮去安寢，只聽得安祿山喚著宮娥問道：「李夫人可曾回宮去？」

宮女答稱：「回宮去了。」

安祿山又自言自語地說道：「孤家原不曾醉，只因打破長安以後，便想席捲中原；不料近日聞得各路兵將，俱被郭子儀殺得大敗，心中好生著急。又因愛戀李夫人太甚，酒色過度；不但弄得孤家身子疲軟，連雙目都看不見了。因此今夜假裝酒醉，令她回宮，孤家自在便殿安寢，暫且將息一宵。」

安祿山口中咕嚕著，慢慢地睡熟去了。那在跟前伺候的宮女，一個一個地退出房來，坐在廊下打盹兒。李豬兒看看是時候了，不敢延挨，便把大刀藏在脅下，噗地一聲，落下地來，又蹲身一竄，竄進了殿裡。看繡幔低垂，門兒虛掩著；李豬兒拍一拍胸脯，把膽放一放大，一側身便鑽進門去。見窗前紅燭高燒，床上羅帳低垂，一陣一陣的鼾聲如雷；豬兒一聳身，輕輕地站在床前，拿刀尖撥開帳門看時，見安祿山高高地疊起肚子睡著。豬兒咬一咬牙，對準了安祿山的肚子，便是一刀直搠下去，刀身進去了一半，接著聽到殺豬般地大喊一聲。安祿山從睡夢中痛醒過來，把兩手捧住刀柄，用力一拔，那腸子跟著刀尖直瀉出來。一個肥大的身體，在床上翻騰了一陣，兩腳一挺，直死過去了。

那廊下守著的宮女，正在好睡時候，被安祿山的喊聲驚醒；再細聽時，安祿山在床上翻騰，直震撼得那床柱也搖動起來。

四個宮女，一齊跳起身來，搶進屋子去；才到房門口，那李豬兒正從屋子裡衝出來，只略略一舉手，把四個嬌怯怯的宮女一齊推倒，眼看著他一聳身跳上屋簷去，逃走得無影無蹤。待宮女進屋子去看時，那安祿山死得十分可怕，只喊得一聲：「不好了！外廂值宿軍士快來！」

連跑帶跌地逃出房來，正遇到那值宿軍士，問：「為何大驚小怪？」

宮女齊聲答道：「皇爺忽然夢中大叫，急起看時，只見鮮血滿地，早已被刺客殺死了。」

那軍士進屋去看了，便去報與大將軍慶緒知道。

慶緒連夜進宮來料理，把安祿山的屍身，用氈毯包著埋在床下，推說皇上病危，下詔立慶緒為太子。到第二日清早，又傳諭稱祿山傳位與慶緒，尊安祿山為太上皇，改國號為載初元年，逐孫氏母子出洛陽。慶緒既做了皇帝，每日與李豬兒母子二人，在宮中飲酒縱樂，朝廷政事，悉聽嚴莊一人主持；令張通儒、安守忠二人，屯兵長安；史思明領范陽節度使，屯兵恆陽；牛廷玠屯兵安陽；張志忠屯兵井陘。一時軍事大盛。

訊息傳到靈武，肅宗皇帝便下旨，令廣平王統率大軍東征。李嗣業統前軍，郭子儀將中軍，王思禮將後軍。又有回紇葉護部落各騎兵助戰。張通儒兵十萬，駐紮長安；大部是胡人，胡兵素畏回紇聲勢，一見回紇，騎兵便一鬨驚散。李嗣業將兵合攻，通儒大敗，棄妻子，逃至陝中。廣平王奪回長安，又轉向洛陽攻來。

此時蔡希德從上黨來，田承嗣往穎川來，武令珣從南陽來，有兵六萬人，會攻洛陽；安慶緒勢不能支，棄洛陽宮殿而逃。捉得慶緒弟慶和，送京師斬首。慶緒只得兵五百人，去投史思明；史思明聞慶緒來奔，先令軍士披甲埋伏在兩廊，待慶緒到，再拜優地，謝曰：「臣不克負荷，棄兩都，陷重圍，臣之罪，唯大王圖之！」

史思明怒曰：「兵利不利亦何事，而為人於殺父求位，非大逆耶？吾今乃為太上皇討賊！」說至此，向左右回顧，便有武士牽出，斬下慶緒首級來。

肅宗知慶緒已死，使下詔令郭子儀、李輔國，統九節度使兵二十萬，來攻思明。可笑史思明才篡得安慶緒的皇位，不多幾天，便也被他兒子史朝義指使他手下的曹將軍，拿繩子活活地縊死。那朝義也被他臣下田承嗣逼得出走，縊死在醫巫閭祠下。安、史兩賊俱滅。當時受史思明官職的恆州刺史張忠志，趙州刺史盧俶，定州刺史程元勝，徐州刺史劉如伶，相州節度使薛嵩，又有大將李懷仙、田承嗣，一齊獻出城池，投降唐朝，從此天下太平。

肅宗皇帝率領文武大臣，回到長安，修復宗廟，招安人民；一面齎表到成都，請太上皇迴鑾。玄宗得了京中表章，便也打點啟駕回京。一日，匹馬在成都郊外遊行，後面只高力士一人隨侍著；忽見迎面一架大橋，玄宗舉手中鞭，指問：「此橋何名？」

高力士奏稱：「名萬里橋。」

玄宗在馬上嘆道：「一行師真神仙中人也！」

高力士忙問：「何事？」

玄宗道：「朕六年前幸東都，與一行師共登天宮寺閣，心中不覺感慨起來，便問一行師：『吾甲子得終無患乎？』一行答稱：『陛下行幸萬里，聖祚無疆。』至今想來，朕到此萬里橋邊，當是前定。」

高力士也奏道：「人間萬事莫非前定，萬歲爺諸事寬懷便是。」

正說著，一陣西風吹來，甚是寒冷；玄宗心中想著楊貴妃，不覺又流下淚來，說道：「妃子匆匆埋葬，只有一紫褥裹身；如此寒天，叫她冰肌玉膚，如何耐得！」

便急急回宮去，下旨，欲為楊貴妃改葬；陳元禮見了聖旨，甚是畏懼。當有禮部侍郎李揆奏道：「龍武將軍以楊國忠反故誅之，並及其妹；今若改葬貴妃，恐令武將士疑懼。」

玄宗看了奏章，只得作罷。此時太上皇鑾駕已從成都出發，玄宗究竟放心不下，便暗暗地打發高力士，趕到馬嵬驛，用錦繡被服，改葬貴妃；誰知掘開墳土來一看，只見一幅紫被，裹著一把白骨，卻全無貴妃的屍骸。

只有一個錦香囊，尚掛在胸骨前。高力士把錦香囊取得，胡亂拿錦被包著殘骨葬下，回京來把這錦香囊呈與太上皇。太上皇便藏在懷袖中，終日不離。但玄宗此次回宮，景物全非；便是那梨園子弟，和龜年弟兄，還有昔日服侍貴妃的永清、念奴兩個宮女，都不在眼前了。心中萬分淒涼。卻不知道李龜年已流落在江南地方，賣歌乞食。

這一日，是青溪鷲峰寺大會，紅男綠女，遊人擠滿了道路；那李龜年也抱著琵琶，向人叢中行來。他一邊行著，一邊嘆說道：「想我李龜年，昔日為內苑伶工，供奉梨園；蒙萬歲爺十分恩寵，自從朝元閣教演《霓裳曲》成，奏上龍顏大悅，與貴妃娘娘各賜纏頭，不下數萬。誰想祿山造反，破了長安；聖駕西巡，萬民逃竄。俺們梨園部中，也都七零八落，各自奔逃。老漢如今流落在江南地方，沿門賣歌，真淒涼死人也！」

他說著，便去坐在廟門外牆角上，脫楞楞彈得琵琶響亮。便隨意唱道：

「不提防餘年值亂離，逼拶得岐路遭窮敗；受奔波風塵顏色黑，嘆衰殘霜雪鬢鬚白。今日個流落天涯，只留得琵琶在；揣羞臉上長街又過短街，哪裡是高漸離擊築悲歌，倒做了伍子胥吹簫也那乞丐！想當日奏清歌趨承金殿，度新聲供應瑤階；說不盡九重天上恩如海，幸溫泉驪山雪霽，泛仙舟興慶蓮開。玩嬋娟華清宮殿，賞芬芳花萼樓臺。正擔承雨露深澤，驀遭逢天地奇災。劍門關塵蒙了風輦鑾輿，馬嵬坡血汙了天姿國色；江南路哭殺了瘦骨窮骸。可衰落魄，只得把霓裳御譜沿門賣，有誰人喝聲彩，空對看六代園陵草樹埋，滿目興衰！」

李龜年這一場彈唱，頓時哄動了逛寺院的閒人，圍定了李龜年，成了半個大圈子；聽他琵琶聲兒彈得幽幽咽咽的，眾人止不住落下淚來。忽見一個少年，上前對李龜年打一個恭，說道：「小生李暮，自從在驪山宮牆外偷按《霓裳》數疊，未能得其全譜；今聽老丈妙音，當時梨園舊人？小生想天寶年間，遺事甚多，何不請先把貴妃娘娘當時怎生進宮來的情形唱來聽聽！小生備得白銀五兩在此，奉與老丈，聊為老丈潤潤喉兒。」

李龜年也不答話，便抱起琵琶來，彈著唱道：

「唱不盡興亡夢幻，彈不盡悲傷感嘆。大古裡淒涼滿眼對江山，我只待撥繁弦傳幽怨，翻別調寫愁煩。慢慢地把天寶當年遺事彈。」

他唱完這第一闋，略停了一停，接著唱第二闋道：

「想當初慶皇唐太平天下，訪麗色把蛾眉選刷；有佳人生長在弘農楊氏家，深閨內端的玉無瑕。那君王一見了歡無那，把鈿盒金釵親納，評拔做昭陽第一花。」

當時有幾個聽唱的女子，便忍不住問道：「那貴妃娘娘怎生模樣？可有咱家大姐這樣標緻麼？」

李龜年又撥動琵琶唱著第三闋道：

「那娘娘生得來仙姿佚貌，說不盡幽閒窈窕；真是個花輸雙頰柳輸腰，比昭君增妍麗，較西子倍風標，似觀音飛來海嶠，恍嫦娥偷離碧霄。更春情韻繞，春酣態嬌，春眠夢俏；縱有好丹青，那百樣娉婷難書描！」

場中有一個老頭兒，聽完了這一段，便掀髯笑道：「聽這老翁說得楊娘娘標緻恁般活現，倒像是親眼見的，敢則謊也！」

李暮攔著說道：「只要唱得好聽，管他謊不謊。老丈你自唱下去，那時皇帝怎麼樣看待她家呢？」

李龜年接唱著第四闋道：

「那君王看承得似明珠沒兩，鎮日裡高擎在掌；賽過那漢宮飛燕倚新妝，可正是玉樓中巢翡翠，金殿上鎖著鴛鴦。宵偎晝傍，直弄得個伶俐的官家顛不剌懵不剌撇不下心兒上。弛了朝綱，占了情場，百支筆寫不了風流帳。行廝並，坐廝當，雙赤緊地倚了御床，博得個月夜花朝同受享。」

有一個小老兒正蹲在地下聽唱，他聽到有趣時，噗的一聲，仰翻在地，哈哈大笑道：「好快活，聽得咱似雪獅子向火哩！」

便有一個小夥子扶著他起來，問道：「你這話怎麼說？」

那小老兒說道：「雪獅子向火，便是化了！」

聽得眾人也撐不住哈哈大笑起來。李暮又問道：「當時宮中有《霓裳羽衣》一曲，聞說出自御製，又說是貴妃娘娘所作，老丈可知其詳？請再唱與小生聽聽。」

那李龜年便點點頭，接著唱第五闋道：

「當日呵那娘娘正荷庭把宮商細按譜新聲，將霓裳調翻；晝長時親自教雙鬟，舒素手拍香檀，一字字都吐自珠唇皓齒間。恰便似一串驪珠聲和韻閒，恰便以鶯與燕，弄關關恰便似鳴泉花底流溪澗，恰便似明月下冷冷清梵，恰便似緱嶺上鶴唳高寒，恰便似步虛仙珮夜珊珊。傳集了梨園部教場班，向翠盤中高簇擁著個娘娘，得到那君王帶笑看。」

李謩聽了嘆道：「果然是好仙曲！只可惜當日天子寵愛了貴妃，朝歡暮樂，致使漁陽兵起，說起來令人痛心呢！」

李龜年卻忍不住替貴妃辯護著道：「相公休只埋怨貴妃娘娘，只因當日誤任邊將，委政權奸，以致廟謨顛倒，四海動搖；若使姚、宋猶存，哪見得有此。若說起漁陽兵起一事，真是天翻地覆，慘目傷心。列位不嫌絮煩，待老漢再慢慢彈唱出來者。」

說著，又接唱第六闋道：

「恰正好嘔嘔啞啞霓裳歌舞，不提防撲撲突突漁陽戰鼓；劃地裡出出律律紛紛攘攘奏邊書，急得個上上下下都無措。早則是喧喧嗾嗾驚驚遽遽倉倉卒卒挨挨搒搒出延秋西路。鑾輿後攜著個嬌嬌滴滴貴妃同去，又只見密密匝匝的兵，惡惡狠狠的語，鬧鬧吵吵轟轟騞騞四下喳呼。生逼散恩恩愛愛疼疼熱熱帝王夫婦，霎時間畫就了這一幅慘慘淒淒絕代佳人絕命圖！」

李謩聽了，不覺流下淚來，嘆道：「天生麗質，遭此慘毒，真可憐也！」

那旁一個小老兒指著李謩拍手笑道：「這是說唱，老兄怎麼認真掉下淚來？」

李謩也不去睬他，只趕著李龜年問道：「那貴妃娘娘死後，葬在何處？」

李龜年又接唱著第七闋道：

「破不刺馬嵬驛舍，冷清清佛堂倒斜；一代紅顏為君絕，千秋遺恨滴羅巾血。半棵樹是薄命碑碣，一杯土是斷腸墓穴；再無人過荒涼，野莽天涯誰弔梨花謝。可憐那抱幽怨的孤魂，只伴著嗚嗚咽咽的望帝悲聲啼夜月！」

李龜年停住琵琶，又插著一段道白：「哎呀，好端端一座錦繡長安，自被祿山破陷，光景十分不堪了。聽俺再彈波。」

接著又唱第八闋道：

「自鑾輿西巡蜀道，長安內兵戈肆擾；千官無復紫宸朝，把繁華頓消頓消。六宮中朱戶掛蛛蛸，御榻旁白晝狐狸嘯。叫鴟鴞也麼哥！長蓬蒿也麼哥！野鹿兒亂跑，苑柳宮花一半兒凋，有誰人去掃去掃。玳瑁空梁燕泥兒拋，只留得缺月黃昏照，嘆蕭條也麼哥染腥臊。玉砌空堆馬糞高。」

李龜年唱到這裡，那琵琶脫楞一聲彈個煞尾，也便收場。

那班男女便也各各輕身散去，獨有這李謩呆呆地站著不去。欲知後事如何，且聽下回分解。

念梅妃宮中刻像　欺上皇道旁拉馬

李龜年收了場子，夾了琵琶，正轉身要走，忽見那李謩搶上前來，一把拉住道：「老丈，小生聽你這琵琶，非同凡手，得自何人傳授的？」

李龜年見問，不禁神色慘然道：「你問我這琵琶麼？它曾供奉過開元皇帝。」

李謩詫異道：「這等說來，老丈定是梨園部內人了？」

李龜年答道：「說也慚愧，老漢也曾在梨園中領班，沉香亭畔承值，華清宮裡追隨。」

李謩更覺詫異道：「如此說來，老丈莫不是賀老？」

李龜年搖著頭道：「俺不是賀家的懷智。」

問：「敢是黃幡綽？」

答道：「黃幡綽和俺原是老輩。」

問：「這樣說來，想必是雷海青了？」

答道：「俺是弄琵琶的，卻不是姓雷！他呵，已罵賊身死。」

「這等想必是馬仙期了？」

答道：「俺也不是擅長方響的馬仙期，那些都是舊相識，恰休提起。」

李謩卻依舊追問道：「不知老丈因何來到這江南地方？」

李龜年答道：「俺只為家亡國破，從死中逃生，來自江南地方，乞食度日。」

李謩道：「說了半天，不知老丈究是何人？」

答道：「老漢姓李，名龜年的便是。」

李謩道：「呀！原來是李教師，多多失敬了！」

李龜年問了李謩名姓，才恍然道：「原來是吹鐵笛的李官人，幸會幸會！」

李謩問：「那《霓裳》全譜，可還記得麼？」

答道：「也還記得，官人為何問它？」

答道：「不瞞老丈說，小生性好音樂，向客西京，老丈在朝元閣演習《霓裳》之時，小生曾傍著宮牆，細細竊聽，已將鐵笛偷寫數段，只是未得全譜，各處訪求，無有知者。今日幸遇老丈，不知肯賜教否？」

李龜年流落在江南，正苦不遇知音，且找不得寓處。李謩便邀著龜年到家中，每天傳授《霓裳羽衣曲》去。這李謩年少風流，浪跡四海，只因酷好音樂，便散盡黃金，尋覓知音。如今得了李龜年傳授妙曲，真樂得他廢寢忘食。李謩原不曾娶得妻小的，在家中便與李龜年抵榻而眠；每至夢迴睡醒，便與李龜年細論樂理。李龜年自到得李公子家中，每天好酒好飯看待，身上也穿得甚是光鮮，因此他心中十分感激李公子的恩德，正苦無法報答。

這一日，正是清明佳節，李謩被幾個同學好友，邀去飲宴；只留下李龜年一人在家中，獨坐無聊，便出東門找幽靜地方閒步去。在一帶柳蔭下走著，忽然一陣風夾著雨點，撲面打來；李龜年渾身被雨水打溼了，不由得慌張起來，急急找有房屋的所在躲去。抬頭只見前面一座道院，那橫額上寫道：「女貞觀」三字。兩扇朱紅門兒，卻虛俺著。李龜年卻也顧不得，便一納頭側著身兒挨進門去看，好一座莊嚴的大殿。殿中供著如來佛的丈六金身，鐘鼓魚磬，排列得十分整齊；那佛座下面又設著一個牌位，李龜年不由得走近去看時，見牌位上寫著一行字道：「唐皇貴妃楊娘娘靈位。」

李龜年再低低地念了一遍，不由得兩行眼淚，撲簌簌地向腮兒上直流下來。一面倒身下拜，口中說道：「哎喲！楊娘娘不想這裡顛倒有人供養。」

拜罷起來，只見裡面走出一個年輕女道士來，口中問：「哪個在這裡啼哭？」

待走近看時，不覺一驚，道：「你好似李師父模樣，何由到此？」

李龜年口中答應道：「我李龜年的便是。」

細細看那女道士時，卻也大驚道：「姑姑莫非是宮中的念奴姐姐麼？」

那女道士見了李龜年，卻只有悲咽的份兒，哭得說不出話來。龜年連問：「姐姐幾時到此？」

念奴勉強抑住悲聲，說道：「我去年逃難南來，出家在此。師父因何也到此地？」

龜年道：「我也因逃難流落江南，前在鷲峰寺中遇著李謩官人，承他款留在家；不想今天又遇到姐姐。」

念奴問：「哪個是李謩官人？」

龜年道：「這人說起來也奇，當日我與你們在朝元閣上演習《霓裳》，不想這李官人就在宮牆外面竊聽，把鐵笛來偷記新聲數段，如今要我傳授全譜，故此相留。」

念奴道：「唉！《霓裳》一曲，倒得流傳；不想制譜之人，已歸地下！連我們演曲的，也都流落他鄉，好傷感人也！」

念奴說著，止不住把羅袖拭著眼淚。李龜年忙安慰著，又問：「那永清姐姐卻為何不見？」

念奴見問，便又不覺嘆著氣道：「我們二人，原和姊妹相似，赤緊地不忍分離；誰知她身體單薄，受不住路上風寒，如今病倒在觀中。」

說著，那觀主也出來了。龜年看時，一位三十歲左右的婦人，氣度甚是雅淡；因聽他二人說得十分淒涼，便出來好言相勸。接著那道婆出來說：「永清姑姑喚呢。」

念奴急急進裡屋看視。此時天色已是晴霽，李龜年便也起身告辭。

回到家中，把在女貞觀中遇到念奴的話，告訴李謩知道。

李謩聽說永清、念奴也是舊時朝元閣演曲的人，便喜得什麼似的，隔了幾天，便央著李龜年，帶他到女貞觀去拜見念奴。誰知念奴正淚光滿面的在那裡哭她的同伴永清。原來永清恰於昨夜死了，此時正忙著收殮。李謩在一旁勸慰了幾句，又丟下十兩銀子，給永清超薦的，念奴千恩萬謝。李謩正要辭去，一眼見那觀主出來，原來正是去年在馬嵬坡同看襪的女道姑。今日無意相逢，那觀主便邀住李謩不放，擺上素齋來，李謩與李龜年二人胡亂吃了些。

從此李謩心中卻撇不下這念奴，常常獨自一人瞞著李龜年到這女貞觀中來走動。他一來果然也愛上了念奴的顏色，二來也憐惜她的身世，又因她能演唱《霓裳》曲子，不覺也動了知音之感。便是念奴到此時，身世飄零，卻有人來深憐熱愛，不覺全個兒心腸撲在這多情公子身上去。後來還是李龜年成就了他們的好事，替他們做了一個月老。念奴便還俗出來，嫁與李謩，一雙兩好地過著日子。

這時太上皇已回京師，懷念天寶舊人，李謩夫妻二人，都被召進宮去，拜李謩為中書舍人；只可憐李龜年在前幾天已病死在李謩家中，不及再見太上皇的顏色了。太上皇回宮，肅宗皇帝便奉養在興慶宮中，朝夕與張皇后來宮中定省。所有昔日天寶舊人，都撥入興慶宮中伺候太上皇。這興慶宮，原是太上皇做太子時候住的，如今垂老住著，心中卻也歡喜；只因楊貴妃已死，宮中三千粉黛，俱已凋零，別無太上皇寵愛的人。

這時忽然想起那梅妃江採蘋，忙命高力士到翠華東閣去宣召，滿擬訴說相思，慰問亂離。誰知高力士去到東閣找尋梅妃時，早已人去樓空；問舊日宮女，卻沒有一個在了。便在後宮中尋遍，也不見有梅妃的蹤跡。沒奈何，只得空手回來復旨。太上皇聽了，不禁萬分傷心；想起梅妃的美麗婉戀，與她昔日兩地相思的滋味，便愈覺得梅妃的可愛了。他疑是兵火之後，流落在民間。

肅宗皇帝，便下詔在民間察訪；如有尋得梅妃送還京師的，當給官三秩，賞錢百萬。這樣的重賞，誰人不願；民間頓時熱鬧起來，家家戶戶，搜尋的搜尋，傳說的傳說，哄動了多時，卻不見有梅妃的形跡。太上皇又命道士飛神御氣，上升九霄，下察九洲，也不可見。太上皇因想念梅妃，又時時悲泣。肅宗皇帝暗令丹青妙手，畫一幅梅妃小像，令高力士獻與上皇；太上皇看了嘆道：「畫雖極似，可惜不活。」

便題詩一首在畫上道：「憶昔嬌妃在紫宸，鉛華不御得天真；霜綃雖似當時態，爭奈嬌波不顧人！」

寫罷，不覺淚滴袍袖，命匠人把像刻在石上，藏在東閣中。

這時天氣漸漸暑熱，太上皇晝臥在竹林下納涼，矇朧睡去，彷彿見梅妃隔竹佇立，掩袖而泣。太上皇招以手，問妃子：「究居何處？」

梅妃哽咽著說道：「往昔陛下蒙塵，妾死亂兵之手，憐妾者葬妾於池東梅樹旁。」

太上皇大哭，一慟而醒，立傳高力士，命率眾內侍往太液池發掘；掘遍池東梅樹下，卻毫無音響。太上皇愈是悲傷，忽想到溫泉湯池旁，亦有梅樹十多株；便親自坐小輦到溫泉，見了華清池，又不覺想起往日情形，十分感慨。命內侍在梅樹下發掘，才一動手，便見一酒槽中，以錦裀裹屍；拂土視之，面色如生。太上皇扶屍大慟，親去揭視；見玉體脅下有刀痕，忙命高力士備玉棺收殮。太上皇自制誄文，用妃子禮改葬在東陵。

那興慶宮外，便是勤政樓；太上皇於黃昏月上時，便登樓遠望，見煙月蒼茫，淒涼滿眼，便信口歌道：「庭前琪樹已堪攀，塞外征人殊未還！」

歌罷，遠遠地聽得宮牆外有人和著唱《宮中行樂詞》。太上皇心中大感動，問高力士道：「此得非梨園舊人乎？明日為我訪來。」

明日，高力士依聲尋去，果是梨園子弟。高力士又在民間尋得昔日楊貴妃的侍女名紅桃的，太上皇命紅桃唱《涼州詞》。這詞兒昔日楊貴妃親制的，太上皇又親自吹著玉笛，依聲和之。紅桃唱罷，不覺相視而泣。紅桃說：「昔日娘娘在華清宮中，常唱此曲。」

太上皇便攜著紅桃，重幸華清宮；見宮中嬪御，都非舊人。太上皇至望京樓下，傳張野狐在樓上奏《雨霖鈴》曲。此曲原是太上皇西幸至斜谷口時，遇雨旬日，在棧道上隔山聞雨打鈴聲相應，太上皇因想念妃子，便採其聲，製成此曲。今張野狐在樓上奏此曲，未及半，太上皇已涕不可仰，左右也十分感傷。高力士命罷奏，勸上皇回宮。上皇見宮院荒涼，也無可留戀，便回興慶宮來。

在宮門口，又遇到昔日新豐女伶，名謝阿蠻的。這謝阿蠻瘦削腰肢，善舞《凌波曲》，容貌也長得美麗，舊時養在宮中，楊貴妃認做養女，十分得寵。此時重與太上皇想見，但形容已憔悴消瘦得可憐。太上皇帶她回宮去，召舊日樂工奏《凌波曲》，令阿蠻再舞；可憐她腰肢已生硬了，又因病後無力，才轉得幾個身，便又暈倒在地。太上皇親自去扶她起來，想起貴妃在日那種酣歌醉舞的情景，有如隔世，不禁相看落下淚來。阿蠻又從她纖瘦的臂上脫下一雙金粟裝臂環，呈與太上皇。說：「此環是娘娘在日賜與婢子的。」

太上皇見了金環，又禁不住哽咽著說道：「此環是我祖太帝，破高麗時，獲得二寶：一名紫金帶；一是金粟裝臂環。當時岐王獻《龍池篇》一文，朕即以金帶賜之；後貴妃進宮，又以此臂環賜貴妃。數年後高麗國王知此二寶已歸朕處，便遣使臣上書求賜還二寶；因高麗國失此二寶，國中風雨不調，人民災病。朕即還以紫金帶一事，此臂環則以妃子所愛，不還。汝今既得此，當寶愛之。朕今再見此物，回想當年妃子豐隆玉臂，幾經把握，不覺令人悲從中來！」

高力士在一旁，見太上皇悲不能已，便以回視阿蠻，令退，扶太上皇回宮安息去。太上皇憐阿蠻病弱，便傳諭給醫藥錢五百兩，放回家中調養。

過了幾天，高力士又覓得老伶工賀懷智進見。太上皇問：「可有妃子舊事足使回憶？」

賀懷智奏稱：「臣憶得上皇夏日，與親王在勤政樓下棋，傳臣至座前獨彈琵琶；此時楊娘娘手抱康國猧立案旁觀局，上皇數枰子將輸，娘娘即放猧子落棋盤上亂之，使不分勝敗。上皇拍手笑樂。風吹娘娘圍巾，落於臣頭頸上，纏繞久之，始落地。臣歸家，覺滿屋香氣，發於頭巾，臣即藏巾於錦囊，此香味至今不散。」

太上皇問：「錦囊何在？」

賀懷智即從腰間卸上錦囊，呈與上皇。上皇發囊，便覺奇香撲鼻。便嘆道：「此妃子生前愛用之瑞龍腦香。妃子每入華清池浴時，必以此香灑於玉蓮朵上而坐之，一再洗濯，香氣不散。況此絲織潤膩之物，宜其經久不散也。」

太上皇在宮中所遇皆傷心事，所說皆傷心話，從此神情鬱鬱，常繞室閒步，口中微吟道：「刻木牽絲作老翁，雞皮鶴髮與真同；須臾舞罷寂無事，還似人生一世中！」

高力士見太上皇哀傷入骨，怕有大患。那勤政樓有一飛橋，橋下橫跨市街，只因宮禁森嚴，帝后親貴，從不至飛橋上觀覽的。此日天氣晴和，高力士欲使太上皇解愁散悶，便扶至橋上，推窗閒眺。那街市上的人民，從樓下走過，抬頭忽見飛橋上站著一位太上皇，大家不覺喜形於色，依戀橋下；人數愈聚愈多，竟把一條大街壅塞住了。那太上皇見人民如此愛戴，便也含笑向眾人點頭示意。人民不禁跳躍著歡呼道：「今日再得見我太平天子！」

齊呼萬歲，歡聲動地。太上皇得人民如此擁戴，卻不覺把滿腹憂愁忘去了。

這時肅宗皇帝臥病在南內，朝廷大事，都有丞相李輔國專權。肅宗寵愛張皇后，李輔國諸事便稟承張皇后，內外通成一氣。這張皇后因太上皇在位之時，溺愛王皇后，至今懷恨在心，便時時在肅宗皇帝跟前說上皇如何偏心，又說如仙媛、高力士、陳元禮一班勾通上皇，密謀變亂。如今肅宗既已臥病，李輔國又大權在握，見太上皇深得民心，怕與自己有不利；便乘肅宗病勢昏迷的時候，假造皇上旨意，奉太上皇遷居西內，使與人民隔絕，只選老弱內監三十餘人，隨太上皇遷居。

移宮之日，李輔國全身披掛，率御林軍士一千人，個個提刀躍馬，在太上皇前後圍繞著；上皇馬蹄略緩了一些，那軍士們便大聲呼叱起來，慌得太上皇把手上韁繩失落，幾乎撞下馬來。虧得左右常侍上去扶住。高力士見此情形，不覺義憤填膺，急拍馬搶上前去，扶住上皇的轡頭，大聲喝道：「上皇為五十年太平天子，李輔國舊時家臣，何得無禮」

幾句話說得李輔國滿面羞慚，不覺失落手中轡頭，忙滾身下了馬鞍，躬身站在一旁。高力士又代上皇傳諭問眾將士：「各得好在否？」

一時千餘兵士，個個把刀納入鞘中，跳下馬來，拜舞在上皇馬前。口稱：「太上皇萬歲！」

高力士又喝令李輔國拉馬，李輔國便諾諾連聲，搶步上前，替太上皇拉住馬韁，直送到西內安息。太上皇俟李輔國退後，便握著高力士的手，流淚說道：「今日非將軍在側，朕早死於李賊刀下矣！」

這李輔國，本名靜忠，原是宮中小太監；玄宗時候，當了一名閑廄，專一調養馬匹，面貌甚是醜陋，稍解得書算，事高力士二十餘年，薦與皇太子，得隨侍東宮。陳元禮殺楊國忠，李輔國原也是同謀的；待太子在靈武即位，愈得親信，拜為行軍司馬。得肅宗皇帝信任，凡有四方章奏軍符禁寶，統交與輔國管理。

輔國在肅宗前，能偽作小心，迎合意旨；胸中滿藏奸險，使人莫測。生平不食葷。時時赴佛寺禮拜，貌為慈善，使人不疑。肅宗還京，愈見寵任，拜殿中監閑廄，五坊宮苑營田栽接總監使，兼隴右群牧，京畿鑄錢長春宮等使，少府殿中二監，封成國公，實封五百戶。凡朝中宰相百官欲見天子的，須先謁李輔國，才得無阻礙。肅宗每下詔書，須得李輔國署名，方能通行。在宮中出入，有三百武士，披甲保衛，滿朝親貴，不敢呼名，只呼為五郎。李揆為丞相，拜輔國為義父，稱做五父。

此時太上皇初回大內，住興慶宮中；肅宗每日從夾道中來候上皇起居，太上皇有時念及肅宗，亦至大明宮，父子笑談甚樂。有時帝與太上皇在中途相逢，肅宗命陳元禮、高力士、王承恩、魏悅、玉真公主一班先朝舊臣，常侍太上皇左右；又令梨園弟子，日奏聲樂。宮廷之內，常得享天倫之樂。

李輔國雖說驕貴，但因自幼在高力士手下，高力士十分瞧他不起。在宮中相遇，高力士也不與之為禮。因之李輔國含恨在心，每欲立一奇功，自立威望。因人民愛戴太上皇，他便乘機誣告，說陳元禮、高力士、如仙媛、王承恩一班舊人，謀舉太上皇復位，矯旨遷太上皇入西內。

當日李輔國受了高力士的羞辱，欲殺高力士的心更甚；第二日，又矯旨流王承恩至播州，流魏悅至溱州，流如仙媛至歸州，又欲流高力士至嶺南。高力士奉詔，便向太上皇痛哭叩別；太上皇大憤，即下手諭與肅宗，請留高力士在左右聽給使。張皇后又怕太上皇見肅宗時有私心語言，便令萬安公主、咸宜公主住上皇宮中視服膳，暗地裡卻監察著太上皇與高力士二人的言語舉動。因之太上皇心中鬱鬱不樂。肅宗雖病癒，卻聽信了張皇后和李輔國二人的言語，久不往朝上皇；父子之間，恩義隔絕。文武大臣，俱上表請皇上朝見上皇，那表章俱被李輔國留置不發。

時值五月五日，肅宗懷抱小公主在便殿，接見李唐，指小公主對李唐道：「朕愛此女，故不忍釋手，卿勿怪也。」

李唐奏道：「太上皇思見陛下，當亦如陛下之愛公主也！」

肅宗聽了此話，頓時天良發現，那淚珠奪眶而出，急從夾道去朝見太上皇，父子執手痛哭。從此肅宗不時至西內定省，太上皇稍稍得安居。但所有天寶舊人，俱被李輔國驅逐得乾乾淨淨，獨留得高力士一人，年老龍鍾，早晚陪著上皇。

時交秋令，太上皇每於黃昏人靜，聽窗外雨打梧桐，倍覺傷心，一粒冷幽幽的燈火，照著他君臣二人，萬分淒涼。太上皇問道：「當年朕在劍閣聽雨，所制《雨霖鈴》曲，高力士可還記得麼？」

高力士忙答道：「臣字字記在心中。」

太上皇便自吹玉笛，高力士依聲唱道：

「萬山蜀道，古棧岧嶢；急雨催林杪，鐸鈴亂敲，似怨如愁，碎聒不了。響應空山魂暗消，一聲兒忽慢嫋，一聲兒忽緊搖；無限傷心事，被他鬥挑。寫入清商轉恨遙！」

太上皇聽高力士唱罷，不禁又長吁短嘆起來。高力士深怕上皇又勾起愁腸傷心不已，便連連催道：「夜已深了，請萬歲爺安寢吧。」

太上皇側耳聽時，宮牆外更鼓三敲，便站起身來，自有兩個老宮女扶著到御床上去安睡。太上皇睡在枕上，還自言自語地說道：「哎！今夜呵，知甚夢兒到得俺眼前來也！」

高力士便吩咐宮女：「萬歲爺睡了，姐姐們且去歇息兒來。」

侍宮女退去，高力士便開啟被兒，就御床下睡了。太上皇在枕上才說得一句話兒，便已沉沉睡去。恍惚間見兩個內侍在御床前跪倒，高聲叫：「萬歲爺請醒來！」

太上皇問：「你二人哪裡來的？」

那內侍奏稱：「奴婢奉楊娘娘之命，來請萬歲爺。」

上皇喜道：「呀！原來是楊娘娘不曾死！如今卻在何處？」

內侍奏道：「娘娘在馬嵬驛中，恭候聖駕。」

上皇道：「朕為妃子百般相思，誰知依舊在馬嵬驛中。你二人快領朕前去，連夜迎妃子回宮來便了！」

上皇正隨著二內侍行去，忽見一位將軍，騎馬執槍。向前來攔住，大聲喝道：「陛下久已安居南內，因何事深夜微行，卻到什麼地方去？請陛下快快回宮！」

上皇抬頭看時，認得那馬上將軍，便是陳元禮。不覺大怒喝道：「咗！陳元禮！你當日在馬嵬驛中，暗激軍士，逼死貴妃，罪不容誅！今日又特來犯駕麼？」

那陳元禮打恭奏道：「陛下若不回宮，只怕六軍又將生變。」

上皇又大驚喝道：「咗！陳元禮！你明欺朕閒居退朝，無權殺你；內侍們，快把這亂臣賊子斬下首級來！」

一陣吆喝，那陳元禮卻躲避不見了。只見那荒亭冷驛，照在斜陽裡，卻不見有人出入。上皇忙問內侍：「已到馬嵬驛來，妃子卻在何處？」

正問時，那驛亭也不見了，只見眼前一片大水，怒潮洶湧，向岸上撲來；在大水中間，又湧出一頭怪物，豬首龍身，張牙舞爪撲來。上皇急倒退數步，只喊得一聲：「唬殺我也！」

高力士在睡夢中，被上皇喚醒，忙走近御床去看時，上皇恰也從枕上醒來，問道：「高力士，外邊什麼呵？」

高力士奏稱：「是梧桐上的雨聲。」

上皇在枕上次想夢境，便道：「高力士，朕方才夢見兩個內侍，說楊娘娘在馬嵬驛中，來請朕去；多因是妃子的精魂未散，朕想昔時漢武帝思念李夫人，有李少君為之召魂想見，今日豈無其人？你待天明，可即傳旨，令天下地方官為朕遍覓方士來，與楊娘娘召魂。」

高力士奉了上皇旨意，便去奏明肅宗皇帝；肅宗又下詔令各處地方官，訪求道行高深的羽士，為楊娘娘招魂。這聖旨傳遍天下，誰不希圖富貴？那班方士，便齊集都門，人人自稱有李少君之術。上皇大喜，一一召見，命招楊娘娘的精魂。誰知那班方士，本領都不高強，只能在地府中搜尋，卻不見有楊娘娘的魂魄。最後有一位道士，自蜀中奉詔來至京師，自稱能昇天入地，訪求魂魄。上皇在便殿中召見，這道士自稱名楊通幽。

便向上皇求一淨室，楊道士一人坐室中，焚香閉目，一靈出竅，先在地下搜尋不得；第二天便遊神至天界尋覓，亦不可得；第三天，卻訪求四方上下東極，渡大海跨蓬島。忽見東南最高峰上，有紅樓隱約；楊道士便凝神聚氣，飄然下降，站身在紅樓前。欲知後事如何，且聽下回分解。

會亡妃玄宗宴駕　愛良娣肅帝懼內

楊道士的精魂，站定在蓬島紅樓前；迎面一座大穹門，便放大膽挨身走進門去。漸漸走近西廂，只見一洞戶東向，雙扉緊閉；洞上橫額，寫著「王妃太真院」五字。楊道士拔下髻上簪子來，輕輕地叩著洞門，那門「呀」地開了。楊道士看時，見是一個童女，梳著雙鬟，面貌長得十分秀美，見了楊道士，十分怕羞。不待楊道士開口，便低鬟含笑而入。接著，又出來一個碧衣女侍，開口問楊道士：「仙客從何處來？扣門何事？」

楊道士自稱為大唐太上皇使臣，來尋覓楊娘娘精魂。那碧衣侍女聽了，躊躇半晌，答道：「此處並無楊娘娘，只有玉妃，現方晝寢；俟妃子醒來稟明，再行奉請。」

楊道士諾諾連聲，只得在洞門外靜靜地候著。

直到夕陽西下，只見方才那碧衣侍女出來，只說得一聲：「玉妃召大唐使臣進見。」

楊道士不敢怠慢，只躬身短步，隨在侍女身後走去；經過幾處瓊樓玉宇，在一座寢宮庭下。侍女喚聲：「站住！」

楊道士屏息低頭，只聽得殿上嚦嚦鶯聲，傳問：「上皇安否？」

楊道士在上皇宮中，原見過楊貴妃畫像的；至此，他微微抬頭，見繡幕啟處，上面坐著一位，竟是楊娘娘。

看她雲裳霞帔，羽扇寶蓋，儀態萬方；左右兩行侍女侍立著，傳下玉妃的話來。楊道士忙叩首奏說：「上皇相思甚苦，特遣方外微臣，來求娘娘精魂想見。」

玉妃聽了，微微嘆息道：「上皇宜自保養。」

便令一絳衣侍女，去取出金釵一股，鈿盒一個；玉妃親自將釵盒折作二份，以一份交與楊道士，令拿去覆命：「為我謝太上皇；謹獻此物，證舊好也。」

楊道士得釵鈿，將要起身告辭；忽念此釵鈿恐不足取信於上皇，便求王妃，須有當時一事為他人所不得知者，藉以覆命。玉妃聽奏，低頭思索了一會，便徐徐言曰：「憶昔天寶十年，侍萬歲避暑驪山宮，新秋七月，在織女牽牛雙星想見之夜，上皇憑肩指說牛女故事，心有所感，便雙雙拜倒，密密相誓，願生生世世，結為夫婦。

誓畢，吾與上皇執手相看，嗚咽不勝。此事獨上皇知之耳，吾今為此一念，又不得久居於此，當墜塵劫，再與上皇結後緣，或為天，或為人，可得再見，好合如舊日也。今汝以此言復上皇，當能使上皇安慰；且為我寄語太上皇，亦不久於人世，幸當自愛，勿自苦也。」

楊道士聽畢，再拜叩首而出。

急睜眼看時，身在淨室，摸懷袖中，得斷釵半盒，便去獻與上皇。又把玉妃傳言，說個備細。上皇悲道：「朕此生竟無與妃子一面之緣乎！」

楊道士即奏：「臣尚有小技，可使陛下慰情。」

便向高力士索黃絹一軸，自出袖中筆墨，誦咒呵氣，彷彿畫一女人像形，如羽士畫符，只略是人形而已。次日，請上皇齋戒沐浴，入淨室，對黃絹坐定，凝神一志，默想平日妃子形態，三日夜不休。楊道士滅燭，請上皇再向黃絹詳視，乃真貴妃面貌也。上皇連呼妃子，不覺大喜。楊道士奏稱：「尚未也，便請備五色帳，設壇室中，虔誠供養。」

又另覓十五六歲聰慧端正的女兒，共二十四人，在室中曼聲唱子建《步虛詞》。

楊道士也在室中禹步誦咒，連焚符篆，又吸菸直呵像上，又命二十四女兒，一一如法向像上呵煙。

至黃昏人定時，楊道士與二十四女兒一齊退出，請上皇秉燭獨進帳中去。上皇手中所執之燭，是楊道士用五色石名衡遙者研成細末，與諸藥相和，製成一燭，外畫五色花，稱做還形燭。上皇執還形燭，進帳見楊貴妃，宛然睡在帳中。上皇低聲呼之，貴妃以手拭淚道：「陛下以天下之主，尚不能庇一弱女子，有何面目再想見乎？沉香亭下七夕之誓，陛下豈忘之乎？」

上皇聽貴妃聲聲悲咽，亦不覺淒然淚下，便再三撫慰。說：「馬嵬之變，是出於不料。」兩人唧唧噥噥，曲盡綢繆；貴妃又脫臂上玉環，為上皇納臂上。正憐愛時，忽聽晨雞遠唱，楊道士推門入內，高聲奏稱：「天曉宜別矣！」

枕上貴妃忽已不見，上皇亦如夢初醒；急起身出帳，見臂上玉環宛然。

從此上皇心大徹悟，移居大內甘露殿，習避谷練氣之法。

張皇后進櫻桃蔗漿，上皇不食，終日只玩一紫玉笛，閒吹數聲，便有雙鶴飛下庭心，徘徊不去。一日，上皇對侍兒宮愛說道：「吾奉上帝之命，為元始孔升真人，此去可會妃子矣！」便命扶入帳中，首才著枕，便已崩矣。一時肅宗皇帝與張皇后齊來哭臨，就中只謝阿蠻哭之最哀。

玄宗一生多情，寵愛楊妃，豔傳千古；後有詩人白香山，制《長恨歌》一首，歷敘玄宗與貴妃一生事跡，傳誦人口。那歌辭道：

漢皇重色思傾國，御宇多年求不得；
楊家有女初長成，養在深閨人未識。
天生麗質難自棄，一朝選在君王側；
回頭一笑百媚生，六宮粉黛無顏色。
春寒賜浴華清池，溫泉水滑洗凝脂；
侍兒扶起嬌無力，始是新承恩澤時。
雲鬢花顏金步搖，芙蓉帳暖度春宵；
春宵苦短日高起，從此君王不早朝。
承歡侍宴無閒暇，春從春遊夜專夜；
後宮佳麗三千人，三千寵愛在一身。
金屋裝成嬌侍夜，玉樓宴罷醉和春。
姊妹弟兄皆列土，可憐光彩生門戶！

遂令天下父母心，不重生男重生女。
驪宮高處入青雲，仙樂風飄處處聞；
緩歌慢舞凝絲竹，盡日君王看不足。
漁陽鼙鼓動地來，驚破霓裳羽衣曲。
九重城闕煙塵生，千乘萬騎西南行；
翠華搖搖行復止，西出都門百餘里。
六軍不發無奈何，宛轉蛾眉馬前死。
花鈿委地無人收，翠翹金雀玉搔頭；
君王掩面救不得，回看血淚相合流。
黃埃散漫風蕭索，雲棧縈紆登劍閣；
峨嵋山下少人行，旌旗無光日色薄。
蜀江水碧蜀山青，聖主朝朝暮暮情。
行宮見月傷心色，夜雨聞鈴腸斷聲！
天旋日轉回龍馭，到此躊躇不能去；
馬嵬坡下泥土中，不見玉顏空死處。
君臣相顧盡沾衣，東望都門信馬歸；
歸來池苑皆依舊，太液芙蓉未央柳。
芙蓉如面柳如眉，對此如何不淚垂！

春風桃李花開日，秋雨梧桐葉落時；
西宮南內多秋草，落葉滿階紅不掃。
梨園弟子白髮新，椒房阿監青娥老。
夕殿螢飛思悄然，秋燈挑盡未成眠。
沉沉鐘漏初長夜，耿耿星河欲曙天。
鴛鴦瓦冷霜華重，翡翠衾寒誰與共？
悠悠生死別經年，魂魄不曾來入夢！
臨邛道士鴻都客，能以精誠致魂魄；
為感君王展轉思，遂教方士殷勤覓。
排空馭氣奔如電，昇天入地求之遍；
上窮碧落下黃泉，兩處茫茫皆不見。
忽聞海上有仙山，山在虛無飄渺間；
樓殿玲瓏五雲起，其中綽約多仙子。
中有一人字太真，雪膚花貌參差是。
金闕西廂叩玉扃，轉教小玉報雙成；
聞道漢家天子使，九華帳裡夢魂驚。
攬衣推枕起徘徊，珠箔銀屏迤邐開；
雲鬢半偏新睡覺，花冠不整下堂來。

風吹仙袂飄飄舉，猶似霓裳羽衣舞；
玉容寂寞淚闌干，梨花一枝春帶雨。
含情凝睇謝君王，一別音容兩渺茫；
昭陽殿裡恩愛絕，蓬萊宮中日月長。
回頭下望人寰處，不見長安見塵霧；
唯將舊物表深情，鈿盒金釵寄將去。
釵留一股合一扇，釵擘黃金盒分鈿；
但教心似金鈿堅，天上人間會相見。
臨別殷勤重寄詞，詞中有誓兩心知：
七月七日長生殿，夜半無人私語時。
在天願作比翼鳥，在地願為連理枝；
天長地久有時盡，此恨綿綿無絕期。

玄宗臨死的時候，舉目四望，卻不見那高力士，便長嘆一聲而逝。

這高力士，因李輔國啣恨入骨，賴有上皇庇護，得居西內，陪侍上皇；待玄宗病危，李輔國又矯肅宗皇帝旨意，將高力士流配至嶺南。高力士奉皇帝詔，便哭拜道：「臣當死已久，天子哀憐至今日，願一見上皇顏色，雖死不恨！」

李輔國不許，即令武士扶掖出宮去，縲紲上道。直至寶應元年，赦罪還朝，見上皇遺詔，向北拜哭道：「大行升遐，不得攀梓宮，死有餘恨！」

吐血斗餘，一慟而絕。時年七十九歲。

死之日，來廷坊佛祠與寧坊道士祠為之擊鐘祈禱，早升西天。此二祠，原是高力士生前所造。當時高力士威勢極盛，拜驃騎將軍封渤海郡公時，建成兩祠；祠中有珍樓室屋，所藏珍寶，雖國庫亦不能及。又在祠門外建一大鐘樓，樓成，高力士大宴公卿，諸貴親欲得高公公歡心，每一扣鐘，便納禮錢十萬，多有一人二十扣者，亦有十扣者；高力士廣時又得錢千數百萬。

玄宗明知力士之貪，便因其忠心於帝，亦容忍之。當時太子瑛被廢，武惠妃正得寵；李林甫專權，有擁立壽王之意。玄宗因肅宗年長，思立之而意未決；心中鬱鬱不安，眠食俱廢。高力士進諫道：「大家不食，亦膳羞不具耶？」

玄宗嘆息道：「爾我家老，揣我何為而然？」

高力士道：「豈因太子未定耶？推長而立，其誰敢爭執？」

玄宗聞高力士之言，便決定立肅宗為太子。後天寶中，邊將爭功，玄宗常自解道：「朕春秋高，朝廷細事付宰相，蕃夷不靖付將軍，寧不暇耶？」

高力士奏對道：「臣間至閣門，見奏事者言雲南數喪師，又北兵強悍，陛下何以制之？臣恐禍成不可禁。」

高力士意言安祿山將謀反也。自高力士死後，李輔國更是橫行無忌。

在李輔國前，尚有一宦官，名程元振的。時張皇后謀立越王，元振見太子發其奸，與李輔國助平大難，立太子為代宗。

拜元振為右監門衛將軍，知內侍省事。再遷為驃騎大將軍，封邠國公，統領禁兵，權震天下，勢在輔國上，而性凶橫又過之，軍中呼為十郎。其時吐蕃兵勢甚急，攻城陷地，京師危迫；因元振勢壓諸將，雖元振假天子命集天下兵，無一人肯奔命者。

吐蕃兵直撲便橋，肅宗倉皇避居陝地，京師又陷於賊。搶劫府庫，焚殺人民，城郭為墟。於是太常博士翰林待詔柳伉上書，痛斥元振，表章上道：

「犬戎以數萬人犯關度隴，歷秦渭，掠邠涇，不血刃而入京師；謀臣不奮一言，武士不力一戰，提卒叫呼，劫宮闈，焚陵寢，此將帥叛陛下也！自朝義之滅，陛下以為智力所能，故疏元功，委近習，日引月長，以成大禍。群臣在廷，無一犯顏回慮者，此公卿叛陛下也！陛下始出都，百姓塡然，奪府庫相殺戮，此三輔叛陛下也！自十月朔，召諸道兵盡四十，無只輪入關者，此四方叛陛下也！內外離叛，雖一魚朝恩以陝郡戮力，陛下獨能以此守社稷乎？陛下以今日勢安耶危耶？若以為危，豈得高枕不為天下計？臣聞良醫療疾當病飲藥，藥不當疾猶無益也。陛下視今日病何由至此乎？天下之心，乃恨陛下遠賢良任宦豎，離間將相而幾於亡；必欲存宗廟社稷，獨斬元振首，馳告天下，悉出內使，隸諸州，獨留朝恩備左右。陛下持神策兵，付大臣，然後削尊號，下詔引咎，率德勵行，屏嬪妃，任將相。若曰天下其許朕自新改過乎？宜即募士西與朝廷會；若以朕惡未悛耶？則帝王大器，敢妨聖賢，其聽天下所往。如此而兵不至，人不感，天下不服，請赤臣族以謝！」

肅宗讀疏，便下詔，盡奪元振官爵，放歸田裡，四方兵皆至，殺退吐蕃兵，奉肅宗回京師，重整宮殿，再立社稷。此時元振從三原喬裝作婦女模樣，渾入京師，投司農卿陳景詮家謀反；被御史省探得蹤跡，捕元振與景詮二人，交刑部審服，長流元振至溱州，降景詮為新興尉。元振行至江陵地方病死。

又有魚朝恩，亦為宮中最有權力的宦官，史思明攻打洛陽時，魚朝恩統領神策兵，屯陝中；洛陽陷落，思明長驅至硤石，使子朝義為遊軍。肅宗集勇武軍十十萬，沿渭河而東，朝恩按兵陝東，使神策將衛伯玉與賊將康文景等戰，敗之。京師平復，加開府儀同三司，封馮翊郡公，專領神策軍，賞賜不絕；朝恩恃功而驕，在朝無所忌憚。

時郭子儀功蓋天下，朝恩心懷妒忌，因相州之敗，便力為詆譖。肅宗雖不聽其語，但因此罷子儀兵柄。吐蕃攻破京師，朝恩有勤皇之功，便欲挾天子遷都洛陽，藉避戎狄；文武百官，正排列滿朝的時候，魚朝恩率領武士十餘人，各執兵器，當殿高聲道：「虜數犯京師，夫子欲避兵洛陽，諸文武云何？」

宰相未對，有夫子近臣抗聲對道：「中官反耶？今屯兵足以捍賊，何遽脅天子棄宗廟為？」朝恩低頭無語，而郭子儀亦出班奏稱不可。自此肅宗漸有不信朝恩之意，而宦官李輔國的威勢，更甚於朝恩。

李輔國矯旨遷上皇於西內，並流陳元禮、高力士諸人，而權勢愈大；又能結好張皇后，肅宗畏懼張後，便也畏懼輔國。

肅宗有子十四人，章敬皇后生代宗皇帝，孫宮人生皇子係，張貴妃生皇子倓，王妃生皇子佖，陳婕妤生皇子僅，韋妃生皇子僴，張美人生皇子侹，後宮生皇子榮，裴昭儀生皇子僙，段婕妤生皇子倕，崔妃生皇子偲，張皇后生皇子佋、皇子侗，後宮人生皇子僖。在玄宗末年，所有肅宗之子，俱封王爵。當時係封南陽郡王，至德二年，進封趙王，與彭王、兗王、涇王、鄆王、襄王、杞王、召王、興王、定王九王同封。

乾元二年，九節度兵在河北大敗，朝廷震動，便用李光弼代郭子儀統兵。光弼求賢王為軍中主帥，肅宗下詔，以趙王係充天下兵馬元帥，而以光弼副之。事定回京，皇帝有疾，皇太子監國；張皇后與宦官李輔國有仇怨，密召太子入內，對太子道：「輔國執掌禁兵，用事已久，四方詔旨，皆出其口；矯天子旨，逼遷聖皇，天下側目。平日心常怏怏，忌我與汝。又程元振陰結黃門，圖謀不軌；若棄而不誅，禍在眉睫矣！」

太子聞之，泣曰：「此二人者，皆陛下勛舊，今上體不裕，重以此事，得無震驚乎？請出外徐議之。」

張後嘆曰：「此子難與共事！」

便召皇子係入內，問：「汝能行殺元振之事乎？」

係允諾。係退，即選勇士二百人，披甲執刀，伏於長生殿，竟矯帝命，召太子入宮。

元振已探得張後計謀，走告輔國，使勒兵在凌霄門迎接太子以難告。太子道：「皇上病危，吾豈可畏死不入乎？」

元振諫道：「入則及禍。」

乃以兵護送太子入飛龍廄，勒兵，夜入三殿，捕皇子係，及恆俊等百餘人下獄，又囚張後於別殿；輔國暗遣刺客，夜入宮禁，殺張後及皇子係。後肅宗病癒，而張良娣之寵愈甚，外與輔國結納，欺壓皇帝。

肅宗為太子時，與章敬皇后吳氏恩情甚深，生代宗皇帝；後玄宗亦重視之。肅宗未及登位，而吳氏已短命死，年僅十八歲；唯張良娣隨侍肅宗最久，張氏之祖母，原為竇昭成皇后之妹。玄宗幼年喪母，在姨家撫養，視張氏祖母，有如己母；竇氏亦鞠愛倍至，玄宗即位，封竇氏為鄧國夫人，甚得玄宗親信。

生五子：長子去惑，次子去疑，三子去奢，四子去逸，五子去盈，皆為大官。去盈尚常芬公主，為駙馬；去逸生張良娣。肅宗為忠王時，娶韋元娃女為孺人，後立為太子，即以孺人為妃，張氏為良娣。韋妃之兄，名堅，被李林甫陷害死；太子大懼，請與韋妃絕義，韋妃毀去衣裳，貶入冷宮。

安祿山反，韋妃落於賊手，此時唯張良娣得專侍太子。張氏性聰慧，而口能辯，又機警能迎合意旨。玄宗避兵西去，良娣隨肅宗渡渭河，百姓攔跪道旁，請留太子守長安。太子不聽，張良娣再三勸諫太子，以天下為重；肅宗沒奈何，便折向北行，止於靈武。良娣日侍左右，每夜寢，良娣必居前室。肅宗與語道：「前室非婦人所宜，且暮夜可虞，汝宜在後。」

張良娣對道：「天下方多事，倘有不測，妾願以一身當賊，殿下可從容從帳後避難；寧可禍妾，不可及殿下。」

因此肅宗寵愛良娣愈深。住靈武不久，便產一子，才閱三月，即起為戰士縫衣；肅宗戒以產後須節勞，良娣奏答道：「今日不應自養，殿下當為國家計，毋專為愛妾憂。」

如張良娣這般靈心慧舌，那得不動人憐愛；更以良娣姿色，美麗絕世，肅宗此時與良娣患難相依，倍覺恩愛。後玄宗傳位與肅宗，聞良娣之賢，便賜以七寶雕鞍；良娣以上皇所賜，不覺大喜。

滿朝中只一李泌，是真正忠臣。一日，入見肅宗，見良娣七寶雕鞍，即進奏道：「今四海分崩，當以儉約示人，良娣不應乘此，請撤除鞍上珠玉，付庫吏收藏，留賞有功之人。」

肅宗此時，正倚重李泌，有所陳奏，無不聽從；只張良娣因奪了她寶鞍，心中十分不快，時露怏怏之色。肅宗無可解慰，便與良娣飲博為歡。從此張良娣在宮中飲博成了習慣，後移駕彭原，日夕縱博，聲達戶外；所有四方奏報，多致停頓。李泌在元帥府中，與行宮只隔一牆；每夕聞良娣嬌聲呼叱，便又入宮勸諫。

肅宗一面怕受李泌勸諍，一面又怕失了張良娣的歡心，便囑木菌令斡，製成骰子，擲時毫無聲息。雖每日賭博，而外間卻毫無知覺，李泌也便不去煩擾了。後肅宗欲得良娣的歡心，思立良娣為後，便與李泌商議道：「良娣祖母，與朕祖母為姊妹行，上皇亦頗愛良娣；朕欲使良娣正位中宮，卿意如何？」

李泌奏勸道：「陛下在靈武時，因群臣勸進，以天下為念，踐登大位，並非為一身一家之計也；若冊後事，且當親承上皇大命，方為合禮。」

肅宗所了李泌一番言語，暫止了立後之念。張良娣竭力侍奉皇帝，一番苦心，滿望肅宗寵愛，早定後位，偏偏不做美的李泌，被他三言兩語，一天好事，化為雲煙，良娣心中，恨不能拔去眼中之釘。平日在肅宗跟前，常有怨恨李泌之言；所幸肅宗信李泌甚深，君臣之間，毫無嫌隙。

這李泌在玄宗時候，早已得皇帝信用，當時李泌才得八歲。

只因玄宗深喜佛老之學，開元十六年，召天下能言佛老孔子之道者，入禁中互相答難。此時有一童子，名員俶者，年只九歲，便朝見天子，能言善辯，座中博學年長的文臣，俱被他屈服。

玄宗大異之，讚歎道：「世豈有如此聰明之童子耶？」

員俶奏稱：「臣有舅氏子名李泌者，年少臣一歲，而敏慧則勝臣十倍。」

玄宗不信，即下詔徵召李泌。

時玄宗正與燕國公張說弈棋，即令張說試其能否。張說便令李泌說方圓動靜，李泌道：「請聞其說？」

張說便指案上棋局道：「方若棋局，圓若棋子，動若棋生，靜若棋死。」

泌立刻答道：「方若行義，圓若用智，動若騁才，靜若得意。」

張說離席賀道：「得此奇童，陛下之福也！」

玄宗亦大喜道：「此子精神大於身體，便賜以彩帛黃金，放之回家，詔其家人，善視養之。」

當時宰相張九齡，與嚴挺之、蕭誠均友善，挺之恨蕭誠奸佞，勸九齡謝絕蕭誠，九齡不能決。李泌問之，九齡道：「嚴太苦勁，蕭軟美可喜。」

泌大聲道：「公起布衣，以直道至宰相而喜軟美者耶？」

九齡大驚，急改容稱謝。呼李泌為少友。

泌漸年長，喜讀《易》，常遊嵩山、華山及終南山間，訪求神仙不死之術；天寶年間，又被召入朝，請復明堂九鼎。玄宗與講《老子》有法，拜為待詔翰林，供奉東宮。皇太子與之甚厚，常與肅宗賦詩，譏誚楊國忠、安祿山。國忠矯皇帝命，革斥李泌官職。後肅宗即位靈武，又令人物色求訪，李泌自來謁見時，陳說天下成敗之理。肅宗欲授以官，李泌力辭，願從皇帝為客，入議國事，出陪輿輦。軍中指肅宗，謂衣黃色衣者為聖人，衣白色衣者為山人。肅宗聞之，便賜李泌衣紫色衣，拜為元帥廣平王行軍司馬，從此言聽計從，天下大治。當時皇子倓，英俊有才，肅宗欲使之統兵為元帥。

李泌諫道：「建寧王倓，素稱英毅，不愧將才；但廣平王是兄，而建寧王是弟，他日建寧立功而使廣平為吳太伯矣！」

肅宗道：「廣平原是長子，名義自在，豈必以元師為重。」

泌又道：「廣平未正位東宮，今天下艱難，眾心所屬，皆在元帥；若建寧大功得成，陛下雖無意立為太子，而建寧左右之臣，豈肯袖手不一爭乎？太宗、上皇已有明徵，請陛下三思。」

肅宗大悟。時建寧王在牖下，李泌退出時，建寧王即迎謝之，謂：「保全我兄弟之情，先生之功也！」

李泌卻步道：「泌只知為國，不知植黨，王不必疑泌，亦不必謝泌，但始終能孝友，便是國家之福矣！」

次日，肅宗果下詔，拜廣平王俶為天下兵馬大元帥，統率諸將東征。欲知後事如何，且聽下回分解。

玉美人引出眞美人　假夫妻配成怨夫妻

李泌在朝，盡心輔助肅宗，平定天下；守復兩京，迎回上皇。待上皇去世，肅宗內寵張良娣，外溺李輔國；李泌知不可留，一日肅宗留李泌在宮中宴飲，同榻寢宿。泌乘間求退，略謂：「臣已略報聖恩，今請許作閒人。」

肅宗道：「朕與先生同患難，當與先生共安樂，奈何思去耶？」

李泌答道：「臣有五不可留：臣遇陛下太早；陛下任臣太重；寵臣太深；臣功太高；跡亦大奇；有此五忌，是以不復可留也。」

肅宗見李泌說話甚是堅決，心中卻甚是捨不得；但卻也是無法挽留，只是默然不語，忍不住流下淚來。李泌見肅宗如此情重，心中十分感動，忙爬下地去叩著頭道：「陛下天高地厚之恩，臣終身不言去矣！」

肅宗上去，把李泌扶起，君臣二人，握住手大笑。從此李泌又早晚在宮中。

肅宗在東宮的時候，常被李林甫欺壓，便是吳妃，也因害怕林甫的威權，憂懼而死。如今肅宗登位，李林甫雖已死多年，但皇帝一口怨恨之氣，終不曾出得。便欲去掘開李林甫的墳墓，燒他的屍骨。

李泌勸道：「陛下身為天子而不忘宿怨，未免示人以不廣。」

肅宗滿面怒色道：「李林甫之往事，卿豈敢忘之耶？」

李泌答道：「臣意不在此，上皇有天下五十年，壽數已高；一旦失意，南方氣候惡，且春秋高，聞陛下修舊怨，將內慚不樂，萬一有所傷感，因而成疾，是陛下以天下之廣，不能安親也。」

肅宗恍然大悟，去抱住李泌的頸子，淚如雨下，連連說道：「朕不如卿也！」

此時史思明擾亂東南，其勢甚大，肅宗甚是憂慮。問李泌：「何日能盡滅賊寇？」

李泌對道：「賊掠得金帛子女，盡送至范陽，是有苟得之心，豈能取中國耶！唐人為所用者，皆脅制偷合；至天下大計，非所知也。臣意不出二年，盡滅寇矣！陛下無欲速。夫王者之師，當務萬全，圖久安，使無後患。今當下詔，使李光弼守太原，出井陘，郭子儀取馮翊，入河東，則史思明、張忠志不敢離范陽常山，安守忠、田乾真不不敢離長安，是以三地禁其四將也。使子儀毋取華令，賊得通關中，則北守范陽，西救長安，奔命數千里，其精卒勁騎，不踰年而斃。我常以逸待勞，來避其鋒，去翦其疲；以所徵之兵，會扶風與太原朔方軍互系之；徐命建寧王為范陽節度大使，北並塞與光弼相犄角以取范陽。賊失巢窟，當死河南諸將手。」

肅宗便依著李泌的計策行去，果然步步得手。

後來收復兩京，肅宗意欲退回東宮，還政上皇，以盡子道。

李泌又勸道：「陛下必欲還政，則上皇不來矣！人臣尚七十而欲傳，況欲勞上皇以天下事乎？」

肅宗問道：「然而如何可以兩全？」

李泌奏道：「臣自有辦法。」

便退出宮去，與群臣擬就皇帝奏上皇一稿，言天子思戀上皇，欲盡人子定省之義，請上皇速返駕以就孝養。太上皇初得奏，便答諭道：「與我劍南一道，自奉以終，不復東矣！」

肅宗見諭，甚是憂慮。李泌又為再三上奏，太上皇始大喜，對高力士道：「我今方得為天子父。」

便迴鑾至大內，李泌時時勸肅宗須孝養上皇。

但是朝中有了這位李泌，使肅宗言聽計從，使李輔國這班奸臣，心中老大的不快活。他們打聽得肅宗皇帝是寵愛張良娣的，便拿了許多金銀財帛去孝敬著良娣，又在背地裡極力說李泌的壞話。良娣要立自己的兒子做太子，時時在肅宗皇帝耳根邊絮聒。肅宗此時因寵愛張良娣，一變而為懼怕張良娣了。他不敢說自己不許，只推說是李泌一班大臣，甚是忠心於現在的太子。現在的太子在外面，頗立了戰功，若無故廢立太子，怕大臣們要不答應的。

張良娣聽了這個話，把一肚子怨氣，齊噴在李泌身上，便私地裡勾結了在朝的一班奸臣，日夜以攻擊李泌為事；並且派刺客，在半夜裡闖進李泌的臥室中去行刺。恰巧被李泌府中的差弁捉住了，審問出來，知是李輔國派遣來的刺客。當時朝廷中有一班忠義大臣，都替李泌抱不平，要去奏明皇上；只是李泌不肯，說：「此事還關礙著張良娣，俺們也得投鼠忌器，把這件事兒無形消滅了吧。」

李泌便一面上奏章告老還鄉，一任肅宗皇帝再三挽留，李泌只是求願歸隱衡山；肅宗皇帝沒奈何，只有下詔給李泌三品祿，賜隱士服，又發內帑三萬，替李泌去在衡山上建造園廬。李泌住在衡山，在屋子四周遍種著松樹、櫻樹，把他屋子題名「養和草堂」。在衡山腳下，覓得一株如龍形的松樹，便使人送進京去，獻與肅宗。

李輔國見李泌能識趣告退，便漸漸地大權獨攬起來的。這時，肅宗又立張良娣為張皇后，張皇后仗著皇帝寵愛，又因與皇帝患難相從，覷著皇帝身弱多病，懶問朝政，她便在深宮中替皇帝代管國家大事，起初還是和皇上商量著行去，後來慢慢地獨斷獨行。肅宗一身多病，也懶得管事，一任皇后胡作妄為去。

這張皇后大權在握，便勾通了丞相李輔國，竟招權納賄地大弄起來。李輔國本是一個太監出身，因此只有他一個人能自由在宮中出入，見了肅宗皇帝，又故意做出那副小心謹慎的模樣來。他見皇帝信佛，便也信佛，在宮中西苑地方，設著一個小佛堂，朝夕膜拜著；又終身不吃葷，見有殺害牲口的，他便做出那種不忍看的樣子來。肅宗皇帝拍著李輔國的肩頭，說道：「此是天下第一善人！」

因此李輔國在背地裡所做陰險狠毒的事體，都被他瞞過。

肅宗皇帝因多病，身弱，常在內宮坐臥；一班大臣，欲見天子的，須先孝敬李輔國些財帛，才得傳見。當時有京兆尹元擢，應詔入宮，便備得闐州溫玉雕成的美人一座，拿去孝敬李輔國。這溫玉原是稀世之寶，任是大寒天氣，那玉總是溫暖的；若得人早晚摩弄，或是抱著渥在被中，真是和人的肌膚一般溫暖。今拿它雕成美人兒模樣，天姿國色，可稱雙絕。

李輔國得了，也是十分歡喜，便替他在皇帝面前說著好話，從此元擢和李輔國二人，做了知己；元擢在家中備著盛大的酒筵，獨請李輔國赴席。元擢養著一班伎女，便傳喚在當筵歌舞侑酒，把個李輔國樂得手舞足蹈，忘了形骸。他雖是經過閹割了的一個太監，但也不能忘情於人慾。久聞得元擢的女兒，是一個絕世容貌，他便仗著自己的勢力，對元擢說道：「俺們通家至好，豈不可以出妻見子？」元擢也巴不得李輔國說這一句話，便親自進內院去叮囑，把女兒打扮出來，拜見李總監。他女兒名春英，不但是長得瓊姿玉貌，且也讀得滿腹詩書，頗懂得一些大義，那些富貴人家，慕春英小姐姿色的，都來求婚說配。春英小姐因他們都是紈褲子弟，只貪美色，不解情愛的，便一口回絕，說：「此身願老守閨中，長侍父母。」

因此那班王孫公子，都斷了念頭。如今聽父親說去拜見李總監，這是他家中從來沒有的事，心中十分詫異，轉念那李總監是一個閹割過的人，諒來也不至於有別的意思。當下便略略梳裝，隨著她母親出到外堂來。

那李輔國正把酒灌得醺醺大醉，一見春英小姐青春美貌，早把他樂得心花怒放，乜斜著兩道眼光，只在春英小姐鬢邊裙下打著旋兒。口中含含糊糊地說道：「元太守！你那溫玉美人兒，怎如這朵解語花兒使老夫動心也！」

一句話，說得春英小姐滿臉嬌羞，忙把翠袖兒障著面；乳孃扶著，退進後堂去。接著第二天，便有相國李揆到元擢府中來替李總監說媒，願娶元擢的女兒為妻。在元夫人膝下，只生有這個千嬌百媚的女兒，有多少富貴人家，前來求婚的，她都不曾答應；如今聽說李輔國是一個太監，又比他女兒大著一倍有餘，叫她如何捨得。

無奈那元擢一時功名念切，好似豬油蒙了心，便也不問夫人肯不肯，春英小姐願不願意，便忍心把這美人兒的終身斷送了，滿口答應招李輔國做女婿。可憐這位春英小姐，也不知痛哭了幾次；那元夫人，也不知和她丈夫大鬧過幾次，但終是沒用，這粉妝玉琢的女孩兒，終於嫁了這年過半百的老太監。

李輔國得春英小姐做妻子，他心中的快樂，自是不用說得。便先拿出私財二十萬，在興慶宮門外，蓋造起一座壯麗的新府第來。到了好日，李輔國要討春英小姐的好兒，先幾日上了一道奏本，親自捧進宮去，面求肅宗皇帝和張皇后，啟駕到新府第去吃一杯喜酒，光彩光彩。肅宗皇帝看在他一朝元老面上，那張皇后平日原和李輔國打通一氣的，豈有不答應之理。倒是老太監娶妻房，京師地方，便當做一件笑話談論；那茶坊酒肆，趙大、王二，都講這件新聞。有的替春英小姐抱屈，說：「好一朵鮮花，插在牛糞裡！」有的說：「李輔國是一個太監，缺了那話兒，在洞房花燭夜，見了這如花似玉的美人兒，不知如何發付呢！」

這都是閒話，且不去提它。

再說到了那春英小姐出閣的這一天，頓時轟動了全京城的百姓，老的少的村的俏的，都趕到興慶宮外看熱鬧。單說那文武百官，一隊一隊地擺著輿仗，到李府中來道賀的，從辰牌到午牌時分，那旗鑼傘扇，密密層層地幾乎把李府門前一條大街擠破了。

正熱鬧的時候，只聽得唵唵喝道的聲音，接著幾下靜鞭，呼呼地響著；皇帝和皇后的鑾駕出來了，那道旁的百姓，便和山崩海嘯一般，一齊跪倒在地，不住地磕著頭，誰也不敢抬頭。只聽得滿街上靜悄悄的，靴腳聲，夾著馬蹄聲，按部就班地走著；半晌半晌，那鑾輿去遠了，那百姓才敢站起身來。

那御爐中的香菸，還一陣一陣地撲進鼻管來，令人心醉。伸長了脖子望時，見前面黃旗舒展，彩蓋輝煌，還隱約可見。

那李輔國正在府中招待同僚，十分忙碌；忽見門官接二連三地飛馬報來，說：「萬歲和娘娘駕到！」

李輔國忙帶領眾文武官員，個個全身披掛，搶出府門外去，在兩旁挨次兒跪下接駕。帝后兩座鑾輿，直至中庭歇下；一班大臣，上去把肅宗皇帝從鑾輿中接出來。那張皇后的鳳駕，自有一班夫人命婦上去攙扶。那百官都迴避過了，一班夫人圍繞著皇后，走進了內院，休息更衣，獻上茶果。

張皇后和眾夫人說笑了一回，那沐春園花廳上，已安排下筵席。內官進來，幾次請娘娘啟駕入席；眾夫人分兩行領著路，走到大花廳上，那李輔國早已打扮做新郎模樣，在階石旁跪倒接娘娘鳳駕。那張皇后和李輔國在宮中原朝夕見慣的，便笑對李輔國說道：「五郎！停一回新娘來時，俺替你求著萬歲主婚如何？」

李輔國忙叩著頭稱：「多謝娘娘洪恩！」

一邊起來，在前面領道，至正中一席，皇帝和皇后並肩兒坐下；李輔國站在一旁勸酒。階下細樂齊奏，肅宗笑對李輔國說道：「五郎自便，留些精神對付新娘要緊！」

一句話，說得四座大笑起來。張皇后趁肅宗高興，便把求皇帝主婚的話說了。肅宗十分高興，滿口答應；李輔國又跪下地去，謝過恩起來，退出廊下，陪眾同僚飲酒去了。

這一天，肅宗皇帝十分有精神，罷宴出來，便和張皇后手拉手兒，在花園中閒走散步；見一窪綠水，四周繞著白石欄杆，池面很大。左面靠著一座湖石假山，堆堆得十分玲瓏，沿山石種著琪樹瑤草；

那右面卻是一片草地，綠得可愛。肅宗自即位以來，身體常常害病，臥床的時日多，遊行的時日少；如今見了這一片草地，不覺精神煥發。一回頭，見廣平王跟隨在身後。

肅宗一手去搭住廣平王的肩頭，父子二人，在草地上說說笑笑地走著。忽見遠遠的一對花鹿，站在樹林下面，伸長了頸子看人。張皇后在一旁說道：「俶哥兒快射這鹿兒！」

說著，早有內侍捧過弓箭來；廣平王接著，也不試力，也不瞄眼，便隨手一拉弓，颼的一聲，把一支箭射出去，接著那邊一聲長嚎，一頭鹿兒早著了一箭，倒在地上，四腳亂頓。肅宗皇帝看了，不覺哈哈大笑，一手撫著廣平王的肩頭，說道：「太上皇在日，常稱吾兒是英物，今果然不弱！」

廣平王忙謝過了恩，奏道：「使臣他日得掌朝廷大權，殺奸臣如殺此鹿也！」

肅宗聽了，忙搖著手說道：「吾兒莫妄言，恐招人忌。」

正說著，見四個內侍，扛著那一頭死鹿來；李輔國也笑吟吟地趕來，口中連稱賀千歲喜。廣平王見了這個李輔國，便做出愛理不理的樣子來；張皇后在一旁看了，怕李輔國下不得臺，羞老弄成怒，便接著說道：「俶哥兒，快謝過五郎送你的鹿！你倆還是幹兄弟呢，也得親近親近。」

原來這李輔國兄弟五人，輔國最幼，他入宮的時候，善能趨承肅宗和張皇后的意旨；張皇后心中很愛李輔國，不好意思自己認他做乾兒子，便趁著在靈武兵馬慌亂的時候，李輔國也立了幾件功，張皇后便逼著肅宗認李輔國為義子，從此張皇后便改口稱李輔國為五郎，早晚在宮中出入，毫不避忌。

滿朝的臣工見李輔國得了寵，恨不得個個去拜在他門下做一個乾兒子，藉此也得一個奧援，只是李輔國不肯收認。當朝只有丞相李揆，在暗地裡不知孝敬了多少財帛，才把一個李輔國巴結上，稱一聲五父。從此滿朝的官員，見了這李輔國，誰也不敢提名道姓，大家搶著也一般地喚著五父。

那肅宗十二個王子，都跟著喚五哥兒。獨有這廣平王，不肯稱呼，一見李輔國，便喚一聲五郎。李輔國也明知廣平王和他捉對，但他平日在暗地裡窺探皇帝的旨意，大有立廣平王為太子之意；因廣平王在玄宗太上皇諸孫中，原是一位長孫，平日頗得玄宗太上皇和肅宗皇帝的寵愛。

在安祿山、史思明反亂時候，廣平王又親率人馬，從房琯、郭子儀一班大將，斬關殺賊，屢立奇功。直至肅宗奉太上皇回至京城，在肅宗意欲拜廣平王為兵馬元帥，廣平王再三辭謝，只隨侍父皇在宮中，早晚定省，十分孝敬。肅宗更是愛他，常與張皇后談及，有立廣平王為太子之意。

張皇后這時寵冠六宮，她生有二子，一名佋，一名侗。佋已封為興王，在張皇后意思，欲立佋為太子。這時李輔國與張皇后勾結，也十分嫌忌廣平王，兩人便在背地裡營私結黨，又指使丞相李揆在皇帝跟前說廣平王在外如何弄兵招權。誰知那肅宗皇帝寵任廣平王已到了十分，任你如何說法，皇帝總是不信。

那廣平王卻也機警，他見李丞相和他捉對，打聽得暗地裡有這個李輔國從中指使，便專一與李輔國為難；他每見了李輔國，總是嚴辭厲聲的。任你張皇后和肅宗皇帝如何勸說，李大臣是國家股肱之臣，宜稍假以辭色；但這廣平王竟把個李輔國恨入骨髓，他二人不見面便罷，廣平王倘在宮中朝見了李輔國的面，便要冷嘲熱罵，說得李輔國無地自容。

如今冤家路狹，李輔國見廣平王射中了一隻花鹿，正要藉著在皇帝跟前，說幾句話湊湊趣。不料這廣平王劈頭一句，便說道：「小王他日若得掌朝廷生殺之權，殺奸臣亦如殺此鹿！」

一句話堵住了李輔國開不得口。正下不得臺的時候，忽見內侍一疊連聲地上來奏稱：「新娘的花輿已到！」

張皇后便搶著道：「待俺萬歲認過了義女，再行大禮。」

一句話，把個李輔國樂得忙磕頭謝恩。這裡內宮宮女，簇擁著萬歲和娘娘，出臨大堂；一陣細樂，兩行宮燈，把一位新娘春英小姐引上堂來。

見了萬歲和娘娘，兩個丫鬟忙扶她跪倒，又低低地在新娘耳邊說了。只聽得春英小姐嬌聲奏稱：「臣女叩見父皇萬歲，母后千歲！」

這幾個字，說得如鶯聲出谷，圓珠走盤，早把合堂賓客，聽得心頭不覺起了一陣憐愛。接著春英小姐便和李輔國行過夫婦交拜之禮，一個似好花含苞，一個似經霜殘柳，兩兩相對，實在委屈了這位春英小姐。一般地送入洞房，坐床撤帳，行過合巹之禮；李輔國退出洞房來，向皇帝皇后叩謝過主婚之恩。

這時只有四個丫鬟，伴著新娘坐在繡房中。忽見一位少年王爺，掀著簾兒闖進房來；那春英小姐忙站起身來迎接，這位王爺忙搖著手，說道：「莫行客套！小王和新娘如今已是姊弟之分了，俺見姊姊今日受了委屈，特來看望看望。」

說著，便在春英小姐對面坐下來，細細地向春英小姐粉臉上端相了一會。忽然拍手道：「如此美人兒，才配做俺的姊姊呢！」

接著，又連連頓足嘆息道：「可惜可惜！」說著頭也不回地轉身退出房去了。

這裡肅宗皇帝便下旨，拜李輔國為兵部尚書南省視事，又拜元擢為梁州長史，春英小姐的弟兄，皆位至臺省。只苦了這一個春英小姐，每日陪伴著這個無用的老太監，守著活寡。有時她母親到尚書府中去探望女兒，見沒人在跟前的時候，她母女二人總是抱頭痛哭一場。老夫人便把女兒接回孃家去住，不到三天，那李輔國便打發府中的使女，接二連三地來催逼著新夫人回府去。可憐那春英小姐，一聽說李輔國來催喚，便嚇得她珠唇失色，緊摟著她母親，口口聲聲說：「不願回丈夫家去。」

每次必得元老夫人用好言勸慰一番，才含著眼淚，坐上車兒，回府去。隔不到七八天，她又慌慌張張似逃災一般地回到母親家來，見了母親，只有哭泣的份兒。元老夫人再三問：「我兒心中有什麼苦楚，說與你母親知道？」

那春英小姐，只把粉臉兒羞得通紅的，一句話也說不出來。

元老夫人看了，心中也覺詫異。兩老夫妻見沒人的時候，也常常談論女兒的事。元老夫人說：「一個女孩兒，嫁了一個不中用的丈夫，誤盡了她的終身，原也怨不得心中悲傷；只得俺細心體會女兒的神情，每次回家來慌慌張張的，每說起女婿，總是傷心到極處。她在女婿家中，不知怎樣的受著委屈。俺看她心中總有難言之隱，只是她一個女孩，不好意思說罷了。」

元擢也說：「像這樣李尚書，他是一個殘缺的人了，娶一房妻子，也只是裝裝幌子，說不到閨房之樂；但俺女兒回家住不上三天，如何李尚書便好似待不得了，急急地把俺女兒喚回去。照他們這樣親熱的情形，理應夫妻恩愛，卻怎麼我那女兒又傷心到如此？」

他兩老夫婦猜想了半天，也想不出一個道理來。

欲知後事如何，且聽下回分解。

這一晚，適值元擢在官衙中值宿；春英小姐回在母家，時時對她母親哭泣。元老夫人便拉她一被窩兒睡，母女二人，在枕上談說心事；元老夫人，無意中伸手去撫著春英小姐的粉臂，只覺她滑膩的肌膚上，如魚鱗似地起了無數傷疤。頓覺詫異起來，忙問：「我的兒，你好好似玉雪一般的皮膚，怎的弄了許多傷疤？怎由得俺做母親的不痛心呢！」

春英小姐見問，又不由得那眼淚撲簌簌地落在枕兒上。元老夫人不放心，忙霍地坐起身來，一手擎著燭臺，向春英小姐身上照看時；只見她粉也似的肌膚上，青一塊紫一塊的渾身布滿了傷疤。那頸脖子上，和兩條腿兒，更是傷得厲害。再細細看時；儘是牙齒咬傷，指甲抓傷的痕跡。元老夫人用指尖兒撫按著，見春英小姐十分痛楚。元老夫人心中萬分不忍，便一把摟住春英小姐的嬌軀，一聲兒一聲肉地喚著。又問：「你怎麼弄成這許多傷疤？」

春英小姐到此時，也顧不上得羞了，一邊抹著淚，嗚咽著說道：「這都是那老厭物給我弄成的傷！他也不想想自己是一個沒用的人了，還是每夜不饒人的，待睡上床去，便逼著把上下衣脫去，由他抱著摟著，揉著搓著，抓著咬著，直纏擾到天明，不得安睡。便是在白天，也是不肯罷休；每日必得要弄出幾處傷疤來，才罷手。任你喊著痛，哭著求著饒，他總得玩個盡興。」

春英小姐說一句，元老夫人便說一句：「可憐！」

春英小姐說到傷心時候，便摟住她母親的肩頭，痛哭一陣，又低低地說道：「他還不管人死活，拿著手指，盡把孩兒的下體弄壞了！」

元老夫人急解開春英小姐的下體來看時，只見血跡模糊。元老夫人咬著牙不住地說：「該死！該死！這老禽獸他險些要了我女兒的命去！這都是你父親老糊塗了，多少富貴公子來求親，卻不肯，偏偏把我的寶貝葬送在這老禽獸手裡。如今我也不要性命了，明日定不放我兒回去，待那老禽獸來時，我和他拚命去。」

元老夫人說著，已氣得喘不過氣來。春英小姐急伸手替她母親拍著胸脯，一夜無話。

第二天，元擢散值回家來，元老夫人便上去一把揪住他老爺的鬍子，哭著嚷著說：「賠我女兒來！」

元擢一時摸不頭路，一時性起，兩老夫婦，竟是揪打起來。春英小姐在中間勸著父親，又拉著母親。正鬧得馬仰人翻的時候，那尚書府中又打髮香輿來迎接主母。吃元老夫人一頓臭罵，又喝令把香輿打爛。

那班隨從婢僕，見不是路，忙擁著空車兒回去，把這情形一長二短地上復與李尚書知道。李輔國如何能捨得他夫人的，便親自來元府上接他的新夫人回去。這元擢和春英小姐的弟兄們，一身祿位，都仗著李輔國的照拂，才有今日；見李輔國親自勞駕，如何不趨奉，他父子幾人，便在外院擺筵席款待，裝著諂媚的樣子，討李輔國的好兒。李輔國一心只在春英小姐身上，也無心多坐，一疊連聲地催春英小姐回府去。可憐這春英小姐，見了李輔國，好似見了山中的母大蟲，躲在深閨中，不敢出來。

元擢見女兒不肯跟李輔國回去，便趕進內院來，頓足大罵；春英小姐給他父親罵得十分氣苦，這元老夫人卻也不弱，她見女兒被逼得無路可走，便上去扭住她老爺的衣帶廝打起來。元擢怕讓李輔國聽了，不雅，急轉身避到外院去；這元老夫人，竟趕出外院來，一手指著元擢，滿嘴罵著李輔國。說他是禽獸，老厭物，淫惡之徒！又說：「把我好好粉裝玉琢的女孩兒，滿身弄成紫一塊青一塊的，沒有好肉。」

李輔國聽了，一半惱怒，一半羞慚；自己也知道春英小姐受了委屈，當下也不說話，氣憤憤地起身回府去了，慌得元擢父子三人，忙躬身送出大門。

這李輔國每日和春英小姐廝纏慣了，一連十多天不見春英小姐回來，只把個李輔國急得幽立不安；他明知道春英小姐吃了他的虧，一時不肯回家來了，便想得一條討春英小姐好兒的法子，他進宮的時候，便在張娘娘跟前替春英小姐求彩地。他說：「春英小姐承萬歲爺和娘娘的大恩，收她做女兒，那春英小姐便是當朝的公主了；堂堂公主下嫁，豈能不賜她一方彩邑？在姊妹中，也得光彩光彩。」

張娘娘原和李輔國相投的，巴不得他有這一句話，便去和肅宗皇帝說知。張皇后的話，肅宗皇帝沒有不依的。第二日，聖旨下來，便把京師西面二十里一座章城小地方，賜給春英小姐，做了彩邑。李輔國接了聖旨，便興斗斗地跑到元擢家中來，在春英小姐跟前獻殷勤。

春英小姐原不肯回李家去，只因為今聖旨下來，在面子上夫婦二人不能不雙雙地進宮去謝恩；便是元老夫人，也再三勸說，夫婦終究是夫婦，好孩兒跟著女婿回家去委屈過幾天，再回孃家來休養。又替她打了一條主意，說：「你如今既做了當朝的公主，便可時時進宮去，朝見母后，一來藉此可與娘娘親近，二來也避了這老厭物的折磨。」

一句話，提醒了春英小姐，便跟著李輔國回到府中，夫妻二人，按品大裝起來，一對兒進宮去謝恩。

春英小姐長的美麗面貌，裊娜身材，那張嘴又能說會話，進宮去不到半天，把個張皇后說得情投意合，當夜便留她住在宮中，不放回去。李輔國冷清清一個人，退出宮來。這是皇后的主意，他又不好說什麼的，只是一天一天地在家中守著。

那英春小姐在宮中，早晚伴著娘娘，有說有笑；張皇后也很是喜歡她，索性在宮中替她在收拾起一間臥房。在張娘娘的意思，李輔國是一個殘廢的人，原不用女人的，把他妻子長留在宮中，諒來也是不妨事的。這李輔國沒有春英小姐陪伴，心中說不出的寂寞；他自出孃胎，到這四十多歲，才知道女人的妙處。眼前沒有春英小姐，便拿府中的丫鬟女僕出氣，每夜選幾個有姿色的女人，上床去玩弄。那班女人真是遭殃，個個被他捉弄得不死不活。李輔國的性情，真是奇怪，他越是見了肌膚白淨的女子，越是不肯饒她；不是拿口咬，便是拿爪抓，在這雪也似的皮肉上，淌出鮮紅的血來，他看了心中才覺痛快。

有時他性起，把那班美貌的樂伎，喚到房中來，剝得身上一絲不留，喝令家奴擎著皮鞭，盡力向白嫩的肌肉上抽去；一鞭一條血痕，打得皮開肉綻，個個把精赤的身體，縮做一堆，宛轉嬌啼。李輔國坐在一旁看了，不禁呵呵大笑，心中一痛快，便把金錠綵緞賞她們。這綢緞稱做遮羞緞，那金錠稱做養傷錢。

李輔國在家中，如此淫惡胡鬧，訊息傳進宮去，嚇得那春英小姐，越發不敢回家去了。

宮中的一班妃嬪，見春英小姐得張娘娘的歡心，這春英小姐做人又和氣有趣，大家便趕著她玩笑。春英小姐住在宮中，卻也不寂寞。只是一個年輕女子，遭瞭如此的身世，綺年玉貌，盡付與落花流水，聰明女子，沒有不善感的。春英小姐每當花前月下，幽悶無聊的時候便不免灑幾點傷心之淚。那宮女們見春英小姐傷心，大家便上來圍著她，竭力解勸，又拉著她到御苑各處風景幽雅的地方去遊玩解悶。

春英小姐原是最愛花鳥的，她走到花叢深處，耳中聽得樹頭鳥鳴婉轉，便不覺信步走去，愈走愈遠，花枝愈密，只把春英小姐一個身體裹住了。真是花影不離人左右，鳥聲莫辨耳東西。春英小姐正十分有趣的時候，忽聽得空中颼的一聲響，一支金批箭，從樹外飛來，早射中在春英小姐的肩窩上，把個春英小姐痛得直沁心脾，早已支撐不住，啊唷一聲，暈倒在花下。後面那班宮女，各人只貪著玩，誰也不曾留心到春英小姐。

停了半晌，只見一個少年王爺，跳進花樹叢中，找尋他的箭兒；一眼見一個絕色佳人，被他射倒在花下。再看時，已痛得暈絕過去了。這王爺也顧不得了，上去把春英小姐的嬌軀一把抱起，摟在懷裡，用力把那支箭兒拔下來；只聽得嚶的一聲，那春英小姐又痛醒過來。只見自己的身軀，被一個少年哥兒抱在懷裡；那少年正伸手替她在那裡解開衣襟來。春英小姐這一羞，把痛也忘了，急欲掙脫身子逃去，那王爺見她雪也似的肩窩上，那鮮紅的血，正和潮水一般地直淌出來，忙低低地對她說道：「姐姐莫動！」

他一時找不到東西，便嗤的一聲，把自己左手上一截嶄新的袍袖撕了下來，把它嫁住箭創，才輕輕地替她掩上衣襟，放她站起身來。春英小姐這時實在痛得站不住身子了，這王爺伸過一個臂兒來，掖住春英小姐，一面回過頭去，向樹林外高聲嚷道：「你們快來呀！」喊了半天，只見走來四五個宮女，見春英小姐血淌得過多，幾乎又要暈絕過去；這才慌張起來，手忙腳亂地上去，把春英小姐的身體抱住。又趕著這王爺喚千歲爺，問李家公主是誰射傷了肩窩？那王爺一邊連連向春英小姐賠罪，一面又向眾宮女解說，自己在花叢外草地上練習騎射，不提防一支流箭，射壞了這位姐姐，叫俺心中如何過得去！說著，又再三囑咐宮女，好好地把這位姐姐扶回房去，好生請御醫調理養傷。

春英小姐聽了宮女喚著千歲爺，才知道他是一位太子；又聽太子滿口說著抱歉的話，他的神情，又和氣又多情；看他面貌，又長得俊秀，年紀也很輕，不覺把他看住了，肩窩上的痛也忘了。便是這位太子，抱過春英小姐的嬌軀，親過春英小姐的香澤，又見春英小姐長成這般絕色，他如何不動情；見宮女扶著春英小姐去遠了，還是呆呆地望著，不肯離開。又看看自己撕斷的袍袖，不覺一縷痴魂，又飛到春英小姐身邊去了。

這位王爺，原久已看上了春英小姐的美色。你道他是誰？

他便是從前的廣平王，這廣平王自從那天在李輔國家中見了這春英小姐，便替春英小姐抱屈；他當時情不自禁地，便對著新娘說了幾句多情的話。從此以後，他時時想著春英小姐；只因自己是一位王爺，那李輔國也是當朝第一個擅權的大臣。雖說自己和他作對，但越是作對，卻越不便到李輔國家中去。

但這李輔國自從那天在家中，碰了廣平王幾個釘子以後，暗暗地探聽皇帝的心意，他日免不了要立廣平王做太子的，他為討好廣平王起見，便樂得做一個順水人情。便自己領頭兒，上了一道奏章，說廣平王豫，仁孝聖武，堪為儲君。

肅宗皇帝一身多病，看看自己的病又是一天深似一天，原也要立一位太子，早定人心；心中所慮的，只怕內有張皇后，外有李輔國，他兩人都是一心一意要立王子佋為太子的。恰巧不多幾天，那王子佋已一病去世，張皇后心中失了一個依靠；如今又見李輔國上了這道奏章，便覺放心，立刻下旨，立廣平王豫為太子。又為父子親近起見，特令太子還居內宮，以便太子晨昏定省。

這位太子，果然純孝天成，見父皇時時臥病在床，便日夜在寢宮料理湯藥，衣不解帶。難得這幾天父皇病勢轉輕，他便偷空到御苑中練習騎射去。恰巧一支流箭，射中在春英小姐的肩窩上，這暗暗之中，似有天意。

春英小姐中了這一箭，雖說是痛入骨髓，但她心中也覺得十分詫異，太子這一箭，為何不射中在別的宮女身上，卻巧射中在我身上？莫非我與太子有前緣嗎？因這個念頭，也便把痛也忘記了。御醫天天替她敷藥醫治，她病勢到危險的時候，渾身燒熱得厲害，昏昏沉沉的，只見那太子站在自己面前，有時和她說笑著，有時竟上前來摟抱她的身軀。

春英小姐在睡夢中呻吟著，醒來睜眼一看，哪裡有什麼太子，只是幾個宮女站立在床前伺候著。你們也不要笑春英小姐害了相思病兒，好好一個女孩，有名無實地嫁了一個太監做丈夫，葬送了她的終身，她年紀輕輕，如何耐得這淒涼？

每當花月良辰，便不免有身世之感。她在平日，雖滿肚子傷感，卻沒有一個人兒可以寄託她的痴情。如今見了這位年少貌美，又是多情多義的太子，叫她如何不想？況且她的想，也不全是落空的。她在這裡想太子，太子也在那裡想她。

這位太子，每日侍奉父皇的湯藥；抽空出來，便到春英小姐的房門口，偷偷地問著宮女：「今天姐姐的病勢如何？」

宮女對他說病勢有起色，他便十分高興；若對他說病勢沉重，便急得他雙眉緊鎖，不住地嘆氣。他每次來，手中總拿著花枝兒，問過了話以後，便把花枝兒交給宮女，叮囑她悄悄地拿進房去，供養在春英小姐床前，給她看著玩。又再三叮囑宮女：「若姐姐問時，千萬莫說是俺送來的。」

宮女問：「千歲爺為什麼天天要送花來？」

那太子笑說道：「你們有所不知，俺知道李家那位姐姐，是愛花的；她因貪在花樹下遊玩，便吃了俺這一箭的虧。如今俺心中實在過意不去，又不便到姐姐床前去親自對她說抱歉的話，只得每天親自去採這花枝來，送與姐姐在病中玩賞，也是略略盡俺的心意。俺只圖姐姐看了花枝兒歡喜，卻不願姐姐知道是俺採來送她的，免得她心中多起一番不安。」

宮女聽了太子一番話，忍不住吃吃地笑著，接過花枝兒進去了。

隔了幾天，太子打聽得李夫人的傷勢痊癒了，已在屋中起坐；他再也忍不住了，覰著宮中午後閒靜。原來肅宗皇帝，因身體衰弱，照例用過午膳以後，便須入睡片時，休養精神；合宮的人，上自妃嬪，下至宮女，都趁這時候，偷一刻懶，有回屋去午睡的，有找伴兒去閒談的。

太子正在這時候，悄悄地走進李夫人房中來。那左右侍女，恰巧一個也不在跟前。太子一腳踏進房來，滿屋子靜悄悄的，只覺得一陣甜膩膩的香氣，送入鼻管來，不由得心中跳動起來。一眼見屋子中間帳幔齊齊垂地，側耳一聽，不覺有絲毫聲息。太子這時心中卻躊躇起來，那兩腳跨進一步，又退了下來。

正在惶惑的時候，忽聽一縷嬌脆的聲兒，從帳幔中度出來道：「好悶損人也！」

太子聽了，便得了主意，覷那鏡臺上有玉杯兒湯壺兒排列著，太子過去，倒了一杯茶湯。端在手中，一手揭起那帳幔，只見李夫人斜倚著坐在床沿上。看她雲髻蓬鬆，脂粉不施，盡直著脖子在那裡出神。太子挨身上前，放低了聲兒道：「夫人！飲一杯湯兒解解悶吧！」

那李夫人正出神的時候，認是平時宮女送茶來，便也不抬起頭來，伸手去把太子手中的玉杯兒接過來，她也不飲，依舊是捧著茶杯出神兒。

把個太子倒弄怔了，只得屏息靜聲地站在一旁。偷眼看著李夫人的面龐，見她那面貌俊俏，自然嬌豔，說不出的一肚子憐愛。

他幾次要想上去握住李夫人的手，訴說衷腸，他只是個不敢。

忽然見李夫人的玉頸直垂到酥胸前，那一點一滴的情淚，正落在玉杯兒裡面；太子看了，萬分動情。他也顧不得了，一聳身，搶上前去，一屈膝跪倒在李夫人懷中。那李夫人見一個男子撲入懷中來，不覺大驚，一鬆手，把手中的玉杯直滾下地去，那茶汁倒得太子一身淋淋漓漓的，虧得太子搶得快，把那玉杯兒搶在手中，見還有半杯茶汁留著，太子一仰脖子，把那半杯茶汁和李夫人的眼淚，一齊吃下肚去。把個李夫人羞得急欲立起身來掙脫，誰知那兩雙纖手，早已被太子的兩手緊緊地握住不放，卻休想賺得脫。看那太子時，抬著臉，軟貼在胸前；也斜著兩眼，只是望著自己的臉。

從來說的，自古嫦娥愛少年，況且這李夫人長著如花般的容貌，似錦般的流年；想著紅顏薄命，正多身世之感。如今這太子一番深情，已非一日，她在病中，也時時聽宮女背地裡說起太子每日在院門外問候，又每日送著花在屋中供養；人非木石，誰能無情？只是自己已是有夫的羅敷，雖說遇人不淑，也只得自安薄命。又在宮女跟前，不肯自失身價。因此雖有一言半語，落在耳中，卻也裝做不知。

但是一寸芳心，已把太子的一段痴情，深深嵌入。不料今日太子乘著室內無人的時候，竟是斬關直入，緊緊地伏在懷中，又做出那副可憐的樣子來。太子的面貌，又長得俊美；這李夫人便是要反抗，也不忍得反抗了，只是默默地坐著不動，一任太子的兩手捧住她的纖手，不住地搓弄著。後來那太子漸漸地不老誠起來，竟摸索到身上來了。正在這時候，聽得廊下有一陣宮女的說笑聲兒，李夫人急推著太子，低聲勸他快出去。那太子卻延挨著不肯，緊拉住李夫人的臂兒，要她答應那心事。

李夫人沒奈何，只得點點頭兒，又湊著太子的耳根，低低地叮囑了幾句；冷不防頭被太子珠唇上親了一個吻去。這李夫人在家中的時候，是一個何等幽嫻貞靜的閨房小姐；如今被太子接了吻去，她便一心向著太子。這太子依著李夫人的囑咐，捱到黃昏人靜的時候，扮作宮女模樣，偷偷地混在眾宮女隊中，挨進李夫人房去，如了他二人的心願。

可憐這李夫人嫁了那殘廢的李輔國以後，幸得太子多情，直到今日，才解得男女之好。一時他二人迷戀著，真是如漆似膠。太子住在東宮，只礙著妃嬪的眼，不能每日和李夫人歡會，心中正想不出個好主意來。

太子有一個弟弟，名倓，現封建寧王，生性極是熱烈，和太子弟兄二人，卻是情投意合，無話不說的。這建寧王眼看著張皇后和李輔國二人內外勾通，攬權行奸，心中久已不平；他常和太子說起父皇身旁，有兩大害，不可不除。太子便再三勸慰他，說：「此非人子所宜，望吾弟忍耐為是。」

到這時候，建寧王又暗地裡打聽得張皇后和李輔國在背地裡設法要謀害太子，改立張皇后的親子侗為太子。這皇子侗原是張皇后與肅宗皇帝在靈武時所生，不知怎的，這肅宗皇帝在諸位皇子中，獨鍾愛這個皇子。從來說的，母以子貴，那時張皇后是一位良娣，因生了這個兒子，便升做皇后。張皇后的野心，一天大似一天。欲知後事如何，且聽下回分解。

張皇后和李輔國內外勾通了，招權納賄的事體，也不知做了多少，叫這性情暴烈的建寧王，在一旁如何看得過。他幾次要去面奏父皇，每次都被太子攔阻住的。勸他說：「事不幹己，徒然招人怨恨。」

建寧王勉強把性子按捺下去，如今聽說他們要謀死太子，另立皇子佋為太子，他與太子手足之情甚厚，不由他不惱怒起來。怒氣沖沖地趕進宮來，打聽得父皇在御苑中向陽。肅宗身體一天衰弱似一天，每天冬令，太醫奏勸皇上每日須向陽一個時辰，得些天地之和氣；每遇肅宗皇帝在御花園中向陽，那張皇后總陪侍在一旁。今日建寧王進宮來，見有張皇后坐在一旁，他上去依禮朝見了父皇，也不便說什麼。

這張皇后是何等機警的人，她見建寧王滿面怒色，心知有異，便假託更衣，退出園來；一面便指使她的心腹，去躲在御苑走廊深處，偷聽他父子說話。誰知這建寧王，是一個率直的人，竟不曾預料到此；他見張皇后退去了，便把張皇后如何與李輔國勾通，招權納賄，現在又如何密謀陷害太子的情形，一五一十地說了出來。末後，他又懇懇切切地說道：「陛下若再聽信婦人小於，那天下雖由陛下得之，亦將由陛下失之！其有何面目見祖宗於地下乎？」

幾句話，說得肅宗皇帝不覺勃然大怒起來。況且張皇后和李輔國二人，每日不離肅宗左右，時進讒言；肅宗正親信張皇后和李輔國二人的時候，如何肯聽建寧王的一番忠言？早已忍不住一疊連聲地喝罵：「逆子有意離間骨肉！」

也不聽建寧王話說完，便喚內侍把建寧王逐出御花園去。

建寧王懷了一肚子冤屈，來見太子；弟兄二人一見面，便抱頭大哭了一場。太子勸住了建寧王的哭，建寧王便把剛才進諫父皇的話，和被父皇申斥的話說了。太子聽了，不覺大驚，說：「我的弟弟，你這事不是闖下禍來了嗎！」

建寧王問：「怎見得這事闖了禍？」

太子說道：「吾弟今天受父皇一番訓斥，卻還是小事；只怕父皇回宮去，對張皇后說了，再經張皇后一番讒言，又經李輔國一番搬弄，他二人見吾弟揭穿了他的奸謀，他們非置吾弟於死地不可。依愚兄之見，吾弟連晚速速逃命，逃出京城去，躲在民間，這是最妥的法兒。」

建寧王聽了太子一番說話，細心一想，覺得自己的身體果然危險；但事已至此，懼怕也是無益。便慨然對太子說道：「從來說的，君要臣死，臣不得不死；父要子亡，子不得不亡。如今依哥哥的話，人子獲罪於父，不得骨肉的原諒，便活在世上，也毫無趣味。俺便回家去候死罷了！」

建寧王說罷，站起身來便走；這太子如何捨得，便上去一把拉住他，又苦苦地勸他出京去躲避幾時再作道理。那建寧王只是搖著頭嗚咽著出去了。

這裡太子究竟放心不下，便偷偷地來見李夫人；因為李夫人是張皇后親信的人，又是李輔國的妻子，自然不疑心她的。

便和李夫人商量，求她到張皇后跟前去探聽訊息。這李夫人愛上了太子，豈有不願意的，當晚便假定省為由，去朝見皇后。

那皇后已由她派去偷聽說話的心腹人，把建寧王在皇帝跟前的說話偷聽來，通通告訴皇后。張皇后立刻去把李輔國宣進宮來，商量對付建寧王的法子；李輔國便勸張皇后在皇帝跟前，竭力進讒，務要取了建寧王的性命才罷。又勸皇后這機密事既被建寧王在萬歲跟前說破了，俺們須索一不做二不休；趁此機會，便說是建寧王是太子指使他來離間骨肉的，便求萬歲爺廢去了太子，立皇子佋為太子，這便是一勞永逸之計。張皇后認李夫人是自己的心腹，便把她和李輔國二人商量的話，仔細仔細地告訴她。李夫人聽說取建寧王的性命，卻也不動心；後來聽說要廢去皇太子，不覺動了她的私情，十分慌張起來，便急急回自己院子去。

那太子正躲在自己房中候著信，李夫人把探聽得來的話說了。那太子手足情深，聽說要廢去自己太子的位，卻也不動心；只聽說要取建寧王的性命，卻便十分慌張起來。急欲打發一個人去建寧王府中報一個信，其時已是深夜，左右又沒人可以遣使；這一夜工夫，急得這位皇太子只是在屋子中間打著旋兒。好不容易捱到天明，又怕打發別人去走漏了訊息，便自己喬扮作內侍模樣，混出宮去。

趕到建寧王府中，一腳跨進門去，只聽得人聲鼎沸，趕進內院去一看，只見闔府中男女都圍定了建寧王，齊聲哭喊著。

大家見太子進來了，只得住了哭聲，讓太子擠進人叢中來。太子抬眼一看，只見那建寧王直挺挺躺在逍遙椅上，滿臉鐵青，兩眼翻白。太子只喚得一聲「弟弟」，撲上身去，抱頭大哭。

可憐這建寧王，便在太子的一陣哭聲裡死去了！許多王妃姬妾，圍著屍身，大哭一場。哭罷了，太子問起情由。原來昨夜建寧王從宮中回府，便在自己書房裡，長吁短嘆；直到天明，還不見王爺回內院來，是王妃情急了，急急走進書房去一看，原來王爺早已服了毒，只剩了一絲氣息，急傳府中大夫施救已是來不及了。皇太子聽這情形十分悽慘，由不得又摟著建寧王的屍身哭了一場。還是王妃上去勸住，又勸太子快回宮去。

只因太子和建寧王手足情重，如今私自出宮來探望建寧王，給張皇后知道了，又要無事生非，在皇帝跟前搬弄許多閒話，於太子實在有大不利的地方。皇太子聽了眾妃嬪的勸，便也只得含著一肚子悲哀，悄悄地回宮去。這裡建寧王死去，不上兩三個時辰，果然肅宗皇帝的聖旨下來，賜建寧王自盡，這原是張皇后在皇帝跟前進了讒言，才有這骨肉間的慘禍。

從此張皇后便派了幾個心腹宮婢，在東宮裡留心太子的舉動。李夫人得知了這個訊息，又暗暗地去對太子說知，勸他平日在宮中一切言語舉動要謹慎些；便是兩下里的私情，也須少來往為是，免得破了這風流案，把好事弄壞了。太子聽了李夫人的話，嚇得在宮中也不敢胡行，也不敢亂道。看看半年下來，甚是苦悶。

便是那李輔國娶了這位李夫人，如今久住在宮中，夫妻不得親近，雖說家中不少婢妾姬妓，可以供他的玩弄，但如何趕得上李夫人這般美貌，這般白膩。愈是太監不講床笫之私的，愈是愛賞鑒美麗的女人；愈是不在淫慾上用工夫的，愈是玩弄得婦女厲害。這一年多下來，李輔國和府中的婢妾，也被他玩弄得人人害怕，個個叫苦了。那李輔國也玩厭了，便又想起他宮中的這位夫人；在李夫人住在宮中的意思，一半也要避著李輔國玩弄她身體的災難，一半也是迷戀著太子的痴情。因此李輔國幾次進宮來接李夫人回府去，這李夫人總推著皇后不許，李輔國也沒得話說。

後來李輔國在家中，實在想得這位夫人厲害，便進宮去面求著張皇后，說要接李夫人回家去，張皇后很愛李夫人，留在宮中，早晚說笑著做著伴兒，因此也捨不得放她出宮去，又想李輔國是一個殘廢的身子，要夫人回家去無用，便又留住了她。李夫人巴不得張皇后這一留，一來也免得遭災；二來也貪與太子多見幾回。後來李輔國再三懇求，張皇后答應留李夫在宮中過了新年回去。這時候正是臘月裡，離新年是有限的日子，李夫人聽了皇后這句話，心中萬分著急；忙悄悄地與太子商量，兩人也想不出一條妙計來。

恰巧這時候天下兵馬副元帥郭子儀回朝，奏陳軍事。此番郭元帥殺敵立功，肅宗皇帝甚是歡喜，特在延曦殿賜見；郭子儀見過聖駕，奏報軍情，說如今大敵已除，唯有史思明孽子史朝義，負隅頑抗，請萬歲爺別遣知兵大臣，與臣協力共討之。

肅宗甚是嘉許，便留郭子儀在殿上領宴；又大賜金帛與隨征諸將。郭子儀領過了宴，謝恩出來，自有當朝一班文武大臣，替他接風洗塵，便是李輔國，也在府中擺下盛大的筵席，又用家伎歌舞勸酒。郭子儀四處應酬，忙了一天，回到行轅中，已是黃昏向盡，便在私堂中休養一會。

正矇矓欲睡，忽家院進來報稱，外面有一少年官員求見。

郭子儀看這夜靜更深，那賓客來得十分突兀，忙問：「可知來人名姓？問他夤夜求見有何事情？」

家院回說：「那官員只說有緊急公事，須與元帥商量。小人問他名姓，卻不肯說，只說你家元帥見了俺，自會認識的。」

郭子儀是一個正直的君子，便也不疑，立命傳見。待那少年官員走進屋子來一看，不覺把郭子儀嚇了一跳，忙回頭喝退家院，上去拜見，口稱千歲。原來這位少年官員，正是當朝的東宮太子。這太子是輕易不出宮門的，如今半夜來此，必有機密事務。

當時郭子儀便上去拉住太子的袍袖，一同進了後院幽密的所在，動問太子的來意。那太子便把近日張皇后勾通李輔國謀廢太子的事體說了，又把建寧王被逼自盡的情形說了，便與郭子儀商量一條免禍之計。郭子儀聽到李輔國專權作惡的情形，也是切齒痛恨，聽到太子問他免禍之計，便低頭半晌。忽然得了一條妙計，說：「今天小臣朝見聖上之時，奏稱賊勢猖獗，求皇上別遣知兵大臣，協力討賊，明日俺去朝見聖上，便把千歲保舉上去，求聖上立拜千歲為天下兵馬大元帥，率各路人馬，前去討賊。這一來，千歲離了宮廷，也免了許多是非；二來千歲爺手握重兵在外，那張皇后和李輔國也有個懼憚，不敢起謀廢之念。」

太子聽了，也不覺大喜，連說：「妙計，妙計！」

當夜辭退出來，悄悄地回宮去。第二天，郭子儀上朝，便把請太子親自統兵討賊，拜為天下兵馬大元帥的話，奏明聖上。肅宗皇帝這幾天聽張皇后在耳根上盡說太子不好之處，如今聽了郭子儀的話，樂得借一件事打發太子出去，免得宮廷之中多鬧意見。當下便准了郭子儀的奏章，立刻下旨，拜太子為天下兵馬大元帥，與副元帥郭子儀統率六路大兵，征討史朝義賊寇。

這史朝義，負固在江淮一帶，聲勢還是十分浩大，兵力也是十分雄厚。肅宗也時時憂慮。

當時太子得了聖旨，便又上一道表章，請調集朔方、西域等軍，大舉出征，以厚兵力。這個話深合肅宗的心意，當下太子一共調齊了二十萬大軍，正待出發；忽然那回紇可汗磨延啜，遣使太子葉護等到唐朝來講和，並率領精兵四千人，來助唐皇殺賊。肅宗大喜，立傳葉護上殿朝見，並令與太子拜為兄弟。

這回紇的兵馬，十分驍勇；唐太子得了他的幫助，聲勢更是浩大起來。在宮中耽擱不久，便要起程。殘太子心中，獨舍不下這個李夫人；便是李夫人在宮中，一聽說太子要統兵出京，一寸芳心，也是難捨難分。況且一到臘盡春回，自己也要出宮回李輔國府中去；從此一別，二人不知何日方得相會，日夜盼望太子來和她敘別。這太子因怕在宮女跟前露出破綻來，便也不敢去見李夫人。但看看分別的日子一天近似一天，李夫人十分焦急，她心中的事，又不好對宮女說得，只是每日在黃昏人靜的時候，獨自一人，走在庭院裡，花前月下，盼望一回，嘆息一回。

這夜正是天上月圓，宮廷寂靜，李夫人也不帶一個宮女，獨自倚欄望月。一陣北風，颸得肌膚生寒，猛覺得衣衫單薄，便欲回到屋中去添衣。遠遠見一個侍女走來，便命她到房中去取一件半臂來添上；那侍女勸李夫人到庭心去步月，李夫人見天心裡果然一片皓月，十分可愛。只是一個人怯生生的，在這夜靜時候，不敢去得，便命那侍女伴著同行；那侍女隨在身後，默默走去。待走到庭心裡，又說：「那西院裡月臺上望月，更是有精神。」

李夫人聽了她的說話，便也從花徑中曲折走去。

走到那月臺上，一看，果然見閒階如水，萬籟無聲，當頭一輪滿月，圓圓的分外光明。李夫人看了，想起天上團圞，人間別離的心事，不覺發了一聲長嘆。

嘆聲未息，猛見那侍女上來，伸著兩臂，把李夫人的纖腰，緊緊抱住，向懷中摟定。李夫人出其不意，十分驚詫；趁著月光向那侍女臉上細細看時，不覺心花怒放，忙把粉龐兒向那侍女的臉兒貼著，兩個身體，和扭股糖兒似的親熱起來。

原來這個侍女不是別人，竟又是那太子改扮的。如此良夜，他二人真是你貪我愛，說不盡的別離心情，相思滋味。那李夫人因李輔國要逼著她回府去，心中已是萬分的不願意了；又見太子要統兵遠征，心中更覺得不捨。二人說到情密之時，李夫人只把太子的頸子緊緊地摟著；那點點熱淚，落在太子的肩頭。太子一面替李夫人拭著淚，又打疊起千百般溫存勸慰著。這李夫人只是口口聲聲要隨著太子離開京師，雙宿雙飛地享樂去。太子聽了，只是搖頭，說：「這千軍萬馬之中，耳目眾多，如何使得？」

無奈這李夫人一心向著這太子，又因回到李府去，實在受不起這李輔國的折磨。當時他兩人直談到三更向盡，只怕給宮女太監們露眼，便硬著心腸分別開了。

第二日，太子忙著檢點兵士，準備起程。這位太子，從前在靈武地方，也很立過一番戰功；那時還不過一個王爺，如今已是一位太子，這聲勢自然比以前大不相同。肅宗皇帝又許他假天子旌旗，建帝王節鉞，所到之處，文武百官，都來朝參，一路十分威武。太子心中，只是想念這位李夫人，十分苦惱。

這一日，住在西京行宮裡，天色已晚，一個內侍，送上燈來。大元帥正悶坐無聊，行宮中原有守宮侍女，卻很有幾個長得美麗的，此時大家打扮得花枝兒似的，各各手中執著樂器，在廊下伺候著。那內侍進去，大元帥正悶坐著，長吁短嘆。這內侍悄悄地向門外招手兒，那班宮女，便挨身進屋子來，各人拿著手中的樂器彈奏起來。才奏了一曲，大元帥怕煩，連連搖著手，那班宮女便也只得停住了樂器，各各抽身退出去。只有這個內侍，站在一旁。大元帥從宮中出來，一路上曉行夜宿，總是這個內侍在跟前伺候呼喚。這內侍性情固然聰明，面貌也甚是清秀，大元帥也十分寵用他，每到寂寞時候，總得這內侍在一旁說著話解悶兒。

這內侍卻也很是忠心伺候大元帥，他見大元帥時時在無人的時候，皺著眉心不住地嘆氣，他總是提著很嬌脆的嗓子唱著，逗著大元帥笑樂，解著悶兒。大元帥聽他唱得抑揚宛轉，勝於宮中的女樂，便也愛聽他唱著。這時一班宮女，退了出去，大元帥又吩咐內侍，唱一曲解悶兒。那內侍便提起了精神，學著楊貴妃唱一闋《清平調》，又學著霓裳羽衣舞。看他腰肢軟擺，珠喉輕囀，活像一個女孩兒。引得大元帥也不覺哈哈大笑起來。大元帥這一笑，那內侍更是舞得有精神，那身軀轉著和風一般的快。誰知他腳下一不留神，被靴底兒一側一個倒栽蔥，全個身倒在地下。只聽這內侍連聲喚著：「啊唷！」

他這身體總是賺不起來。大元帥見他跌得可憐，便站起身來，親自上前去扶著內侍的臂兒，拿燈光一照，不覺驚詫起來。原來淘內侍竟是女人改扮的！這時她一雙腳上的靴兒脫落了，露出六寸羅襪、一隻小腳兒來。大元帥疑心是張皇后指使她來行刺自己的，心中一怒，便把腰間的寶劍拔下來，握在手中，喝問：「你是何處賤婢，膽敢喬裝來欺矇本帥？」

說著，伸手去揭她的帽子，露出一頭雲鬢來。大元帥看不是別人，正是他心中朝思暮想的李夫人。這李夫人見大元帥聲勢凶凶地要拿寶劍殺她，她索性一兀頭去倒在大元帥懷裡；這大元帥趁勢摟住李夫人的纖腰，連問：「夫人怎得出宮來隨俺到此？」

那李夫人笑說道：「自從那夜和千歲分別了，俺心中好似失了一樣什麼寶貝，睡也不安，食也無味。那時俺也明知千軍萬馬之中，耳目眾多；妾身一女子，如何能隨著千歲出宮去。但妾身一點痴心，總要和千歲爺在一快兒行坐不離。便是千歲爺不知道，使妾身私地裡常常得見千歲之面，於願也足。因此被妾身想出一個喬扮的主意來，乘那夜東宮中人人收拾行裝十分熱鬧的當兒，妾身便改扮了一個內侍模樣，雜在眾人裡面，混出宮來。一路上吃盡千辛萬苦，幸得如了妾身的心願。每日得在千歲爺跟前侍候著，得千歲爺另眼相看，妾心已十分滿足了。

今日天也可憐俺，無意中在千歲爺跟前，脫一隻靴子來，露了破綻；千歲爺見了妾身，不說動憐惜之念，反惡狠狠地要殺起妾身來。」

李夫人說著，便不由得倒在元帥懷裡，嬌聲嗚咽起來。這元帥見了李夫人，原是千依百順的；如今見李夫人為自己吃了這許多辛苦，如何不心痛。當時打疊起萬種溫存，只消一夜工夫，把他二人的相思病都治好了。從此這位多情太子，身邊有意中人伴著；便是出去臨陣，也加倍地有精神了。連日攻城略地，十分勇猛，殺得史朝義兵敗將亡，逃去雍州城死守住不敢出來。這裡接連報捷文書，申奏朝廷。肅宗皇帝看了，十分歡喜。

這宮中自從太子出征去了，張皇后和李輔國都好似拔去了眼中釘；一個在宮中，一個在宮外，只瞞著肅宗皇帝的耳目，招權納賄，大膽妄為。這肅宗皇帝的身體，更是衰弱不堪，每日在一間屋子裡起臥，也沒有精神去坐朝。所有朝廷大事，一概交託給張皇后和李輔國二人掌握。自己在宮中養病，閒著無事，便愛讀佛經。當時有一個三藏寺的主持和尚名不空的，道行十分高深，肅宗每日傳不空和尚進宮去講天竺密語，又講經說法。不空和尚便勸肅宗皇帝在佛前多做善事，肅宗皇帝便傳旨內藏大臣，把百品名香，春成粉，和著銀粉去塗在京師地方大小廟宇的佛殿牆上。一時京師地方，各寺院牆垣，都成了銀色，路人經過的，遠遠裡聞得一陣一陣香氣，從寺院裡吹來。

這時新羅國進貢來一方五彩寶毯，這地毯製造得十分精巧，每一方寸內，都織成歌舞伎樂，與列國山川之象，每遇微風吹動，氍毹上又有五色蜂蝶動搖著，又有燕雀跳躍著。蹲下身去細細地觀看，也看不出是真是假。肅宗皇帝便把這一方寶毯施捨在三藏寺中佛堂上鋪設著。接著又有月氏國獻一座萬佛山，名稱萬佛，那山上何止一萬個佛，全山高約一丈，肅宗皇帝便傳諭把萬佛山陳設在佛殿上，山下鋪設著寶毯，任一班善男信女進殿來膜拜觀看。欲知後事如何，且聽下回分解。

唐宮二十朝演義（從楊貴妃承寵至建寧王自盡）

作　　者：許嘯天
發 行 人：黃振庭
出 版 者：複刻文化事業有限公司
發 行 者：複刻文化事業有限公司
E-mail：sonbookservice@gmail.com
粉 絲 頁：https://www.facebook.com/sonbookss/
網　　址：https://sonbook.net/
地　　址：台北市中正區重慶南路一段六十一號八樓 815 室
Rm. 815, 8F., No.61, Sec. 1, Chongqing S. Rd., Zhongzheng Dist., Taipei City 100, Taiwan
電　　話：(02)2370-3310
傳　　真：(02)2388-1990
印　　刷：京峯數位服務有限公司
律師顧問：廣華律師事務所 張珮琦律師
定　　價：430 元
發行日期：2023 年 12 月第一版
◎本書以 POD 印製

國家圖書館出版品預行編目資料

唐宮二十朝演義（從楊貴妃承寵至建寧王自盡）/ 許嘯天 著 . -- 第一版 . -- 臺北市：複刻文化事業有限公司 , 2023.12
面；　公分
POD 版
ISBN 978-626-7403-65-5(平裝)
857.454　112020026

電子書購買

臉書

爽讀 APP